忽值山河改

——馬逢華回憶文集【校訂版】

馬逢華　著

▶一九四九年四月馬逢華在北京大學東廠胡同研究生宿舍。

◀馬逢華在密西根大學研究院大樓前。

目錄

第二輯　師友記

校訂版自序

今年（二〇〇九年）是中國大陸政權易手的六十週年。海內外文化界為求了解當年變遷的真相，對於轉捩點一九四九年前後那一段史實，特別是能夠跳出兩岸政治觀點之外的記載，又引起了新的興趣。本書試以樸素通順的散文，記錄並闡釋我自己（當年一個北大學生）、和六位知名學者、在這一段風雲歲月中的經歷，藉以反映此一史無前例的動蕩時代。

因為本書的撰寫，是出於一個平生不曾沾染政治的當事人的手筆，因為所記錄的是中國歷史巨變的關鍵時刻，又因為敘寫的內容是像口述歷史一樣的真切、而又充滿了沒人寫過的細節，這本書自然也就具有它適當的重要性了。

本書初版於二〇〇六年在台北發行。這個校訂新版（多謝風雲時代出版公司惠然歸還版權），對前者做了兩點改進，作為定本。

首先，記錄和闡釋，是敘述史實。至於敘述文章的可讀性，及其字裡行間所蘊含的歷史悲情和文化鄉愁，則有賴於文字的斟酌與經營。初版書中，文字和標點符號錯誤很多。錯字多了，會使讀者感到不知所云；句讀標點的誤排或增減，則難免改變文句原來的節奏、和文章原來的氣勢。此次準備新版，已將全書逐頁校勘，錯訛一一改正，並將原文作了一些適當的修正或潤色。

其次，校訂版在第二輯「懷念沈從文教授」一文之後，增加了一篇「梁實秋先生紀念」。沈、梁兩位文學大家，曾經在青島大學同事，一九四九年以後，一位留在大陸，一位漂流到台灣。他們二位在兩地的境況遭遇和工作經歷，相去幾乎有天壤之別，最能反映那個「山河改」的時代的文化變遷。這兩位文化前輩，我都曾有幸追隨過從，實在應該在新版增加記述梁實秋先生的一篇，以資對照。

際此神州山河易色一甲子之年，謹將這個審慎校訂過的文集定本，獻給讀者，並且向忍受了諸多舛誤的初版讀者和朋友們衷心致歉。

二〇〇九年深秋，西雅圖

自序

考古學家李濟之先生曾在一篇文章裡面說，「（二次）戰後的中國民眾大半在赤色浪潮中打過滾；打滾的結果，有些漂泊到異域，有些流落在孤島，有些捲入了漩渦。」我親身經歷「赤色浪潮」的衝擊，但是幸未捲入漩渦。這本散文集的第一輯，記錄了一九五〇年代，我作為一個流亡學生，從中共控制下的北京大學，輾轉經過香港、台灣，而「漂泊到異域」，繼續求學的經歷與感受。

中國歷史上從來沒有一個時期，曾有像二十世紀下半期以降，這麼多的知識份子在國內喪失學術尊嚴，遭受政治迫害；或者流落海外，寄人籬下的現象。本書第二輯記述我在這一段時期，與幾位在困難中默默工作的傑出作家和學者們相過從的往事和感想。這些人物包括一位文學家（沈從文），兩位經濟學家（劉大中和蔣碩傑），一位舉世知名的語言學家（李方桂），和一位民國史專家、《傳記文學》月刊創辦及主辦人（劉紹唐）。這五位先生都是因為二次大戰以後「忽值山河改」，而「漂泊到異域」（劉大中，蔣，李），或「流落在孤島」（劉紹唐），或者留在大陸「捲入了漩渦」、歷盡了摧辱（沈）。

以上五位，也都是近代中國知識份子中的精英。他們的學術思想與創作貢獻，可以從他們的著作裡面去研究探討。這些著作，可以長久保存，隨時取閱。但是他們在著作之外的言行風範，則只存在於少數有幸與他們常相過從的知交或弟子們的記憶中，而記憶都是會漸漸模糊，並且終於消失的。回憶文章的基本功能，就是要把這些寶貴的記憶及時捕捉，保留下來。

我對文學所知非常有限。也許正式因此，我很喜歡朱光潛的說法。朱先生曾在老北大的一次座談會上說，「我把文學看得很簡單，文學即是說話。一個人把所見到的說得恰到好處，即成為文學。……人人所見不同，有廣狹，有深淺，文學因而也就有高下之別。」

西方的散文作家和評論家們（例如Phillip Lopate）把回憶文（the memoir-essay）闡釋為：以親切談話方式書寫的、具有自敘成分的隨筆文章。這個說法，自然也落在「文學即是說話」那一個範疇之內。實際上，回憶文更像是對朋友講故事。但是要「把所見到的說得恰到好處」，卻並不容易。台灣有一位小說作家曾說，她寫散文非常輕鬆，只不過是寫完小說之後的休息和調劑。那樣的才華，除非是夢中有人贈我一枝彩筆，我是想也不敢去想的。練習作文是我的業餘興趣，只能一曝十寒，自知還在一個學徒的階段。所以我執筆為文，一點也不輕鬆，從材料的組織，到文字的選擇，通常都要再三修改。最後完成的文稿，假如沒有露出塗抹鉤畫、改來改去的痕跡，那也只能說是類似「把頭髮梳得好像沒有梳過一樣」，決不是一揮而就的結果。

我國先儒的著述，都是文史不分家的，《史記》就是一個傑出的例子，回憶文應該也屬於這個文史兼具的傳統。回憶文的文學價值，要看作者能不能運用自己掌握的資料、和自己獨特的看法，把故事說得清楚流暢，引人入勝。回憶文的歷史價值，端視作者所講的故事，是否能夠反映一個時代的某些方面；以及故事的材料細節，是否真確詳盡，令人信服。簡而言之，班固對司馬遷《史記》的贊語中，「其文直，其事核」那六個字，就可以作為衡量回憶文的標準。

本書所彙集的文章，類似一張張樸素簡單的快照，都是以我自己的觀點來取景，把親身經歷的一些人、事以及現象，及時拍攝下來，在「文化鄉愁」的顯影液裡浸泡沖印出來的。既可每張單獨觀賞，也可以把同類的照片編為一個影集，藉以反映這個動蕩時代中，我個人和幾位有代表性的學術文化界人物的處境遭遇、自處之道、做人態度和敬業精神。但願這本文集能為歷史留下一點第一手的記錄，文字的好壞可以暫且不論了。

本書的書名，取自陶淵明《擬古九首》之九：「種桑長江邊，三年望當採。枝條始欲茂，忽值山河改。柯葉自摧折，根株浮蒼海……」。所收諸篇，都是我近年已經發表而尚未結集之作，只有第二輯「懷念沈從文教授」和「遙想公瑾當年」兩文是例外。「懷念」錄入本冊，因為沈從文的經歷，具有「山河改」那個時代大陸知識份子坎坷遭遇的代表性；而且該文內容與第一輯的「弦歌不輟：師生座談『紅綠燈』」相輔相成，互相呼應。此次在文後添寫了新的

「補記」，也可以算是這篇文章的「校訂版」了。至於我把回憶劉大中的「遙想」一文與「追念蔣碩傑老師」並列，則是因為劉、蔣二位，無論就他們的私交或事業而言，幾乎都是分不開的。在我國經濟學界，這兩位大師一向也都是被大家一併推崇的。

書中各篇，都已趁此結集出版的機會，重新校訂一過。

二〇〇六年元旦 西雅圖

第一輯　忽值山河改

◎北京大學，一九四九前後
◎香港：不採蘋花即自由
◎密西根的歲月

壹・北京大學，一九四九前後

題記

這幾篇小文，記述從一九四六年初秋到一九五一年初夏的五年期間，北京大學的滄桑變化，和我作為一位學生，「只在此山中」的親身經歷。如果以一九四九年二月三日共軍開進北京那天作為分界線，則這五個年頭大致上正居該線的前後各兩年半。

這一組文章從一九九八年十二月起，在「傳記文學」月刊陸續發表的時候，正值北京大學百年校慶，所以在總題目之後，還有一個副標題：「為紀念北大百年校慶（一九九八年十二月十七日）而寫」。十二月十七日這個校慶日，與北大早期的校史不能分開。

北大在一八九八年（清光緒二十四年戊戌）的百日維新運動中創立，當時稱為京師大學堂。最初的學生，都是保送入學，包括進士、舉人出身的七品以上京官，舉、貢、生、監等候補人員，以及大員子弟、八旗世職和各省武職後裔。程度未免參差不齊，學校也尚在草創試驗階段。適逢庚子（一九〇〇年）拳亂，八國聯軍攻佔北京，大學堂於是奉命停辦，兩年後

（一九〇二年）才又恢復。是年十月十四日，第一次正式舉辦招生考試。十二月十七日，大學堂舉行開學典禮，第一班經由考試錄取的學生正式上課。北京大學自此就以十二月十七日為校慶日。

我寫一九四九年前後的北京大學，所寫的自然是那個位於北京地安門內的沙灘、馬神廟和北河沿一帶，並且一向都以十二月十七日為校慶日的北大；也就是我曾經弦誦於斯、歌哭於斯，前後共達五年的老北大。一九五二年，中共摒棄在中國近代文化史上具有特殊意義的北大沙灘校園，把學校遷往西郊海淀鎮的燕京大學舊址，並且把校慶日改訂為五月四日。這些一刀兩斷式的改變，使得海淀新北大與沙灘老北大的歷史淵源若斷若續，不絕如縷。不過這些改變，既然發生在一九五一年暑假我離開北大以後，與本系列的回憶之作也就沒有直接關係，所以就只點到為止了。

二〇〇四年十二月編校時補記

（一）弦歌不輟：師生座談「紅綠燈」

⊙引言

一九八五年七月二十四日，金介甫（Jeffrey C. Kinkley）教授寄給我一份資料的複印本，題為「今日文學的方向──『方向社』第一次座談會記錄」，原載天津大公報民國三十七年（一九四八）十一月十四日「星期文藝」第一百零七期。那時金介甫正在準備他的「沈從文傳」書稿（***The Odyssey of Shen Congwen***，史丹福大學出版社，一九八七年出版），常常與我通信或電話商談有關的資料。「方向社」是北大幾個愛好文藝的年輕助教和學生創辦的文藝社團。金介甫看到座談會的出席者有我在內，所以寄我一份。可惜他寄來的「全錄」（Xerox）影印本非常模糊不清，難以全部辨識。他在信中也頗為此道歉。那年歲尾我趁賀年之便，託請香港中文大學圖書館的劉怡恢兄幫忙另找一份。開年（一九八六）一月十五日，接到怡恢兄寄來一份從微捲（Microfilm）放大的照相影印本（Photostat），黑地白字，也相當漫漶難認。所幸白地黑字的「全錄」本與黑地白字的照相本，其清楚與模糊的地方不盡相同。兩份互相對照，以此之長，補彼之短，竟然勉強可以把全文謄錄出來了。

金介甫的書裡，對這一份文獻，並未多用。只在論及沈從文「不願遵命寫作」時，提到這個座談會，並引用了沈先生「也許……不用紅綠燈走起路來更方便些」」一句發言；然後加了一個附註：「（沈）反對政治指導文學，見『今日文學的方向』（在一九四八年十一月十四日的天津『大公報・文藝』一〇七期刊出）。當時年輕的經濟學家馬逢華也參加了此次討論會。」（中文譯文見符家欽譯，「沈從文史詩」，台北幼獅文化公司，一九九四年初版，頁四四八及四五九。）我覺得至少有兩個理由，現在應該把那次座談會的紀錄重新刊出。

首先，就我所知，這是北大五十年以來，在「思想自由，兼容並包」的傳統學術空氣下，所舉行的最後一次師生座談會，內容包括北大幾位名教授的重要發言，極可能也是有詳細紀錄在當時重要報紙發表的唯一的一次。那次座談會召開之日，北京已是一座危城。到了一週之後座談會記錄在天津大公報刊出的時候，北京實際上已經成了一座圍城。其時離中共「解放軍」正式入城的一九四九年二月三日，也只不過兩個半月的光景了。北大校園之內，雖是兵臨城下，卻仍弦歌不輟。那種師生對坐，從容論道的泱泱學風，今日思之，感觸實深。今年（一九九八）正值北大百年校慶，現在把這一件藏之已久的北大史料拿出來重見天日，應該是很有意義的。

其次，「方向社」座談會的內容，今日讀之，不但仍然深切中肯，並不過時，而且五十年前的大公報，一般讀者很難得見，所以更有重刊的需要。

以下是座談會記錄全文。我還有幾段評語，寫在「記錄」的後面，比較順理成章。

⊙一個座談會的紀錄

今日文學的方向——「方向社」第一次座談會記錄

時間：（一九四八年）十一月七日晚八時

地點：北京大學蔡孑民先生紀念堂

出席者：朱光潛　沈從文　馮至　廢名　錢學熙　陳占元　常風　沈自敏　汪曾祺　金隄

江澤垓　葉汝璉　馬逢華　蕭離　高慶琪　袁可嘉

袁（可嘉）：今晚我們舉行座談會，一方面在向文學界的前輩們介紹「方向社」這個文藝團體，一方面想就「今日文學的方向」這一問題，作個集思廣益的討論，尤其希望在座的前輩們給我們啟示和指導。這個論題牽涉甚廣，我們雖然沒有擬定很細密的討論的綱領，但我們希望能從三個方面來談：（一）從社會學的觀點來看，今日文學的方向何在？這是說從文學與社會的關係著眼。（二）從心理學的觀點來看，又如何？這是說從文學與創作者個人的關係著眼。（三）從美學的觀點來看，我們又將得到什麼結論，這是說從文學是一種文字的藝術著眼。這三者的區分自然是完全為了討論的方便，它們間的基本關係是互相包含的，而非互相排斥的。我們特別願意聲明：這兒所謂的「方向」，不僅指應該不應該的取決，而且是指這樣雖好而那樣更好的選擇。同時，我們提出這個問題的本意，只在替我們自己找方向，決無意指導別人。現在就請諸位先生發表高見。

錢（學熙）：一提到社會學與心理學的文學觀，我們就想起馬克思與弗洛德（今通譯「佛洛伊德」），最近Slochower在《*No Voice Is Wholly Lost……*》一書中，認為馬克思與弗洛德的道路是今日文學的出路，也是今日人類的出路。我個人以為不然。馬克思和弗洛德都是從研究病態出發的，原為醫病，但逐漸他們把病態看做常態，以為每個社會、每個個人都有這種毛病，非吃這藥不可。實際上，我們知道一個健康的、正常的人，並非時刻在性的激動之中。對於病人，他們這二帖藥都極有用，但對於根本無病或病根不深的人與社會，是否也要他們吞服這樣強烈的藥？我覺得很可懷疑。

就生命的活動來說，我覺得只有二個大的方向：一是向上，即所謂的「要好」；一是向下，墮落放縱，或坐立不安。所謂「要好」，就是想在自己所選定的範圍裡，把前人不曾分得清的把它分清楚，前人不曾合得緊的把它合得更緊密，也就是分析與綜合二種能力的培養。有人說，所謂「美」，就是從不同中求得和諧（unity in diversity）。一個向上的人隨時在更多的不同中求更大的和諧。生命既只是意識活動，這樣的努力使意識增加，生命也就更豐富，也就是美的增加。當每個個人都做到這個理想，宇宙即有大和諧。易經上的許多道理也可以用來解釋這些的。

金（隄）：弗洛德的目的在治病，似乎沒有說每個人都是病態的。他的態度是否對病人治病，對無病者防疫呢？

錢（學熙）：他簡直認為這防疫針非人人都注射不可。我認為健康的人是連防疫針也不必打的。

馮（至）：他們（指馬克思與弗洛德）是以為他們的路是正當的路呢，還是大家應該知道有這二種路子呢？如果指後者，知道一點自然是應該的。

錢（學熙）：他們認為他們的是唯一的、正當的道路。

金（隄）：實際上，這就是文與載道的問題了，馬、弗都代表一種「道」。我們把範圍縮小一點，也許可以說得更確切一點：即文學是否必須必須載道呢？目前有人認為文學非載政治底「道」不可，不知諸位先生的意見如何？

馮（至）：文學史上第一流的文章都是載道的文章。如韓退之的文章、杜甫的詩。作家對某一種「道」有信仰，即成為他自己的信仰。至於應否強迫別人同「道」是另一個問題。

廢（名）：金隄所說的是指作家對社會的態度，不指作家自己的「道」。我以為文學家都是指導別人而不受別人指導的。他指導自己同時指導了人家。沒有文學家會來這兒開會，因為他不會受別人指導的。我深感今日的文學家都不能指導社會，甚至不能指導自己。我已經不是文學家，所以我才來開會（全場大笑）。歷史上，有哪一個文學家是別人告訴他要這樣寫、那樣寫的？我深知文學即宣傳，但那只是宣傳自己，而非替他人說話。文學家必有道，但未必為當時的社會承認。

一個大文學家必須具備三個條件：天才、豪傑、聖賢。無天才即不能表現，但有天才未必是豪傑。有些人有天才而屈服於名利酒色，故非豪傑。如是聖賢，則必同時是天才，是豪傑。三者合一乃為超人，不與世人妥協。

袁（可嘉）：所謂「天才」是否即是從美學著眼，所謂「豪傑」是否從心理學著眼，所謂「聖賢」是否從社會學來看的？

廢（名）：可以那麼說，但我不喜歡那麼說。

馮（至）：廢名的話比較親切些，可嘉的有點抽象。

金（隄）：兩個文學家的方向可以不同，廢名先生承認嗎？

廢（名）：好的文學家都是反抗現實的；即不明白相抗，社會也不會歡迎他的，如莎士比亞。有哪一個天才、豪傑、聖賢不是為社會所蔑視的？

江（澤垓）：文學是否載道，完全看「道」的定義的寬狹如何。「道」如果是廣義的，則文學家求不載道亦不可得。

沈（從文）：駕車者須受警察指導，他能不顧紅綠燈嗎？

馮（至）：紅綠燈是好東西，不顧紅綠燈是不對的。

沈（從文）：如有人要操縱紅綠燈，又如何？

馮（至）：既然要在路上走，就得看紅綠燈。

沈（從文）：也許有人以為不要紅綠燈，走得更好呢？

汪（曾祺）：這個比喻是不恰當的。因為承認他有操縱紅綠燈的權利（力）即是承認他是合法的，是對的。那自然看著紅綠燈走路了，但如果並不如此呢？我希望諸位前輩能告訴我們自己的經驗。

沈（從文）：文學自然受政治的限制，但是否能保留一點批評、修正的權利呢？

廢（名）：第一次大戰以來，中外都無好作品。文學變了。歐戰以前的文學家確能推動社會，如俄國的小說家們。現在不同了，看見紅綠燈，不讓你走，就不走了！

沈（從文）：我的意思是，文學是否在接受政治的影響以外，還可以修正政治，是否只是單方面的守規矩而已？

廢（名）：這規矩不是那意思。你要把他釘上十字架，他無法反抗，但也無法使他真正服從。文學家只有心裡有無光明的問題，別無其他。

沈（從文）：但如何使光明更光明呢？這即是問題。

廢（名）：自古以來，聖賢從來沒有這個問題。

沈（從文）：聖賢到處跑，又是為什麼呢？

廢（名）：文學與此不同。文學是天才的表現，只記錄自己的痛苦，對社會無影響可言。

錢（學熙）：沈先生所提的問題是個很實際的問題。我覺得關鍵在自己。如果自己覺得自己的方向很對，而與實際有衝突時，則有兩條路可以選擇的：一是不顧一切，走向前去，走到被槍斃為止。另一條是妥協的路，暫時停筆，將來再說。實際上，妥協也等於槍斃自己。

沈（從文）：一方面有紅綠燈的限制，一方面自己還想走路。

錢（學熙）：剛才我們是假定衝突的情形。事實上是否衝突呢？自己的方向是不是一定對？如認為對的，那末要犧牲也只好犧牲。但方向是否正確，必須仔細考慮。

馮（至）：這的確是應該考慮的。日常生活中無不存在取決的問題。只有取捨的決定才能使人感到生命的意義。一個作家沒有中心思想，是不能成功的。

朱（光潛）：我把文學看得很簡單，文學即是說話。一個人把所見到的說得恰到好處，即成為文學，每人所見的即是「道」。人人所見不同，有廣狹，有深淺，文學因此也就有高下之別。文學反映人生，人生甚廣，各階層的人都可以有不同的看法，而且，只有不同才能產生豐富。大家湊合起來，人生乃更完整。現代文學的毛病是把一切看得太簡單了，太公式化了。馬克思與弗洛德皆如此。至於文學與政治的關係，文學反映人生，政治是人生活動的一部份，文學自然可以與政治有關係，但不能把一切硬塞在一個模型裡。

廢（名）：朱先生的話很是。我覺得目前文學界空氣沉腐。第一次歐戰前的歐洲文學，特別是俄國的小說，真是起了很大的作用，我輩都受其影響，但並沒有都走這條路。我告訴大家一件事實：中國文學史上確有第一流的文學家是聽命於政治的，如忠君的屈原、杜甫，但仍能在忠君之餘發揮他們的才能。另外，亦有文學家雖反抗社會而不成其為文學家的，如周秦諸子。大概而論，周秦以後的文學家聽命的多，不過他們的天才大，感情重，所以不妨礙他們成為文豪。文學的界限甚寬，只要自己能寫，別把這些看得太嚴重了。

朱（光潛）：文學的發展往往是興衰交替的。從某種文學的初期到它的正式成立，路子較寬，為多數人所了解。慢慢的人們講求技巧，路子漸隘起來，而成為decadence。如中國早唐與晚唐的詩，南宋與北宋的詞，它們的分別即在此。新文學在開始接受西方影響時，路子較寬。歐洲文學目前在decadence之中，我們如只學隘的，似不合適。

馮（至）：我的意思正如朱先生所說的。目前我們所接受象徵派的影響，恐怕是不很健康的。

朱（光潛）：荷馬的作品如今讀來，我仍感興趣。現代詩人的晦澀雖好，但不太好。語言的功用應在使人了解。

廢（名）：二位先生所談的怕是另一個問題。我自己從經驗了解晦澀問題的產生，這實在是時代的問題。從前的人寫詩如走路，現代人寫詩如坐飛機。叫一個只會走路的人突然坐飛機，自然覺得不慣了。

朱（光潛）：現代文學家是用顯微鏡看人生，但普通人手上並無顯微鏡。

馮（至）：將來也許大家都會有的。

廢（名）：我再舉一件事來解釋。民國二十年以前，我寫過一些小說。當時溫源寧先生說，我的小說很像當時英國的吳爾芙夫人的，又問我是否喜歡艾略特？我說，他倆的作品我一點也沒有讀過，我當時只讀俄國十九世紀的小說和莎翁的戲劇。後來讀了點吳、艾的作品，確有相同之感，這實是時代使然。「普遍」一詞實在難說，現代的作品不普遍，中國古代的作品又何嘗普遍呢？象徵派是向來有的。

馮（至）：這怕是文學的開始與結束的分別。

廢（名）：這是天才的問題。

馮（至）：但一個人的性格也會受時代的影響。

沈（從文）：雖是同一時代的人，但性格還是有分別的。

馮（至）：我雖喜歡現代一部份的東西，但總覺得有些問題。

袁（可嘉）：我想，時代二字很迷糊。不如改說是由於文化的關係。我們實際上不能說詩與文化（poetry and culture），而只能說文化中的詩（poetry in culture）。我以為現代詩的晦澀性可以從二方面來解釋：一為現代文化的高度綜合的特性。貫串現代各部門知識的是這樣一個發現：一切都是過程，是活的有機體，與別的事物都密切相關。它不僅發生作用，接受反作用，而且有相互作用的情形。因此，一切學問都變成研究某些因素或另外一些因素間關係的學問（study of interrelationship）。唯心與唯物的人們實際上是同樣違背現代思想底主流的，因為他們都把「心」與「物」看成死的東西。實際上，所謂「心」與「物」都只是動的「能」（energy）而已。哲學上的過程哲學，物理學上的field theory，心理學裡的Gestalt派，社會學中的文化模式的理論，都是這個表現。最具體的，是目前一部份學者所從事的科學統一的工作（united sciences），即設法將各種科學（自然科學、社會科學）聯繫起來。在這種情形之下，一個現代人所要了解的東西確實太多了。現代文化既如此複雜，現代的詩如何能不複雜？我有一個感想，覺得多數人對文學的晦澀十分敏感，對於身邊許多別的事物的晦澀似乎很肯寬容。譬如說，大家都使用電燈，但電的道理對於我以及許多像我的人，恐怕是非常晦澀的；可是我們一進門就捺亮電燈，有幾個人問過自己呢？也從沒有人去請教過電學家或電燈匠，為什麼電燈會亮呢？這只是一個例子而已，其次，現代詩的晦澀可以從現代詩是對於十九世紀浪漫詩的反動上去了解的；浪漫詩是傾訴的，現代詩是間接的、迂迴的；因此，習慣於直接傾訴的人就不免覺得現代詩太晦澀難懂了。

就目前中國的文化現況說，我承認這類詩是並非必需的。但如果有一部份人比別的人們走在前面一步，而已深深感覺現代人文明的壓力，而開始有所表現，似乎也是不可厚非的。至於大家是否都該那麼做，自然是另外一個問題。現代化的一個嚴重的弱點，出在些冒充現代的人的身上，但這是人的弱點，而非這一運動本身所必然包括的過失。我相信，中國的文化不向前走則已，如果還有發展的話，從簡單到複雜怕是必然的途徑。

馮（至）：文化的發展也可能從複雜走向簡單的。

廢（名）：袁說的話很對，但太抽象一點。詩人是小孩子，不必等到文化成熟再動手作詩的。

錢（學熙）：真正的文學作品都是真實生命的真正表現。各個生命的流向不同，但如確是真正生命的表現，則無論其為頹廢的或向上的，也都是各載其道的。文學的興衰，誠如朱先生所說，是歷史的事實。每一時代的先驅人物，傾其生命之流，不僅開創新的內容，並且開創新的形式。有人徒見形式而不見新形式所根據的新內容，只顧技巧，而造成decadence。艾略特說過「如無大的技巧，忠實不能存在」（honesty cannot exist without great technique），里維斯發揮它，而說「技巧是忠實的工具」（technique is a means of honesty）。至於現代詩的晦澀實在不能一概而論。艾略特的晦澀確實有他特殊的經驗做背景的。有些不肖之徒只模倣他的形式，於是就壞了。

廢（名）：僅僅是形式的模倣確實是不成的。詩之從簡單到複雜倒是一種趨勢，從前如此，新詩亦然。你們看胡適的詩多麼容易懂，但到卞之琳以後就難懂起來了。另外還有一點：

一般來說，文學有兩種技巧，一是寫實的，即是照相式的，要把當時的真實經驗生動地表現出來，而每一個經驗都是特殊的、具體的，因而比較難懂；另一種是回憶的，如馮至的十四行集，這類詩比較容易懂些。

沈（從文）：舊詩可不是這樣分的。

廢（名）：舊詩也是如此。

沈（從文）：舊詩只分抒情的、言志的，與敘事的。

袁（可嘉）：沈先生所說的指主題的分類，而廢名先生所說的，則根據技巧的不同而分。我覺得廢名先生的分類是可以成立的。如果我可以換兩個名詞，那麼，廢名先生所謂寫實的即是戲劇的，關鍵在表現上的逼真與生動；廢名先生所謂回憶的即是沉思的，把經驗或事物推到一定的距離（時間的，同時是空間的）之外，詩人繞著它們思索而成詩。馮至先生的十四行集顯然屬於沉思的一類，而非戲劇的。沉思的詩是靜止的，戲劇的詩是動的。

朱（光潛）：「修辭立其誠」恐怕仍不失為寫作的要義。

廢（名）：我還有一點感想：中國新文學很成功，新詩尤其成功，好詩的分量雖少而質實在很好。新詩中至少可以選五十首出來，足以與任何時代，任何國家的好詩相比。散文小說的方向很好，成就卻不算優異。

沈（從文）：我看未必盡然。

（這篇座談會的紀錄因來不及請各位發言者校閱，文中有錯誤處由編者負責）

——**記錄完**——

——原載天津大公報「星期文藝」第一百零七期。民國三十七年十一月十四日，第一張，第四版。

⊙評語

一九四九年二月北京「解放」以後，北大由教授治校、一夕之間改變為中共黨委書記治校，在「政治掛帥」的口號之下，進行課程改革以及學生和教授們的「思想改造」（海外稱為「洗腦」）。「思想自由，兼容並包」的傳統學風，被改造得蕩然無存，像「方向社」座談會那樣的自由討論，當然是不可能再有的了。

「方向社」那次的會，討論了兩個主要的題目。一是政治指導文學的問題；一是談現代詩的晦澀性。就當時及以後大陸文藝作家的處境而言，第一個問題比較重要而且敏感，但是那天對它的討論，卻是出奇地冷靜坦率。

錢學熙教授首先發言，批評Slochower以馬克思與弗洛德學說為文學唯一出路的主張。（錢先生所引那本書的作者和書的全名，以及出版時地是：Harry Slochower, ***No Voice Is Wholly Lost.....Writers and Thinkers in War and Peace***, New York: Creative Age Perss, 1945.）討論由此漸漸發展到沈從文、馮至、廢名（馮文炳）和錢學熙等幾位教授對於怎樣看待「紅綠燈控制」的反覆商磋。

今日重讀關於「紅綠燈」的那一段討論，覺得許多字句竟似不祥的讖語。好像那次的座談會，無形中把未來數十年悲劇的劇本都草擬好了。就以我在聯大和北大常常追隨的沈從文和馮至兩位教授來說吧。一九四九年以前，他們兩位在北大的地位不分軒輊，都很受同事的尊敬和學生的愛戴。但是「解放」以後，他們所走的方向和各自的際遇，如果互相對照，真有難以置信的天壤之別。

主張「既然要走路，就得看紅綠燈」的馮至先生，在「解放」以後，成了學而優則仕的文藝界新貴，陸續擔任官辦團體「文聯」和「文協」（全國文學藝術界聯合會、全國文學工作者協會）的「全國委員」、「常務委員」；後來又長期出任中國社會科學院外國文學研究所的所長，直到退休，改任名譽所長。他並且常奉派代表「中國人民」或「中國作家」出國訪問，平均大約每兩三年就被派出國一次。

另一方面，沈從文先生因為對於有人操縱的「紅綠燈」有所顧慮，對於新社會的新要求自認無法適應，自稱不會作應制詩文，所以在文學寫作方面，只得停筆。他另外轉入一條似乎沒有紅綠燈的冷僻道路，改業到歷史博物館去，為出土的古代文物填寫標籤，並且兼作一名「說明員」。就在馮至以「中國作家代表團團長」的身份在天上飛來飛去的時候，沈從文卻埋頭在古董堆中，默默工作，不計得失。「人不知而不慍」，他本來就是那樣謙退。在一次敦煌壁畫摹本展覽會上，「說明員」沈從文正在向觀眾熱心講解，人群裡就有人問：「這人是誰，他怎麼懂得那麼多？」（這是一位青年觀眾問汪曾祺的話。見「長河不盡流」，吉首大學沈從文研究室編，湖南文藝出版社，一九八九年，頁一四三。）

錢學熙在「方向社」座談會上說，一位作家如果因為「與實際有衝突」而停止寫作，那就「等於槍斃自己」。「槍斃自己」自然就是比喻「自殺」。這句話竟然不幸而言中了。沈從文先生由於外界壓力太大，神經極度緊張，在「解放」初期，的確有過一次並未致命的自殺。這件使人痛心的往事，我在一九五七年首先為文把它公之於世。（「懷念沈從文教授」，自由中國，十六卷三期，一九五七年二月一日；現收入本書第二輯。）金介甫在他的書裡說，「我猜想馬逢華寫此文，原因是當時台灣官方憎恨沈從文為共產黨做事，作此文為了辯解。」（金介甫，前引書，中譯幼獅版，頁四五九。）他只猜對了一部份。我願藉此篇幅，把我寫該文的動機略為說明。

我原是極不願意提起這件事情的，否則我何必等到一九五七年？到了一九五七年，我離開中國大陸已經五年多了。外界對於一九四九年以後沈從文的生活、工作和處境，竟然一點消息也沒有。誠如金介甫後來所說，「沈從文已經完全從公眾視界中消失」了。（前引書，頁四四八。）那時我是真正的絕望了，覺得長夜漫漫，鐵幕重重，外界對於沈先生在文學事業和私人生活方面所遭受的折磨，大概今生今世永遠無從得知了。這怎麼可以？天理何在？我無論如何，要為歷史留下一個記錄。這就是我寫那篇「懷念」的主要原因。其時夏志清兄的「中國近代小說史」（***A History of Modern Chinese Fiction*** 1917—1957，耶魯大學出版社，一九六一），其中包括「沈從文」專章，還沒有出版。聶華苓的「沈從文評傳」（Shen Ts'ung-wen, New York: Twayne Publishers, Inc. 1972）還沒有著手。自然也沒有華大、哈佛的研究生以沈從文為專題撰寫博士論文，更不要說以後由海外蔓延起來的「沈從文熱」了。我的那篇「懷念」小文，對於喚醒外界，不要把沈從文忘記，應該是起了一點作用的。

沈、馮兩位老師一九四九年以後的對照，還有一點出乎意外的發展。馮至雖然樂於接受紅綠燈的指揮，卻沒有再寫出什麼重要的作品。他的最後一本創作詩集，是一九五九年出版的「十年詩抄」（「十年」是指中共建國十週年）。這本書裡那些「歌德派」的詩作，恐怕禁不起時間的考驗。他的代表作品，應該還是「解放」以前出版、眾口交譽的「十四行集」

（一九四二年桂林明日社出版）。可以說就新詩創作而論，馮至在一九五九年以後已經封筆。沈從文雖然不再寫小說了，卻在極其艱苦的條件下，又在文學作品之外，完成了一部足以傳世的大書「中國古代服飾研究」（香港商務印書館，一九八一年初版，一九九二年增訂本出版），可以算是失之東隅，收之桑榆了。

無論是否贊成政治指導文學，「解放」以後，沈從文和馮至在文學創作方面，都先後提早封筆，不能不說是中國近代文學史和北大校史上的一個悲劇。他們的學生後輩也難逃過這同一命運。此處不妨就以那次主持座談會、並且熱心為現代詩的晦澀性發言辯護的袁可嘉為例。當時他是北大外語系的助教，才不過二十幾歲。他面對幾位師長，侃侃而談，那種初生之犢不畏虎的氣概，是非常使人印象深刻的。可嘉兄讀書努力，寫作的意志與能力堅強旺盛。但是他作為「九葉詩人」中最年輕的一位，剛剛才寫了四十幾首詩，就遭逢變天，不能再寫下去了。一九四九年以後，他轉以文學翻譯為主要工作，雖然成績卓然，但究竟是為政治環境所迫，以致當年的壯志未展。他曾在給我的一封信裡說，「我常有此概歎：We are the wasted generation（我們是浪費了的一代），或如Eliot所說："Life largely wasted (between two world wars)"（生命大部分都浪費了（**在兩次大戰之間**））」。（一九九四年八月六日寄自北京）這「浪費了的一代」，當然也包括我，以及與我們同一時代的一群曾經意氣奮發、力圖有所建樹的同學們。

再就「文學的方向」來說，中共當政以後，通令以「毛澤東在延安文藝座談會上的講話」作為文學的唯一方向，沒有任何選擇的餘地。北大「方向社」這個文藝團體，剛剛才開了第一次的座談會，它的成員和他們的努力與希望，就像「枝條始欲茂」的幼苗，一下子都在政治的狂風驟雨中被摧殘零落，一掃而空了。

紀念北京大學百年校慶，也應該記取北大這浪費了的一代。

——原載「傳記文學」一九九八年十二月號，

現由作者修訂定稿。

（二）北大五年記

⊙神京復．還燕碣

抗日戰爭勝利以後，一九四六年的九月三十日，我和五十一位西南聯大師生（師長只有少數幾位，包括夏濟安、志清昆仲，可惜當時我們還不認識）搭乘學校復員的輪船，從上海鼓浪北航，到秦皇島，換乘火車經天津到北平。那艘船是懸掛巴拿馬國旗的「聖拉斐爾號」（St. Raphael），由善後救濟總署租用，原是要到秦皇島去裝煤南運的，經由清華同學會洽商，利用北上的空船，載運聯大復員的師生。

經過八年抗戰的艱苦歲月，終於北返，此情此景，正如西南聯大進行曲最後一段的「凱歌詞」所寫：

千秋恥終已雪，見仇寇如煙滅，
大一統無傾折，中興業繼往烈；

維三校如膠結，同艱難共歡悅；
使命徹，神京復，還燕碣。
（馮友蘭作詞）

海行約兩三天，同學們每天晚飯後在甲板上唱歌、作團體遊戲。在海闊天空的黃昏裡，大家興高采烈地唱：

「在那遙遠的地方——」
「哪裡來的駱駝客呀，沙里洪巴咳，咳，咳！」
「風在號，馬在嘯，黃河在咆哮，黃河在咆哮！」

歌聲或迷人，或粗獷，或是萬丈豪情，此起彼伏，漸漸把我引回久遠的童年。我雖不在北京長大，卻有著一段北京童年的記憶。

大概是在我八歲那年的夏天，父親把我和家兄逢周，送到他一位朋友在北京開辦的眼科醫院去治療砂眼。醫院地址我還記得是南長街四條，在胡同口高高豎立了一個玻璃燈框的大招牌，白底黑字四個大字「明明醫院」，不論日夜，老遠就可以看見。

這是一所家庭醫院。兩進四合院裡，前院是診所，醫生家就住在後院，醫生也姓馬。我們兄第二人就在馬大夫家裡住了一個暑假。醫生家的幾個孩子，年齡與我們兄弟差不多，我們在一起玩得很好。每天傍晚，幾個孩子常常在大門外邊玩「貓逮耗子」。一邊玩，一邊口裡唱著：

「三根骨髏籤兒——嘞，貓兒逮耗——子嘞，……」

「……天長——啦，夜短——啦，耗子大爺起晚——啦！」

在胡同口路燈的光影下，幾個孩子跑來跑去，嘻嘻哈哈，樂得簡直要瘋了。

周作人曾經寫過：「我的故鄉不止一個，凡我住過的地方都是故鄉。」對我來說，那下半句，還要補充一下：「凡我住過而且印象深刻，滋生了感情的地方，都是故鄉。」依照這個說法，北京很早就是我的故鄉了。所以在那次復員的輪船上，在黃昏的大海上，同學們此起彼伏的歌聲，會引起我童年的回憶與鄉思。「神京復，還燕碣」，心情真像是朝向故鄉載欣載奔一樣。

到了北京，我向北大報到，從大學四年級到經濟研究部，一共讀了五年。這五年，如果以一九四九年一月為分界線，恰恰前兩年半是在山河變色之前，後兩年半是在「解放」以後。

⊙沙灘一帶的街道

我在北大日常活動的範圍，不外散布在沙灘一帶三四條街上的校舍。這一帶的街道，因為走了許多年，沿路的一些事物和建築，已經成為我長久記憶的一部份。簡單來說，從景山腳下的景山東街西頭出發往東走，到了東口與松公府夾道交接的丁字路口，就向南拐。沿著松公府夾道走下去，就是漢花園街的西口。由此向東拐彎，走上漢花園街，這就是被稱為沙灘的地方了。在這條街上，沿著北大的磚牆東行，直到北河沿街口。從這裡向南轉，順著一條乾河，下去不遠再往東拐。走進東廠胡同為止。這樣走一趟，大約不過兩里路的樣子。現在把這幾條街上的北大校舍，就我記憶所及，記錄一些點滴。

景山東街馬神廟的遺跡，早已不存，但是當時仍然有許多人喜歡把這條街稱為馬神廟。這裡的北大校舍，包括西齋和它東邊相距很近的舊公主府。這是北大前身京師大學堂的原址。公主府是前清乾隆皇帝第四個女兒和嘉公主的舊第。根據記載，大學堂創辦時，公主府計有原房三百四十餘間，當時又增建房舍一百三十多間。這就是以後北大第二院，亦即理學院的院址。我曾在第二院的大禮堂聽過幾次講演。禮堂為宮殿式，前邊有顏色深暗的紅柱和雕欄，裡面座位由講台向後一層一層高上去，很有氣派，不過只能坐得下兩百多人。公主府最後一進有梳妝樓舊址，據說最早用作大學藏書樓，戰前已經改為物理實驗室。我是無事不登三寶殿，沒有到後邊去看過。西齋是學生宿舍，我一到北大，就住了進去。

松公府夾道路東，離景山東街東口不遠，稍稍向北，有一座大門。這是松公府校區的進口，也就是北大的西門。這一帶聳立著三座西式大樓，就是地質館、圖書館和北樓。都是三十年代蔣夢麟先生擔任校長時期建造的。經濟系的辦公室、教室和研究室都在北樓。我在北大五年，除了宿舍，大部分的時間，都在松公府的北樓和圖書館度過。

北大的紅樓位於漢花園街的西頭（又稱為沙灘）。這座坐北朝南、東西走向的紅磚大樓，是蔡元培先生出任北大校長後的第二年（一九一八）建成的。一九四六年我進北大的時候，紅樓已經稍嫌陳舊，走在裡面，不可避免地會想到近代中國多少博學鴻儒，都曾經在這陳舊的地板和樓梯上走來走去，走上走下。他們步履的跫音，和講學論道的南腔北調，好像還都在紅樓的牆壁之間往復飄蕩，回音不絕。小子何幸，能有機緣趕得上在此與歷史相銜接。我在當年，就常常覺得這座紅樓，應該當作一個繼續使用中的歷史地標，千萬不能翻修改動，永久保存下去才好。

學校復員後第一年，我選修中文系楊振聲（今甫）教授的「現代文學」，就在紅樓上課。楊先生風度翩翩，吐屬文雅，對於我國新文學的作品和作家瞭如指掌。師友們住在紅樓四樓教員宿舍的，包括我的經濟理論老師蔣碩傑教授（蔣師那時還沒有結婚），聯大同學袁可嘉，和以後成為亦師亦友的好朋友夏濟安、夏志清昆仲。傳記文學社社長劉宗向（紹唐）學長，當時半工半讀，在學校兼職，工作地點記得就在紅樓一樓。此外，還有一位年輕的美國講師傅漢思（Hans H. Frankel），常在紅樓看見他提著一桶熱水，很吃力地攀登樓梯。我與他並不熟識，但因為在沈從文先生家見過面，所以每次在樓梯遇到，彼此總都含笑點頭為禮。漢思先生現在是耶魯大學的中國文學榮休教授，他的夫人，就是名崑曲家、名書法家張充和女士。

說起紅樓，還有一件有趣的事情也可以記下，算是這座老樓歷史小小的一滴。一九四八年某天黃昏，四樓的天花板忽然裂了一個大洞，有重物砰然墜地的聲音。住在附近房間的先生們聞聲出來察看，赫然是一個衣衫不整的女孩子，腳摔壞了，站不起來。大家正在驚訝，一位在旁邊的年輕教授忽然說道：「有男斯有女！快找工友搬梯子上去看看！」工友帶了電筒上去，果然還有一個焦急的男生下不來，無可奈何。他沿著梯子下來以後，兩個不好意思的大孩子，互相攙扶著，一拐一拐地走了。觀眾們各自回房，一切回返正常。這件事情，當時我並不在場，但是次日去看了那天花板上的大窟窿。把這個故事告訴我的那位教授，多年以來著述等身，現在大概已經快要九十歲了。

紅樓後面是一個大操場，後來被學生們稱為「民主廣場」。操場之北是灰樓女生宿舍，有幾位單身女助教也住在裡面。灰樓是當時北大設備最好的宿舍，也是蔣夢麟校長在一九三〇年代建成的。灰樓後面有一塊空地，冬天由校工潑水掃平，做成溜冰場，供北大師生使用。我的基本滑冰技能，就是在這個冰場上跌跌撞撞練出來的。這塊空地再向西北過去，便與松公府的北樓相鄰了。

大操場西北側北頭，有一段南北走向的牆壁，原是學生們張貼壁報的地方，後來也被稱為「民主牆」。從這面牆的南頭向西出去，再向北轉，迎面有一座古色古香的大四合院，一共兩進，這是原松公府保留下來，經過修繕的老房子。前院大廳用作蔡孑民先生紀念堂。校長辦公和北大各行政部門，都在這座院子裡。後院大廳，好像一度用作教職員飯廳。

大操場西側，在「民主牆」南頭與紅樓之間，有一座統艙式的建築，是學生飯廳。飯廳前面的平台，就用作戶外集會的講台。我在這裡聽過很多次講演，最使我印象深刻的共有兩次。這兩次講演的內容，容後再述。

紅樓正門的前面，就是沙灘北京大學的校門了。沿著校門兩邊的磚牆，經常停放著長長的兩排三輪車，聽候北大師生呼喚乘坐。

北河沿街是南北走向，沿著一條小河。據說從前河中有水，兩岸綠柳成蔭。我所看到的，只是一條河床很淺的乾河，柳樹卻是依然青青。這條街是從沙灘到東廠胡同的必經之路。北大在東廠胡同有兩座房子，一是門牌一號的胡校長官邸，一是校長住宅對面，門牌十號的研究生宿舍。前者是一座中式巨宅，庭院深深，據說是民初黎元洪大總統的舊邸；後者是西式洋灰小樓，形狀像是一個長方形的盒子，四周築了圍牆。有人說這小樓在戰時是一座日本監獄，不知真假。一九四七年秋季，我進入北大經濟研究部，就在暑假期間從西齋搬到這裡來了。東廠胡同這兩所房子，都是抗戰勝利以後，由傅斯年代理校長交涉接收下來的。

戰後復員期間，北大還把景山公園一併接收了下來，作為校園的一部份。①西齋宿舍就在景山東坡之下，晚飯後到景山公園溜達溜達，思索思索問題，既方便，又幽靜。晴日登臨景山主峰上面的萬春亭，環顧四周，在萬綠叢中，北是地安門和垂柳掩映的前後什剎海，西有美麗如畫的北海園林，和北海西南岸邊宮殿式的北平圖書館，南為宮闕鱗次、氣象恢宏的紫禁城，東側山下就是沙灘的北京大學。

對於沙灘這個校園的環境，北大老學長朱海濤（文長）先生有一段文字，寫得最好：

沙灘往西就是北平最美最平的那條北池子北口。隔着滿開着荷花，寬寬的護城河，聳立着玲瓏剔透的紫禁城角樓，朱紅的隔扇，黃碧的琉璃，在綠樹叢中時露出一窗一角。平平的柏油路，覆着兩旁交叉成蓋的洋槐濃蔭，延伸着向南，朱門大宅分列道旁。向西望去，護城河的荷花順着紫禁城根，直開入望不清的金黃紅碧叢中，那是神武門的石橋、牌坊，那是景山前的朝房、宮殿。我尤愛在煙雨迷濛中在這裡徘徊，我親眼看到了古人所描寫的：「雲裡帝城雙鳳闕，雨中煙樹萬人家。」北大人是在這種環境中陶冶出來的。②

即使沒有登景山而環顧，只要沿著沙灘一帶的街道走一遭，就會感覺到北大這個校園可以與全世界任何第一流大學的校園相比較，而毫無遜色。至於西郊外的燕園，那也是我舊遊之地，在此我只願說，燕園雖好，卻與北大的歷史和傳統全無關係。

⊙兩次難忘的講演

我在北大聽過兩次難忘的講演，都是在紅樓後面的大操場上露天聽講，因為學校的禮堂只能容納二三百人。那個操場在一九四九年以前，曾經是左派學生的主要活動場地，在這裡舉辦集會、演唱，貼大字報。他們把操場命名為「民主廣場」，甚至有人說這個廣場是一九四九年以前北京城內的「解放區」。但是狡兔死，走狗烹，中共連這個當年的「民主廣場」也不許留下來供人憑弔。據說原來的廣場上面，被中共的佔用機構像見縫插針似的，蓋了一些簡陋的房屋，看起來一片蕪雜髒亂。北大的操場雖然沒有了，我在那裡聽過兩次印象深刻的演說，經歷了如許滄桑的歲月，要點都還大體記得。

一次是一九四七年，胡適校長在畢業典禮上的致詞。聽胡校長講演，不能只聽內容。他的聲調、姿態，和他整個人的風采，也都引人入勝。這幾方面加在一起，給人一種如坐春風的溫煦之感。

他那次演說的要點，是說，你們這些小猢猻，現在要下山去自己闖天下了，我這個老猢猻很不放心，所以今天要送給你們三根從我自己身上拔下來的救命毫毛。你們如果切記緊守着這三根救命毫毛，在外邊就不至於闖下大禍、遇到大難。

胡校長送給我們的第一根毫毛，是「善未易明，理未易察」。這是宋朝大學問家呂祖謙（伯恭）的話，意在指出善與理是不容易明白的，教我們不要輕易相信，不要隨便作出結論。第二根毫毛我竟然記不真切了。想來想去，很可能是「但問耕耘，不問收穫」，或者「明其道不計其功」之類的話，因為這與北大傳統上彷彿有點迂闊的學風是一致的。胡校長以此來勸誡我們，要能默默求知，不要計算功利，是很可能的。第三根毫毛我倒記得清楚，是「功不唐捐」。校長的意思大概是鼓勵我們不要氣餒，要我們對於做學問、做事，一定要鍥而不捨罷。

我因為下山之後不久，就把校長賜贈的三根救命毫毛幾乎失落了一根，以致暮齒無成，並不冤枉。今日平心思之，胡適校長在我們畢業時候的諄諄告誡，其正面是使我們終身謹慎治學，小心做人，沒有出大毛病；其負面是在美國這個高度競爭、講求速效的社會和學術界，使我們相形之下顯得太膽小，太拘泥，不夠大膽進取。如果我可以以一個老學生的身分，在校長身後斗膽評論一句，那就是，很可能胡校長自己生前在治學、治事、以及處理婚姻和愛情問題上面，都吃了這負面的虧。

另一次使我印象深刻的講演，是一九五〇年，中共元老之一的謝覺哉到北大演說。他的題目我不記得了，不過他講到中國近代歷史時，說了一個故事，使我至今難忘。

一九四七年初，胡宗南部隊攻打延安，情勢緊迫，中共中央倉皇遷往延安數十里外的真武洞。當時中共保存有十幾箱重要的中共黨史資料，是從江西隨著長征隊伍輾轉帶到延安的。這些檔案箱過於笨重，來不及帶離延安，於是匆匆藏匿在一個老百姓家的頂棚（天花板）上面。三月間，湖宗南部攻陷延安。不久，中共收復延安，再到存藏史料檔案的民家察看，已經蕩然無存。講到此處，謝覺哉提高聲音說道：「沒有史料，將來這一段歷史怎麼寫？其實有沒有史料，並沒有關係！要寫歷史嘛，就看這枝筆抓在誰的手裡！」

謝老先生這幾句話，好像晴天霹靂，我聽了頓覺石破天驚，天昏地轉。北大的老校長胡適之先生，是講究考據之學的人，教導我們有一分證據說一分話，有七分證據不能說八分話。一九四〇年代的中國史學界，還受到十九世紀德國學者朗克（Leopold von Ranke）那個史學方法傳統的影響，講求考訂史料，忠實描寫，述而不作，案而不斷。現在中共的這位親手起草廢除「六法全書」通令的元老，竟然站在北大的講台上告訴我們，沒有史料也能寫歷史，只看筆是抓在誰的手裡。雖是野狐說禪，我對謝老先生的坦率，仍然不能不佩服。不過他這次的講演，也使我對中共治下的歷史和其他社會科學出版品，更多了一層認識，更增加萬分的戒心。

⊙五十週年校慶

北大五十週年的校慶，一九四八年十二月十七日，是在圍城之中黯然度過。我雖然身歷其境，不過回首前塵，吾欲無言。不如從已發表的有關記述中選錄數則，集為一幅剪影，由我在必要時添寫幾句按語，以為紀念。

北平當時的形勢

「在北平……一九四八年的十一月下旬，數十萬共產黨東北野戰軍已完成進攻平津等地的部署。十二月上旬，便包圍了平津一線國民黨華北『剿總』轄下的五十萬大軍。『圍而不打，耐心等待』，與其說是當時北平真實的勢態，倒不如說這是決戰雙方出於對文化的一種敬畏。……(十二月)十五日，清華園一帶，已成為共產黨的天下。」(陸鍵東「陳寅恪的最後二十年」，香港，天地圖書公司，一九九六年，頁四。)

(按：陸鍵東是中共廣東省黨委寫作班子的作家，此書收集了不少有用的材料。陸好像能夠查閱別人看不到的檔案資料。)

北大校園裡的情形

「民國三十七年(一九四八)十二月十五日到次年二月一日，北平是一座圍城。黑暗、寒冷、飢餓、骯髒。北京大學的五十週年校慶，原來預備擴大慶祝的，這時因為局勢急轉直下，終於草草了事。校園裡面，除了在『安全委員會』領導之下，有一部分學生在『民主廣場』挖掘避彈壕溝之外，其餘是一片死寂。文學院東方語文系主任季羨林先生，一天在北樓飯廳裡苦笑著說：『咱們都像是下了鍋的螃蟹，只等人家加一把火，就都要變紅了。』」(馬逢華「懷念沈從文教授」)

(按：我當時因胃病，經校醫證明批准在教職員飯廳吃飯，同桌有季先生、陰法魯先生，潘家洵先生……等位，所以親聆了引文中的話，不知季先生還記得否？季先生的近作「牛棚雜憶」，正由「傳記文學」從一九九八年十一月號起連載發表。)

沒有實現的紀念計畫

時任校長的胡適寫信向校友求援，希望在北大五十歲大慶時建成一個大禮堂。……胡適募捐信的原文，摘要如下：

……我們在校的師生和各地的校友，都想給北大做壽，所以有五十週年紀念的籌備。紀念的方法，大致分作兩個方面：一是用學術研究的成績做祝壽的禮物；一是建立一種五十週年紀念的公共建築。……在紀念建築方面，我們曾經徵求各地校友意見，大家都主張集中力量募集捐款，建築一個可容一千二百人以上的大禮堂，就叫做蔡子民先生紀念大禮堂。我們曾請幾位建築工程專家設計這個大禮堂，……需要七百五十億到一千億國幣。這是很驚人的一筆大款子，非有絕大力量不能擔負，……所以我代表北大在校同人與各地校友寫這封信。懇求吾兄慨允擔負此事，千萬請勿推辭。（**賀家寶「百年來的北大校慶」，北美世界日報「上下古今」版，一九九八年六月十七日。**）

（按：根據賀家寶文，北大向校友募捐修建大禮堂的計畫，除由北大秘書長鄭天挺向校友宣布外，胡適又寫了上面這封信，分別寄給當時在北平的四位有力校友（**北平市長**）、蕭一山（**北平行轅秘書長）、吳鑄人（**國民黨北平市黨部主委**）和石志仁（**平津鐵路局長**）。胡適信中所說的「用學術研究的成績做祝壽的禮物」，就我所知，北大各學系教授們的五十週年校慶紀念論文，在校慶日前，大部分已經陸續以白紙封面單行本的形式印刷出來了。不知後來有沒有合刊的專輯出版？建立蔡子民先生紀念大禮堂的計畫，可惜因為局勢逆轉，沒有實現。）

胡適校長日記三則

一九四八年十二月十五日（**星期三**）

昨晚十一點多鐘，傅宜生將軍自己打電話來，說總統有電話，要我南飛，飛機今早八點可到。……三點多到南苑機場。有兩機，分載二十五人。我們的飛機直飛南京，晚六點半到，有許多朋友來接。（「胡適的日記」手稿本，第十六冊，臺北遠流出版公司，一九九〇年初版。以下二則同此。）

（按：胡校長終於在北大五十週年校慶前三天離校南飛。前此，他在十四日的日記上記明，一、「殺生與牧蓀均勸我走」（鄭天挺（**毅生**）是北大秘書長，周炳琳（**牧蓀**）是法學院院長、經濟系教授」；二、十四日那天「後來我們（**有陳寅恪夫婦及兩女**）因路阻，不能到機場。」否則他十二月十四日就離校了。校長在北大校慶那天（**十七日**）沒有記日記。）

一九四九年一月一日（**星期六**）

在南京作「逃兵」，作難民，已十七天了！

（按：我一九五一年從大陸出來以後，許多年都常常有「逃兵」、「難民」的感覺。一九九〇年「胡適的日記」手稿本出版後，看見他在日記上寫這幾個字，覺得很親切。）

一九四九年一月二日（**星期日**）

「種桑長江邊，三年望當採。
枝條始欲茂，忽值山河改。
柯葉自摧折，根株浮滄海。
春蠶既無食，寒衣欲誰待？
本不植高原，今日復何悔！」

——陶淵明擬古九首之九。

（按：胡校長錄下這首陶詩，一字未附。恐怕他是千言萬語，欲說還休吧。此詩最使我感動的，是從「枝條」起的四句，因為這正是我們這一代很大一部分人坎坷命運的寫照。至於「悔」，當時我們都還像是生在江邊低地的桑苗：作為柯葉摧折的小樹，我們對於自己生長的時與地，並沒有選擇的自由，何來愧悔？）

⊙經濟系的回憶

北大經濟系在我就讀的期間，經歷了三次類似改朝換代的變遷，那就是西南聯大、「前北大」和「後北大」三個階段，這「前」、「後」二字，指的是一九四九年前後。

西南聯大的經濟系，是清華和北大合辦的。我在聯大修習了經濟學的基礎知識，主要的受業教授是清華的陳岱孫和北大的趙迺摶，兩位老師分別代表了兩所名校的教學風格。

陳岱孫先生是清華大學的系主任，聯大經濟系也請他擔任系主任，他經常是西裝筆挺，口銜煙斗，領襟插著一朵小紅花。那個煙斗，經常是叼在嘴的左角；叼得久了，以致在不用煙斗的時候，陳先生的左嘴角也是微微向下歪著。

陳岱孫老師上課極為認真，沒有一句閒話。我的「經濟概論」是跟他念的，所以可以說他是我「近代經濟學」的啟蒙老師。學期開始，他在第一堂上課的第一句話是：「如果鐘聲一響，我還沒有走進教室，你們、就、可、以、下、課。」一個字一個字地迸出來。可是這樣的事，從來也沒有發生過；總是上課鐘聲一響，他就剛剛走上講台。這門課的課本，是費爾契德等三人合著的「初等經濟學」第三版（Fred R. Fairchild, Edgar S. Furniss & Norman S. Buck, ***ELEMENTARY ECONOMICS***, 3rd ed., 1939）。當時我們買不起西書，而且那是戰時，即令有錢也無處可買；所以這本教科書，是我在聯大圖書館每天排隊借閱的第一本英文書。

我的「經濟思想史」，是選修趙迺摶先生的課。趙先生是北大的老系主任，在聯大時，他不過問系裡的行政。趙先生給人的印象，是一身長袍馬褂，捋鬚微笑。上課時，他常常把熱水瓶放在講桌上，倒出一杯熱茶，一面慢慢喝茶，一面從容講書。偶爾還要在黑板上龍飛鳳舞地寫幾句中國詩詞古文，作為印證。趙先生的課不用教科書，他在班上使用自己編寫的教材；講課不慌不忙，出口成章，筆記很容易記。這一門課，使我對西方不同經濟學派的來龍去脈，有了一個概括的了解，實在獲益良多。趙先生這門課的講稿，於一九四八年十一月整理出版，書名「歐美經濟學史」（正中書局大學用書）。

一九四六年學校復員以後，北大經濟系增聘了三位新教授：陳振漢（經濟史）、蔣碩傑（經濟理論）和樊弘（貨幣學）。把教授陣容原已相當壯大的北大經濟系，更進一步加強。陳、蔣二位都是回國不久的年輕學者。當時陳振漢先生大約是三十四歲左右，而蔣碩傑先生則是二十九歲。能夠重用這麼年輕的學者，可見北大雖然歷史悠久，卻絲毫也不老大。他們二位分別把經濟史和經濟理論最新發展的領域帶到北大來，而且對待學生又都非常寬厚關愛。我能追隨陳、蔣二師受業，實在是我的大幸。兩位老師在治學與為人方面，對我都有終身的影響。

我更幸運的，是能夠在一九四八年底以前，也就是在共產黨來到以前，把陳振漢、蔣碩傑兩師所開的幾門功課都選修完了。陳先生的課，包括「歐洲經濟史」、「中國近代經濟史」和「經濟史專題研究」。蔣先生為研究生所開的課，是「價值與分配」和「就業理論」。我並且趕著在一九四八年的秋季學期通過了經濟研究部的初試。

那年年底，時局緊張，蔣先生就離開北大，到南方去了。但是，他對我這個學生的教誨提攜，並沒有中止。實際上，後來我在美國讀書和工作，每到一個轉捩點，都向蔣師請教。他對我的明智指導，常常是我作重要決定時的南針。

也就是在這「前北大」的最後一學期，我在陳振漢先生指導之下，決定了論文題目「晚清的絲織工業」，開始初步研究工作。同時我並且兼差做陳先生的研究助手。

回想起來，「前北大」這幾年（一九四六年九月底到一九四八年底），對我來說，是一段難得的安定，平順、心情舒暢、努力用功的時期。時間用得很緊湊，沒有什麼浪費，可惜太短暫了。

一九四九年初，中共「軍事管制委員會」接管北大，真的變天了。播音喇叭每天播唱著：「解放區的天，是明朗的天；解放區的人民，好喜歡！」軍管會宣告的政策，是「原職原薪，各守崗位，安心工作」。

「接管」以後，首先是三令五申，在校園裡舉辦「反動黨團分子登記」。對經濟系而言，主要的對象大概是周炳琳教授，但是並沒有點名。周先生是北大的元老，長期擔任法學院長。他在北大的重要性，就和清華大學的「三孫」（陳岱孫、葉企孫和金龍蓀）一樣。周先生剛直不阿，言論和主張在北大很有影響力。中共很可能是想給他一個下馬威，以建立共產黨在北大的權威。

周先生對「登記」這件事，相應不理。於是，有一位經濟系的左派學生（大概是奉命）去提醒他。據說枚蓀先生凜不可犯地高聲回應：「誰不知道我周某人是國民黨！難道還要我去登記，他們才知道？我人就在這裡，他們要怎麼辦，儘管來好了。登記我是絕對不會去的！」

差不多同時，我們聽說樊弘教授已經填表申請加入共產黨。過了幾個禮拜，又聽說他已被批准為「候補黨員」。再過不久，樊先生就成為「解放」後的新系主任了。

有一天，我正在研究室工作，新系主任樊先生走進來，問我：「為什麼陳振漢那麼受學生歡迎啊？他好在什麼地方？你是他的學生，講給我聽聽。」我簡單回答之後，他又說：「我要看看他講課的筆記！明天把你上他課堂的筆記本帶來，給我瞧瞧。」我只好遵命，他把我的幾本筆記留下，過了幾天，才交還給我。當時我只以為，他大概是對於「解放」前陳先生比他較受重視這一點不能釋懷，所以想知道陳先生講課有沒有什麼秘訣。很久以後，我才想到，在「政治掛帥」的大纛之下，樊先生那次的調查，也許是上面交辦的任務，他可能是不得已而為之。不論是主動也好，受命也好，我在中外幾所大學讀書或任教數十年於茲，像這樣系主任查閱本系教授講課筆記的事，只碰到（或聽說）過這麼一次。陳振漢老師也許至今還不知道當年曾經發生過這樣一件事情。

一九四九年第二學期起，經濟系又規定了兩門新的必修課程：「辯證唯物論與歷史唯物論」（上學期）和「政治經濟學」（上下兩學期）。像我這樣正在寫論文的研究生，也要補修。但是這幾門新課的師資和教材，都大成問題。這些新課程的目的，是思想改造，教員們恐怕萬一說錯了話，構成「反動」的罪名；而共產黨對於「舊社會」出身的教員也不能信任。於是教育部規定，北京各大學都派遣教授或講師每週到人民大學，去聽那裡的蘇聯教授講課，然後回到各自的本校，在上課時把俄國人的話轉述一遍。如果有學生提出比較深入的問題，那教員就只能支支吾吾地敷衍幾句了。

從前有人批評西方的經濟學，說是只要去養一隻鸚鵡，訓練牠能學舌，說說「供給，需求；需求，供給」，就可以解答一切經濟問題了，誰還需要什麼經濟學家？對於一九四九年以後的北大（及北京其他各校）經濟系，豈不是也可以說，只要餵養幾隻鸚鵡，去向俄國專家學舌，一旦會說「剩餘價值，生產關係；生產關係，剩餘價值」等一兩個名詞，就可以講授馬列主義的「政治經濟學」了？這恐怕不是北京大學十分值得誇耀的一頁歷史吧。

實際上，學生們能夠安心讀書的時候很少，幾乎每天都要消耗很多的時間去參加各種政治活動。這些活動包括：小組討論會（主要是互相批評、揭發）、「上大課」（又稱「政治課」，討論中共文件）、「五一」和「十一」大遊行（事先需要很多時間操練準備）、「京郊土改」和「抗美援朝」等等下鄉宣傳（每次都要在鄉下老百姓家裡住兩三個晚上），以及「參軍運動」等等。整個經濟系為這些層出不窮的政治活動鬧得烏煙瘴氣，系裡原有的學術氣氛，被攪擾得奄奄一息。

我在「後北大」兩年半（一九四九至一九五一年暑假）的經歷，不可避免地包括了許多方面的折騰和艱辛，當時覺得是一種挫折和浪費，事後回顧，倒也並非沒有收穫。首先，在陳振漢老師的指導和呵護之下，我總算完成了論文的初稿，並且在一九五〇年第二學期，把論文呈繳給陳先生。

關於這篇論文，還有一段動人的下文。一九七九年五月八日下午，我在未明湖畔的臨湖軒與陳振漢老師和崔書香師母重聚，我妻丁健也去了，她是初次拜見兩位長輩。我與老師、師母一別二十八年，陳師的頭髮都已白了，不過兩位老人都是神采奕奕。相談之下，自然是不勝今昔之感。陳先生帶了一個網袋，裡面是一個硬白紙包，以素色小繩捆紮起來。老師說，文革時被紅衛兵抄家，小將們拿去了一些書物。未拿走的，放了一把火而去。我的論文從餘燼中救出來，居然只有前面焚毀了一部份，大約損失一萬多字，現在包好交還給我。這一包由陳師保存了二十多年的劫餘殘篇，我帶回西雅圖來，迄今又已二十年了，一直不忍啟視。如果打開外包，看見火燒的殘頁，我恐怕忍不住要落淚的。

撰寫那篇論文和兼作研究助理的過程，使我對中國近代經濟史的若干重要史料和研究方法，得到了一些從課本上學不到的知識和經驗。例如，為了準備論文，我曾到天津南開經濟研究所，去使用全國唯一齊全的一套海關統計冊和海關特別報告。這就是二次大戰時被日本擄去，戰後由中國以戰勝國的力量索還，運送回國的那一套有名的「關冊」。我去南開查閱時，有幾大箱還沒有打開，為我特別啟箱的。

我也曾為了論文的研究，到上海徐家匯天主堂的藏書樓，閱讀他們所藏、從同治十一年（一八七二）四月三十日創刊號開始的、全套上海「申報」原件。作為陳振漢先生的助手，我所參與的工作，是在陳先生指導之下，閱讀並分類剪貼「大清實錄」中有關經濟的資料。用的是戰時偽滿州國印刷的版本，價錢便宜，買來剪貼，比抄錄更為合算。學習運用像這樣卷帙浩繁的大部頭原始資料，在連複印設備都還沒有的當年，確實是非常難得的經驗。

其次，同時我還在讀一本外邊讀不到的大書，書名叫做「中共統治下中國社會之體驗」。我閱讀、學習了不少中共的書刊和文件；目擊、耳聞了政權變革以後許多不可思議事情的發生和演變。我聽過很多共產黨人的講話和報告，參加過無數次黨組織控制下的討論會，也有過參加大遊行和下鄉宣傳的經驗。在日常生活的可能範圍之內，我也接觸了一些校外不同行業的小老百姓。對這一切，我看、我聽、我問、我思。這樣一本大書，讀了兩年半，使我對中共人物的心態、語言和行為漸有比較深入的認識；對中共文件及統計數字的解讀、詮釋與取捨，磨練出了比較有把握的領悟力；並且對於中國大陸許多事情的發展，培養出了比較敏銳的洞察力。這些體驗，對於日後我對中共事務的觀察，特別是對於中共經濟問題的研究，都有很大的用處。這大概也可以算是功不唐捐了。

⊙西齋

我到北大第一年住在西齋。西齋應該是北大最老的學生宿舍了。清光緒二十四年戊戌（一八九八）京師大學堂創辦之時，校址設在地安門內馬神廟和嘉公主舊第，除了公主府原有的房舍之外，「並新建房一百三十多間」③，依我推斷，那新建的部分，應該就是後來稱為西齋的房舍。因為有清之世，宮殿王府都有它們一定的建築體制和格局，在一座公主府的圍牆之內，不太可能還留有一大片足以建造一百三十多間房舍的空地。大學堂在籌辦之時，就近在與公主府相距不過咫尺的西鄰，購地建造一部份校舍，是很合情合理的事。所以推斷西齋是北大最老的宿舍，大概沒有問題。

西齋也是北大最出名的宿舍。它為什麼比北大其他的宿舍有名？有人認為西齋住的人多，它的名聲是由車夫小販宣揚起來的。也頗有人列舉西齋出身的人物，諸如民初眾議院議長某君、北洋政府教育總長某君、南京政府的某某要人，以至「五四運動」的某某健將等；於焉指出，西齋既然出了這麼多的名人，它的名聲自然也就大了。鄙意以為西齋之名，如果真是由車夫和小販宣揚起來的，倒也罷了。如果說是由於出了很多名人，那至少也要甄別是在什麼方面成了名的人物。品評北大西齋人物，就應該記得蔡元培校長在民國六年（一九一七）一月四日就職演說中的名言：學生們「須抱定宗旨，為求學而來；入法科者非為做官，入商科者非為致富」。如果有人肯花一點功夫，把學生時期曾在西齋住過的知名學者和作家們的相關資料整理彙編，那就比細數日後升官發財的西齋人物，更有意義了。

這座既古老又出名的北大西齋宿舍，是一個磚牆圍繞、庭院深深的中式大院落。臨街是傳統大四合院「屋宇式」的正門。這種大門實際上是在一排房子的中間，建造一座門樓。西齋的門樓，造得樸素無華，以青灰色的筒瓦蓋頂，頂上起脊。屋脊屋角，沒有小仙人、小獸物之類的裝飾；簷下不設繁複的雕刻。兩扇大門的兩邊，也沒有石獅子，而是一對抱鼓石。這座門樓雖然簡樸，看上去卻自有一派莊重高雅的氣象。門樓兩邊的房間，分別作為號房（傳達兼收發室）、工友住室和閱報室。

進了西齋大門，裡面是一排排的單座平房，每座都是東西平伸坐北朝南。一條南北縱深的過道，把這些房子連貫起來，直通大門。為什麼西齋雖有四合院式的大門，裡面卻不是一進一進的傳統四合院？依我一知半解的推測，這個設計，當年的建築師應該是花費了相當的巧思才決定的。蓋以傳統的四合院，住起來雖然舒適，但是南房不見陽光，比較陰暗；東房則下午西曬，夏天苦熱。所以舊時北京人家流行「有錢不住東、南房」之說。普通的四合院裡，主人一家大小都住在「上房」，就是北屋。至於東西廂房和南屋，則留作次要的用途。如果當年把大學堂的西齋宿舍，蓋為許多「進」的四合院，由於那時的「學員」們，人人都是「大人」、「先生」，恐怕誰也不願去住東房或南房的。況且每一院落，如果四面房子都住滿了，成為一個大雜院，難免嘈雜擾攘，不像一個讀書休息的環境。

當年西齋的設計，很可能就是基於這樣的想法。既然人人愛住北屋，何不就把東西廂房和南屋一概取消，只建造一排排的單座北屋。於是，每個房間都是坐北朝南的「上房」，寬敞光亮，夏涼冬暖。每排房子的前面，都有一個長方形的庭院。晴日小院負暄，或自己看書，或與人談天，其樂何如。

西齋並且恰好是位於景山東坡之下。晚飯後到景山公園散步，就像是到了自己的側院。試想住在一個文化大城的中心，而幾乎每天傍晚，都能享受「山氣日夕佳，飛鳥相與還」的情趣。這樣環境的學生宿舍，恐怕是並世無雙了。

復員後的西齋，四人合住一室。吃飯是到沙灘的學生飯廳用餐。聯大分發來的學生，人人都是公費，不必為伙食發愁。偶爾想換換口味，解解饞，附近的小飯館子也很方便。洗衣則由洗衣店包辦，每週有小夥計到各房間收集要洗的衣物，用大布包袱背走。次日把每人的乾淨衣服一一包好，寫明某先生若干件，分別送回寢室。每月到號房結帳付款一次。日常生活，一切成為常規，不必費心。

一九七九年五月初，我夫婦曾隨華盛頓州國際貿易訪問團到北京一行。事後曾在一篇小文中記載：「……我在離開北京前一日，五月九日，撇開訪問團的活動，與我妻丁健一同徒步走到沙灘一帶，往復徘徊了半天。……這是當年我住在景山東街北大西齋學生宿舍，每天聽課、坐圖書館、歌於斯、哭於斯的地方。而今萬里歸來，卻像是走到了陌生的異鄉客地。我們只能從街頭牆外看到紅樓，四周搭滿鷹架，正在修繕。西齋大門舊漆剝落，門樓瓦頂已生荒草。……」④

那次去重訪西齋一帶，費了不少周折，因為萬萬預想不到，街名都已改變。很久以後才弄清楚，原來是東西走向的景山東街，已經改名「沙灘後街」；而從前南北走向的馬神廟大學夾道（簡稱「大學夾道」），則改稱為「景山東街」。不僅街名改得撲朔迷離，從前一些非常熟悉的地標也都沒有了。過去的經驗和記憶，因此也就全都失去了憑依。在那一帶尋來尋去，後來終於在「沙灘後街」西頭路北，看見一座破落失修的門樓，似曾相識。然而屋頂荒草盈尺，四周也與從前西齋的環境完全不同。門樓前面坐了兩位老者，穿灰制服，佩紅臂章。見我和丁健在附近徘徊，其中一位就走來問話。經我說明以後，老者指向他身後那座大門，說道：「這不就是嗎，您哪。」

啊，西齋，我弦誦歌哭的老家，三十年來塵撲面（一九四九到一九七九），我幾乎認不出了，屋猶如此，人何以堪？那位老者又告訴我：「現在（一九七九）是『紅旗』和人民出版社的宿舍。」他並且說：「裡面還是一樣，可以進去看看故居嘛！」進了大門，但見一排排的平房之間，滿坑滿谷搭蓋了許多簡陋的小廚房、灶台和小棚子；只留下勉強可以走到每個房間的窄狹小路，西齋已經成了一進一進擁擠髒亂的大雜院。

走出西齋，再看這一條我曾經非常熟悉的街道。舊公主府北大理學院已經毫無蹤影，原址臨街是一座半新的紅磚建築。此外大半條街幾如廢墟，好像是進行了一大半的破壞工程，停頓下來，就被忘記了。佇立在這陌生的街頭，北京五月的風沙迎面撲來，一時頓覺天荒地老，景物全非。百感交集，不忍再留，遂與我妻匆匆離開。本想重訪東廠胡同的宿舍，也決定不去了。

京師大學堂的創辦，本是戊戌（一八九八）維新運動的結果。舊公主府北大理學院和西齋，是中國第一所新式大學僅存的兩處原始校舍建築。在中共治下，一被完全拆除，一被濫用失修，這也許就是中國百年以來維新（或現代化）運動命運的象徵吧。

⊙東廠胡同十號

東廠胡同十號的宿舍與西齋是不能相比的，「東廠」只是小樓一座，西齋則是一組建築群；「東廠」是北大最新的房舍，在戰後才接收的，而西齋卻是大學堂原始校舍的一部份。但是我對東廠胡同十號的感情，與對西齋一樣，它也是我的老家，我在這裡住了四年。

在「解放」以後那兩年多的時間裡，幾乎整個北大都被「政治掛帥」的種種活動鬧得翻江倒海；但是，「東廠」卻是出乎意料地平靜無事，類似大風暴中的一個安全島。在這一座小樓裡，北大「思想自由，兼容並包」的傳統仍然存在。我們可以關起門來讀禁書，不必擔心受人監視，；甚至於可以發表幾句「反動」的言論，也不必恐懼會有人去告密。

譬如，我們透過外文系的同學，向燕卜蓀教授（William Empson，1906—1984，英國學者、詩人、一九四六至一九五一年任北大外文系教授）借來喬治・歐威爾（George Orwell，1903—1950）最後的兩本著作——「畜生農場」（***Animal Farm, London,*** 1945）和「一九八四」

（*Nineteen Eighty-four*, London, 1948; New York, 1949），幾個同學傳閱，看得拍案驚奇，歡喜讚嘆，覺得歐威爾簡直像是一位預言家。

中共舉辦「反動黨團分子登記」的時候，我們就會想到「畜生農場」裡面的動物在那裡重複呼叫著：「四條腿的好，兩條腿的壞！」燕京大學校長陸志韋被兒子揭發控訴的時候，我們立刻就想到「一九八四」那本書裡所寫的子女告發父母，父母揭發同事，和人人都被剝奪了隱私權的日子。我們好像是先看了一個腳本，然後再看這些違背人性的醜劇，在眼前一一演出。

二十多年之後，西蒙・列斯（Simon Leys，比利時漢學家Pierre Ryckmans的筆名）在一九七二年重訪北京，觀察了半年，也深感歐威爾「一九八四」一書之洞識機先。他說：「歐威爾雖然沒有夢想到中共政權的出現，他卻成功地描寫了中共治下的日常生活，連具體的細節都一一刻畫出來，比大多數的研究專家們參觀北京歸來以後，所告訴我們的『真實情況』更為真切精確。」⑤我們比西蒙・列斯早二十多年，就在東廠胡同十號體會到這一點了。

東廠胡同十號之所以成為一個安全小島，大概有以下兩個原因。其一是因為它的地理位置比較偏離校本部。北大主要的活動，包括政治活動，大都集中在沙灘和馬神廟那個區域。偏處於校舍東南隅的東廠胡同十號，或許剛剛是在學校政治風暴中心圈的外邊。

第二個原因，是這個宿舍地小人少，而住在這裡的幾位研究生，又都是「為求學而來」的朋友，無心也無暇外騖。

先說那地方之小。隱藏在東廠胡同十號鐵柵欄大門和圍牆裡面的，是一座兩層高的洋灰小樓。此樓建造得堅固實用，談不上什麼建築美；前已談及，它的外表是一個暗灰色的長方形大盒子。樓的進口大門朝西，裡面中間是一條南北縱貫的走廊；走廊兩側大約有十間左右的單人住室。樓上也是兩排單間，也不過十幾間房子。所以即使全樓都住滿了，也不過二十幾個人。此外，樓上有一個大客廳，樓下還有號房、一間飯廳、一個小廚房、一大間統艙式的盥洗室和相連的淋浴室。隔著走廊與盥洗室面對面的，是全樓唯一的一個廁所，只有一個便池，是從洋灰地面凹下去的蹲式白磁便池。抽水的水箱，高高懸在牆頭，垂下來一條細長的鐵鍊，終端吊著紡錘型的木製拉手。這裡往往是全樓最忙的地方。

再說住在裡面的人。東廠胡同十號的人口非常簡單。樓上住了十位印度留學生，九男一女。他們互相廝守在一起，不大與自己小圈子以外的人來往，對於本行專業以外的閒事，更是不聞不問。樓下除了住在號房（傳達室）的一位工友之外，通常住著十位左右的中國研究生，都是男生。（此外還有多位中國女研究生住在灰樓）大家都是為「求學而來」，彼此相處有如朋友兄弟，推心置腹，不虞有人打小報告。這恐怕是形成大風暴中一個安全小島的主要原因。

那時與我往來較多的舍友，有農學院的馬驥，他是李景鈞教授的高足，每週一半時間住在城裡，一半時間在西郊羅道莊的農學院。外文系的周翔初、金發燊和豐華瞻；周翔初和他的夫人常紹瓊（當時還是未婚妻，在燕京讀書），成了我終身的好友。一九五一年夏天我到香港，無處棲身，曾在紹瓊家裡寄住了一段時間。在我最困難的時候，他們幫了大忙，所以他們二位還是我的恩人。法律系的程筱鶴，是蘇州才子，身瘦有鶴相，常穿一襲紡綢大褂，臨風飄舉。筱鶴與我同去東安市場逛舊書店，不願走路，總要叫車代步。他叫車子時，用蘇州國語：「賽輪，東、哀、市、寵」（三輪，東安市場），很安詳地慢慢唸出來，神情使我至今難忘。政治系的沈叔平也常往來。還有一位地質系的高兄，就住在我的隔壁房間，我常過去聊天，一時竟然想不起名字了。

可惜當時沒有經濟系的研究生可以住在一起，互相切磋。北大復員後第一年，經濟系沒有研究生。次年錄取了兩名，就是我和嚴鶚華。嚴兄是走讀，只在上課前後有機會與他短短交談，平常在學校裡很少見面。像這樣的情形，其他學系一定也不少。

住在學校宿舍裡的同學們，在「解放」前一年，組織了一個「北大研究生會」，其功用是聯誼和與校方接洽有關研究生福利的事項，大家推我擔任會長。

一九四八年秋，物價飛漲，左派學生正在發動「反飢餓運動」。研究生的公費，不敷膏火之需。我們屢次想把這情形向胡校長面陳，但是在學校總是找不到他，常常是忙於開會或去南京了，於是在一個星期六的早晨，我約了研究生會代表沈叔平和程筱鶴，同到宿舍對面胡校長公館求見。門房工友擋駕，聲稱校長不在家。當時我年少任性，覺得奔波多日，請命無門，一時失去耐心，於是向工友要了紙筆，留條說明來意。記得在便條上寫了這樣的話：「……校長很忙，我們也很忙，以後不會再來打擾。不過此事不能解決，將來如何發展，研究生會不能負責。」留下字條，走出大門不到十步，門房工友從後面追來，一面叫道：「先生請回！校長請你們回來談話。」

我們走進客廳，胡校長已經在那裡等著，含笑向我們說道：「平時不得休息，所以交代工友，今天上午杜門謝客，你們應該懂得嘛。」當時談話細節已不記得，只記得胡校長平易和藹，表示一定要設法把困難解決，讓大家能夠安心讀書。不知是否這次會談的結果，後來每個研究生的床下，每月都能儲存一袋麵粉（四十斤），像是保值儲蓄，隨時可以賣給沙灘附近的小飯館，由老闆派一個小夥計到宿舍來，把麵粉放在肩上扛去。

後來我在台灣和美國，都又有機會見到胡校長。他似乎已經不記得這件事情了。不過我每一憶及學生時代留給胡先生的那張便條，都要深為自己當年的幼稚感到汗顏。

⊙外國留學生

住在東廠胡同十號的十位印度留學生，都是印度政府甄選遣派的公費生；一九四七年秋季入學，與我差不多同時住進東廠胡同的宿舍。我的印象是他們大部分都是攻讀中國語文和文學，有一位讀博物館學（那時北大剛剛成立了一個博物館系），那位唯一的女生，阿帕莎美（Java Appasamy），是研究中國藝術的。

前面提到，這一批印度學生廝守在一起，不大與自己小圈子以外的人往來。這與許多中國和台灣留美的學生一樣，住在一起講家鄉話，燒中國菜，很少跟美國同學來往。由於印度人的特殊飲食習慣，宿舍樓下的廚房和飯廳，名為大家公用，實際上完全是印度學生的天下。他們吃飯前後，熱帶香料的刺鼻氣味，瀰漫整個宿舍，但是大家都能體諒，從來沒有一句閒話。

時常引起中國同學們抱怨的，是廁所問題，他們入廁大解完畢，是用手來清理局部。那個廁所的設備，是凹下地面的蹲式抽水便池，寬度約八九吋之譜。他們入廁之前，各提一個小鐵桶，先到走廊東側的盥洗室裝滿水桶，然後提著一桶水進入走廊西側的廁所。事畢出來，總是把便池四周地面濺潑全濕。經過幾位印度同學連續使用之後，那個廁所簡直就成了「汴水流，泗水流」，使得別人無法下腳走進去了。這雖然是一件小事，但是涉及衛生和公德心的問題，宿舍裡中印雙方代表，常常為此交涉不清。

使事情更加一層複雜的，是那位身材修長、披著豔麗的「紗縷」（sari），在樓上樓下飄來飄去的印度女生。北大灰樓是設備極好的女生宿舍，她不肯去住，偏要住在東廠胡同十號的男研究生宿舍，以免離開印度人的小圈子。她每天也要提著小水桶，與十幾個大男生爭用那唯一的廁所。其所引起的不方便，並不限於地面上的污水。大家拘於禮貌，即在交涉之時，也不便提出來討論。

除了這類小事，彼此偶爾顯得尷尬之外，中印同學相處融洽。只因為他們囿於自己的小圈子，難以和中國同學們發展深厚的私交。印度同學中，與我來往比較多的，共有三位。一位是白春暉（V. V. Paranjpe）。他在那一批印度學生之中，最為瘦小，對人非常友善。一九五〇年返印以後，他在外交部工作。六十年代，他在香港做「印度使節團」（Indian Commission）團長，辦公室設在銅鑼灣希慎道（Hysan Avenue）。我幾次到香港的大學服務中心去看資料，都與他有聯絡。大約是一九六七或六八年，他受命調往高棉金邊擔任「國際管制委員會」（International Control Commission）主席，那時我們還每年互寄賀年片，寫幾句短信；後來失去聯絡。兩年前讀到一篇他紀念胡適的文章，才知道從一九七四至一九八二年，他曾經先後出任印度駐衣索匹亞（Ethiopia）和駐南韓的大使。

另兩位與我往還較多的，是丁慕齋（T. S. R. Murti）和泰無量（Amit Tagore）。丁君開朗親切，還帶著一股青年學生的熱忱。常告訴我一些印度風土人情和佛教故事。泰君是曾經訪華的印度詩人泰戈爾（Rabindranath Tagore）的嫡孫，身材細長，談吐穩重，很有學者風度。丁、泰兩位，都曾把老家地址給我，希望保持聯繫。前讀白春暉文，才知道丁慕齋已經去世。一九六二年四月初，我在波士頓亞洲學會年會上，曾與泰無量重逢，把臂話舊。他那時在費城做訪問學者。

北大的十位印度留學生，是在一九五〇、一九五一年，分批回國的。

此外，還有幾位與我同時的外國學生，不住在宿舍裡，記述北大的外國留學生，似乎不能把他們摒除在外。

一九四六年秋季，我選修楊振聲（今甫）先生的「現代文學」，在紅樓上課，班上有兩位年輕的外國學生，黑西服白圓領，看上去都不過二十幾歲。班上學生不多，很快就彼此認識了。一位的中文名字是顧從義（Claude Larre），另一位是雷煥章（Jean A. Lefeuvre），兩位都是法國人、耶穌會的修士。當時他們都在設於西交民巷的中法漢學研究所作研究，同時到北大選讀幾門功課。那一年我正在選習第二年法文，認識了兩位法國同學，正好可以請教問難，大家漸漸成了朋友。

一九五〇年初，我為了論文研究，到上海徐家匯天主堂藏書樓，去閱讀他們收藏的全套上海申報。顧、雷兩位已經先回到徐家匯，對我多方協助。次年（一九五一）暑假我去香港，成了流亡學生，顧從義寫信介紹我認識當年正在主持香港大學天主教中心（Ricci Hall）的勞達一神父（The Reverend L. Ladany），請他照顧我。勞達一也是耶穌會的教士，後來他編寫發行的英文通訊週刊China News Analysis（中國新聞分析），完全根據中國大陸資料，每期深入分析一個專題，成為研究中共問題不可缺少的參考讀物。

我流落香港期間，從勞神父得到消息，顧、雷二位都在徐家匯天主堂晉鐸，升為神父。其後顧從義到越南，在西貢大學講授儒家思想，西貢失陷以後，與我失去聯繫。我到美國多年之後，才知道雷煥章神父在台中主持天主教的光啟出版社，曾經與他通信聯絡。他窮二十八年之力，研究、撰寫完成了一部大書，名為「瑞德荷比所藏一些甲骨錄」。後又得知顧從義神父於一九七一年在巴黎創立利氏學社（The Ricci Institute），主持修撰增訂版「利氏漢法大字典」（簡稱Les Grand Ricci）的浩大工程，黽勉從事，數十年如一日。在海外聽到這些消息，很為當年在北大結識的這兩位法國學者高興。

一九四七年，又有兩位留學生到北大。一位是哥倫比亞大學的宓含瑞（Harriet C. Mills），一位是牛津大學的霍克思（David Hawkes）。他們是幾月到校的，我不太清楚，只記得宓含瑞比霍早到幾個月或半年左右。

宓含瑞是一位高頭大馬型的美國女生，到北大來研究魯迅。她初到時，並沒有中文名字。後來有一天在午飯時候，外語系潘家洵教授與我談起：「Harriet Mills要我給她取個中國名字，我想叫她『宓含瑞』，你看怎麼樣？」我當然說很好。從此她就用了這個中文名。我們熟了以後，還曾與她一同看過幾場國語電影，藉以練習日用的口語。

大約在一九五〇年秋冬之交，宓含瑞突然被捕入獄。北大的朋友們都不知道是什麼原因。次年暑假，我流亡到香港，平日無處可去，幾乎每天都到美國新聞處的圖書館去看書。有一天，新聞處的一位負責人到圖書館告訴我：「你的北大同學Harriet Mills在北京出獄了。」並說她某日可以到香港，如果想見見面，屆時他可以安排。我聽後很替她高興，本想見面暢談，後來看見當地報紙記載，她從羅湖車站進入香港後，對訪問的記者說，共產黨的監獄像學校，她在裡面受到很有價值的教育……等等。我讀了幾乎不能相信，覺得不像是她平日所說的話。不過既然如此，那就似乎沒有見面的必要了。

一九六一年五月九日，夏濟安兄在信中告訴我：「志清的哥大之事尚未定，不過他已經sit on審查Harriet Mills畢業論文（魯迅）的委員會了……。」那時哥倫比亞與匹茲堡大學爭聘夏志清兄，所以濟安信中說，事尚未定。後來的安排是，志清先去匹茲堡教書一年，第二年回哥大就任終身教授。所以他可以在正式到哥大任職之前，就成為宓含瑞論文委員會的成員。根據出版品的記載，宓含瑞在一九六三年完成了她的博士論文「魯迅一九二七—一九三六：左翼的年代」。後來她好像是在密西根大學教書多年。

霍克思大概比宓含瑞還年輕一些。其人溫文儒雅，純樸無華。他的性情平易隨和，我們很自然的就成了朋友。他在北大學習的範圍，也許可以說與他日後在牛津大學「講座教授就職講演」的題目差不多；「中文之學，古典的，現代的，與人文的」。⑥對於古典的中國東西，他到北大時已經多少有了一點根柢。但是對於現代的，可以說他到北大以後，才從頭開始。比如，他如果想知道幾點鐘了，就指著自己的右手腕，用文言問我：「汝有時間乎？」我也曾帶他去看過幾次國語電影，幫助他漸漸了解白話的口語。

那時北大文科研究所極負盛譽，教授陣容壯大。例如羅常培（莘田）是漢語歷史音韻學和漢語方言專家。唐蘭（立庵）和羅庸（膺中）兩位都是楚辭專家，在聯大和北大都開過「楚辭」的課。唐蘭又是詞學權威，羅庸則對唐詩極有研究。現代文學方面，則有楊振聲、沈從文和廢名（馮文炳）諸位教授。一九五〇年代，霍克思翻譯楚辭（一九五九年出版）不能說不是受了唐、羅兩位教授的影響。至於他聽余平伯的課，對紅樓夢發生了興趣，當年我並沒有聽他談起過。霍克思進入北大文科，當然是投了名門名師，不過諺語有云，「師傅帶進門，修行在個人」，他日後的成就，恐怕主要還是歸功於他自己的資質和功夫。

做學問是一個平淡、寂寞、埋頭苦幹的事業。霍克思在北大四年平靜似水的研習生活裡，唯一的一個被春風吹縐的漣漪，是一九五〇年春暖花開的時候，他的未婚妻——瑾・伯金絲（Jean Perkins），從英國到北京與他相聚。他們在那年五月五日結婚。在當時的環境下，婚禮沒有鋪張，沒有請客。但是依照霍克思的說法，卻是一連「結了三次婚」。一次在英國大使館公證結婚，為了改換護照；一次在公安局區公所公證結婚，為了登記戶口；另一次在教堂結婚，那才是他們傳統的婚禮。他們婚後曾經約我到家裡聚過幾次，在那時的環境之下，算是不容易的了。一九五一年春，他們返英之前，殷殷話別，留下牛津地址，並且把一張結婚照片送我作為紀念。

一九五一年暑假，我作去國之行，經歷了一段不安定的流亡歲月。直到我來美讀書，生活大致安定下來之後，才寫信給霍克思，讓他知道我也出來了。他回信說：「像你這樣的人，要下決心離開中國，一定是很痛苦的。」他說得不錯。此後我們雖然各忙所忙，但是一直維持聯繫；直到他兒女成行，有了四個孩子，每年還全家六口聯名寄賀年片給我。後來他聲譽日隆，捧場的人多了，我反而有意無意地覺得不如保持一點距離，從旁欣賞為好了。

霍克思在一九八四年退休以前，已經是英國的首席漢學家和翻譯家，在全世界的漢學界，他應該也是數一數二的人物。不過他成名以後的事，無須由我來寫，已經有幾位作家寫過了。

我只想在這裡指出，他窮年累月所翻譯和訂註的《楚辭》和《紅樓夢》⑦，尤其是譯註《紅樓夢》這件巨大工作，要作到可以傳世的地步，已經不僅是譯註者的英文和中文有多麼高明的問題了。沒有沈湎於中國文化之中，而且浸泡到飽和程度的人，根本就擔不起這副挑子。

霍克思的退休，也退得瀟灑脫俗，大有學問。他爽性把藏書捐出，在威爾斯鄉下購置農舍，並且買了兩英畝地，遠離市塵，真正退隱田園，做起老圃老農來了。生前曾經主編香港中文大學「譯叢」的宋淇先生，對此曾經寫道：

> 初聞霍氏歸隱，我不免一驚，頗感意外。大概自己多年來為卷帙所誤，在白紙黑字中迷失了本性，對他的果敢決定一時不能接受。後來才慢慢悟到他正在尋求「忘言於真意，委運於大化」的境界。目前反璞歸真，心安理得，應該替他高興才是。⑧

這幾句說得很坦誠。不過，霍克思從學生時代就已浸淫於中國文化，他這樣退休，我聽說以後，並沒有感到吃驚，倒是非常欣賞。

⊙吃在北大

到北京大學讀書，並不是為了要吃；不過在學生生活裡面，總也少不了「吃」這件事情。所以回憶北大五年，不能對吃全然無記。

作為一個公費生，我的「吃」非常簡單。不妨以就食的地點，大致分作三類：飯廳裡、老師家，和學校附近的小飯館、以及街頭的小攤子。

學校飯廳裡的伙食，我在抗戰期間的流亡中學和昆明西南聯大，已經吃成了習慣。食品從每桌僅有的一盤鹹菜絲，到平價米煮成的「八寶飯」（「八寶」指米中摻混的稗子、稻穀、碎石子、米蟲、老鼠屎……等七、八種雜物），我都曾在身體正在發育的歲月裡，與同學們一同狼吞虎嚥，唯恐不夠吃飽。所以勝利復員以後，我對北大學生飯廳的伙食，並不抱什麼奢望，更不會刻意挑剔。

若以戰時的最低水準來評估，可以說我在北大學生飯廳裡，吃到過我整個學生生涯中最好的伙食，也吃到過最壞的。這好與壞，是以一九四九年的前後為分界線。當時同學之間流行兩句順口溜，說得很好。其詞云：

國民黨壞，花捲兒、饅頭、四個菜；
共產黨好，高粱米、絲糕、吃不飽。

絲糕是用「玉米絲子」，也就是粗糙的碎玉米粉蒸製而成的塊狀食物。其品質與以泥砂燒製而成的磚塊相當類似，與西餐裡用細玉米麵加黃油白糖、發酵烤成的「玉米麵包」（corn bread）相去有天壤之別。

至於高粱米，讀書人之能分辨五穀者，本就不多；能夠知道高粱還分兩種的，恐怕更少了。我是在一九四九年「解放」以後，由北大學生伙食團的炊事員（廚師）指點，才弄明白的。原來二者的區別，在於穗子。一種的穗子向中央聚成一撮，由這穗子碾出的高粱米，可供人類食用，另一種高粱米的穗子從中央向四外分散，碾出來的高粱米太硬太粗，根本不能煮熟，只能作為飼料餵豬。軍管會分配給學生吃的，是餵豬的那一種。

一九四八年，我曾因胃病經校醫批准在教職員飯廳吃飯。「解放」後，我失去了那個待遇，回到學生飯廳。但是我的胃弱，吃了粗糙的絲糕和堅硬的高粱米不能消化。一個多月以後，我的胃病惡化成為胃潰瘍，每次飯後，胃痛嘔吐：痛得死去活來，嘔吐物中帶有咖啡色軟的血塊，於是又由校醫出具證明，准我再到教職員飯廳就食。

其實中國大陸的經濟，並沒有一經「解放」，立刻就變窮了，窮到要給學生吃豬的飼料的程度。中國經濟在中共治下，走下坡路，但是要走到餓死人的程度，也需要一些時間。「解放」前後，北大學生的伙食，從花捲、饅頭改變為高粱米和絲糕，只是中共把資源從民生消費轉移到重工業和軍火工業的開始。政治課的教材再三提醒大家：「槍桿子底下出政權。」等到中共默認這個政策的錯誤，改由原本已經被「鬥垮鬥臭」的「不知悔改的走資派」出來領導，搞有限度的「改革、開放」的時候，中國大陸在戰後經濟發展上，已經浪費了三十多年的時間，餓死了上千萬的苦命老百姓了。

我從抗戰時期進入流亡中學開始，就很少有機會吃到家常便飯了。在北大時，我卻有幸常在兩位老師家裡吃飯。一是經濟系陳振漢老師和崔書香師母的家，那時住在黃米胡同七號；還有就是中文系沈從文老師和師母張兆和女士家，住在中老胡同北大教授宿舍。

兩家我都常去；有時是去拜望請教，被留下吃飯，有時是被老師召去，談話吃飯。當年在老師家裡吃些什麼飯菜，因為吃的次數太多，反而並不記得，反正一定是非常可口的家常便飯。我只記得因為當年教授待遇菲薄，兩位老師家的飯菜，都是月初比較豐盛，接近月底就只有淡飯粗茶了。

在這種場合，我得到的最大益處，是聽老師和師母講些課堂以外的知識和掌故，並且享受到一些家庭生活的溫煦。至於吃的東西，雖然都是外邊吃不到的，卻只能算是次要的收穫了。如今沈師仙去已逾十年，陳師夫婦和沈師母也都高齡八十多歲。雖然迄今一直保持聯繫，然而關山萬里，今生回報師恩的機會，恐怕也不多了。（補註：沈師母於二〇〇三年二月十六日逝世，慈祥前輩又少了一位。）

此外，經濟系老主任趙迺摶師，每年農曆十二月初八日，邀約系中幾位助教、研究生和高班同學，到他家裡去喝臘八粥。趙先生家在東四牌樓十條胡同（簡稱「東四十條」）三十九號，離學校不遠，大家結伴步行前往，一路有說有笑，到了趙宅，同學們圍着拂髯微笑的趙師，一邊啜食濃熱香甜的臘八粥，品嘗各種小點心，一邊聽他談一些輕鬆的家居瑣事。師生相處，幾如家人，其樂融融，頗有一點新年團拜的氣氛。

這個一年一度的溫馨傳統，到一九四九年趙師卸任之後，境況日非，不再舉行。及至一九五〇年，連離趙家不遠的那四座華麗大方的東四牌樓，也被拆除了。

再說小飯館和攤子上的食品。我到學校附近的小飯館吃飯，往往是因為在圖書館或工作室忘了時間，耽誤了飯廳的飯。偶爾是想換換口味，或是有朋友從清華來了。所以我去小館子的目的，主要是果腹，不為解饞。但是我如有機會到小攤兒或挑子上去吃吃零食，那倒確是為了享受一點風味小吃的快樂。

沿著景山東街東行，經松天府夾道到漢花園街，這一帶頗有幾家小飯館和麵館。飯館菜式較多，米麵兼備；麵館則是供應各種麵食的專門店，只有幾樣簡單的菜肴和湯類。

景山東街理學院斜對面向東約二三十步，有一家坐南朝北的飯館，因為它位於西齋和北樓之間，非常方便。我去過很多次，但是沒有注意過它的名字。我去了，往往是要一盤很普通的菜，諸如木樨肉或鍋塌豆腐之類。如果有朋友同去，則可以添一兩樣比較別致的菜，比如北大的名菜「張先生豆腐」，或是一盤「油沏白菜」（讀起來像是「油漆白菜」）。前者是燴豆腐，加了肉片、鮮菇等等材料，吃起來好像並沒有什麼特別。點這一道菜，往往是出於好奇心，據說戰前，此菜在北大附近的餐館裡已經很有名了。不知是哪一位張先生向哪一位廚師傅指點的做法。戰後似乎只有理學院對面這家還有此菜。

油沏白菜是把大白菜的嫩心，切為幾大方塊，不分散開（據說做時是用細繩捆作幾個小墩），把花椒在油裡燒得極熱，澆在嫩白菜墩兒上面，燙得半熟，有些地方作焦黃色，再加其他作料，即可裝盤，擺得整整齊齊上桌。景山東街這家做得很是爽口。不過如果想吃最好的油沏白菜，一定要到西郊燕京大學後門（東門）外，成府小村，常三開的那家小館子，才能吃到。

若是想吃麵食，我往往不加思索，就到松公府夾道，位於景山東街東口和漢花園西口之間，坐西朝東的那家。它的字號，我也沒有注意過。因為它離圖書館和經濟系所在的北樓最近，所以常去。我進去坐定，往往順口就說：「小碗炸醬，兩個麵批兒。」在這些老麵館裡，麵是按重量供應的。一個「麵批兒」是四兩切麵。如果肚子還餓，就可以告訴小夥計，「再加一個麵批兒」。我對這家的各種炒餅、燴餅，也都喜歡吃。餡餅的油太多，我寧願吃水餃。

紅樓對面有兩個小飯館，夏志清先生在他的「紅樓生活誌」裡，對它們有一段很生動的描述：

學校大門對面只有兩家小館子，一曰大學食堂，一曰小小食堂。大學食堂也只備有七八隻小桌子，比小小食堂大不了多少，老闆娘人高臉白，相當能幹，可供應些最簡便的熱炒。小小食堂則一無新氣象，桌面油膩髒黑，到那裡平常叫一碗炸醬麵，有時來一小盆醬肉。江南人愛吃魚蝦，那年差不多每日兩餐都在這兩家食堂吃，實在乏味之至。虧得我當時不懂營養，吃飽肚子就算了。炸醬麵這樣鹹，長期吃對身體實在是不宜的。⑨

志清兄在北大那一年（一九四六至四七），顯然吃飯很不如意。推想原因，大概首先是因為南方人吃不慣北方的烹調，自然紅樓對面的兩家食堂也都不很高明。其次，志清兄沒有經歷過長期流亡逃難之苦。像我這樣把戰時流亡學生的伙食吃成了習慣的人，到了北大附近這樣的小館子，就容易覺得滿足了。炸醬麵我自幼年就常常吃，即令是普普通通的，我都可以吃；好的炸醬麵，我簡直是百吃不厭。還有一個原因，我想是志清兄太專心用功讀書教課，又要準備出國考試，一年的時間真的太短，還來不及好好熟悉和適應新環境，就該出國了。可惜我那時與志清兄還不熟識，否則，至少我可以帶他和濟安兄到景山東街那家小館子，地方比較寬敞乾淨，菜肴選擇較多，並且有熱騰騰的白米飯。每天飲食多有一點變化，生活就可以多有一分樂趣了。

紅樓對面這兩家食堂，當我住在西齋的時候，因為比較遠，所以少去。一九四七年暑假，我搬到東廠胡同以後，離「大學」和「小小」比較近了，遂常與住在紅樓的袁可嘉一同去吃飯。每次同餐，可嘉兄都要作東。他大概覺得自己有薪水收入，而我還是一介公費學生，所以不肯讓我會鈔，盛情實在可感。

週末，我也常常因為逛舊書店而耽誤了學校的飯，就在外邊打發一餐。北大附近的舊書肆和舊書攤，集中在隆福寺和東安市場兩個地方。

隆福寺在沙灘之西大約一里多路之遙，附近沿街有十幾家舊書店，都已很有歷史了。此外，還有定期的隆福寺廟會市集。它的會期，我並不清楚；但是我在週末每次去了，。都是熙熙攘攘，非常熱鬧。寺院的裡裡外外，擺滿了小攤子，出售各種日常用品、古玩玉器、花鳥魚蟲，以及舊書碑帖。

我最愛看的，除了書攤之外，就是花市和鳥市。花市陳列著各樣的新鮮盆花，和色彩豔麗的手工「京花」（絨花）。在鳥市上，我漸漸認識了畫眉、百靈、綠繡眼、紅點頦等等鳴禽。這些美麗活潑的小鳥，有些在籠子裡，有些腳上繫著紅絲細繩，站立在小樹枝上，都是揚揚得意，在那裡婉轉爭鳴。

我在這一座古寺的庭院裡，沐著和暖的陽光，一面從容地翻看舊書，展閱碑帖拓本，一面漫不經心地欣賞周圍的鳥語花香。旁邊人來人往，市聲嘈雜，好像與我全不相干，互不相犯。這一片太平景象，在當時誰也不知道能夠維持多久。很多年之後，才聽北京來客說，隆福寺已在五十年代被拆除了。

東安市場另是一種從前北京特有的風格。前輩作家梁實秋和唐魯孫，生前對它都有詳細的描寫，此處無須贅述。我到東安市場的主要興趣，是裡面中華商場樓下的幾家舊書店。這裡中文、西文、舊籍和並不太舊的二手書，都有一些。

如果是在隆福寺一帶看書店、逛書攤，興盡了就到寺院對面一家名叫「灶溫」的老館子吃飯，往往也就是隨便要一碗麵。這家的炸醬麵以肉末乾炸炒醬，算是拿手的。他們還有一種麵食，叫做「一窠絲」，是手拽極細的麵條，吃起來仍然很有咬勁，也可以有好幾種的做法。

據說「灶溫」創設於明末或清初。最初是很小的麵館，客人也可以自己帶材料來，由他們的灶上代為烹煮，所以就取名為「灶溫」。由於手藝高明，後來常有京官凌晨上朝，經過這裡，把轎子停下來，吃一碗麵再走。如此，漸漸把生意做大了。但是他們不敢忘本，我在北京的時候，聽說還有客人用細草繩提著幾兩肉，到「灶溫」去，讓他們代為炒菜或做成炸醬。這個有著三百多年歷史的館子，聽說在「三反」、「五反」以後，難以為繼，就停業關門了。

如果是去東安市場，我經常就在市場裡面一家小水餃店吃一頓。這家的水餃，餡兒花色很多。除了豬肉大白菜、豬肉細葫蘆（細葫蘆是一種兩頭粗細差不多的小瓠子）、豬肉韭黃、豬肉口蘑、花素等餡之外，還有蝦仁、海參等等材料，都可以拌餡子。餃子是現叫、現包、現煮，十分鮮美。三十個餃子，再加一小碗酸辣湯，就足夠了。

在週末或假日的早上，如果我想換換口味，吃一餐真正北京風味的早點，就散步到東四牌樓去。那一帶的街頭巷尾，小攤子星羅棋布，都是賣各式各樣早點的。若想吃點鹹的，我就要一碗熱騰騰的炒肝，與新出爐的芝麻醬燒餅同吃，那真是人間美味。炒肝並不是熱炒的菜，而是用豬肝、肥腸，加上蒜末和其他調味品，勾芡燴成的羹湯，其味濃香，喝時不用湯匙，而是端著碗吸而啜之。

如要清淡一點，不妨來一碗麵茶，就著一套燒餅油餜來吃。麵茶是用秫米麵熬成的糊，因為秫米（又稱黃米）有些黏性，所以稠密不懈。盛在碗裡，販者用筷子蘸些芝麻醬，在米黃色的碗面揮灑一層，然後再灑上一些花椒鹽。喝時也是不用羹匙，以手捧碗，繞著碗邊吸啜。喝完以後，沒有絲毫殘羹沾在碗上。

如果想吃甜的，我喜歡杏仁茶。杏仁茶是用杏仁和糯米加糖熬到爛熟而成。臨吃之前，最好再在碗裏灑上一點桂花滷。一碗在手，佐以一套燒餅餜子，也是一份很好的早點。

偶爾在校外吃吃小館子，或到東四附近小攤子吃個早點，是我在北大讀書生活中的小點綴和樂趣。可惜一九四九年以後，情勢日非。連這一點偶爾的享受，漸漸也不可能了。

⊙尾聲

站在北大紅樓西邊的漢花園街口，就可以看到玲瓏剔透、九梁十八柱的紫禁城東北角樓。它那精巧凝重、華麗瑰瑋的氣象，至今想起來還是如在目前。一九四九年夏秋之交，有一段時期，這座角樓的東北簷角，忽然在每天日落的時候，向外冒出濃厚的黑煙，漸漸凝聚，類似一小朵浮動的烏雲，忽上忽下，忽前忽後，久久不散。每天都吸引許多居民和行人在街頭圍聚，仰頭觀看這個罕見的景象。一時人心惶惶，恐怕是什麼不祥的徵兆。後來有老年人說，相傳在拳亂和八國聯軍攻破北京的庚子年（一九〇〇），紫禁城的角樓，也曾有過冒出黑煙的異象。

姑且不論是迷信或巧合，一九四九年紫禁城角樓的黑煙，事後證明確實是一個不祥的訊號。中共政權在次年（一九五〇）就開始了西蒙・列斯所說的「古都大蹂躪」（The Maoist rape of the ancient capital），把各大街口歷代建立的牌樓，整個北京城富有歷史意義的城牆，甚至莊嚴壯觀的城門樓，一一打垮打爛，拆除淨盡。這個龐大的破壞工程，整整花了十二年的時間方才罷手，其破壞的範圍之廣，程度之徹底，堪稱史無前例。誠如西蒙・列斯所說，中共政權整個的功過，可以留待千百年後，讓後人來判斷。不過中共政權破壞北京古城這個人類寶貴文化遺產的暴行。現在就能判定。是它永遠也洗脫不掉的一樁滔天大罪，毫無疑問。⑩

京師大學創辦時的原始校舍，景山東街的舊公主府，也就是後來的北大理學院，終被夷為平地，應該算是「古都大蹂躪」暴行的一部份。我並且認為一九五二年北大奉命遷離沙灘校舍，也是中共政權決心拋棄中國傳統文化遺產的一步棋子。在全世界各個具有悠久歷史的大學裡，恐怕找不出第二個會以擴充校舍為藉口，而把具有歷史意義的原有校舍放棄的。中共甚至進一步把北大沿用了半個世紀的校慶紀念日——十二月十七日，也要取消另定。若說不是為了要與傳統文化遺產劃清界線，誰能相信？

到了「解放」的第三年——一九五一年，北京已經完全失去了它有聲有色的生活情趣和生命力，成了一座沒有靈魂的死城。北大也愈來愈不像一個認真讀書的環境。幾位愛護我的師長，自身處境日益困難；朋輩之中能夠常常見面自由交談的人，愈來愈少。有些同學因怕彼此連累，碰面也不敢打招呼了。天下沒有不散的筵席，我應該認真考慮去留的問題了。

——原載「傳記文學」一九九九年四月號、五月號兩期，現由作者修訂定稿。

【註】

①一九四五年八月二十二日，傅代校長從重慶寫信給尚在昆明的北大秘書長鄭天挺教授，有云：「咱們倒楣之極之後，乃發一批小財！所有舊北大的房子、東西、以及偽北大各部門工、醫、農，以及東方文化圖書館，以及其他原不屬北平研究院可能有之物事，一齊由北大接收，所以我透露這個消息給你。……」見鄭克晟「北大復校時期的傅斯年」，北美世界日報「上下古今」版，一九九六年五月七日。信中「以及其他……」一句非常籠統，一定另有詳單。很可能東廠胡同的房舍和景山公園那時已經列入北大接收的範圍之內了。

②朱海濤「北大與北大人」，原在一九四三年「東方雜誌」連載，現經編入「我與北大——老北大話北大」（王世儒、聞笛合編），北京大學出版社，一九九八年四月出版，引文見頁四七五。

③蕭超然「京師大學堂創辦述略」，北京大學學報（哲學社會科學版），一九八五年第一冊（雙月刊），北京大學出版社，頁一一二。

④馬逢華「敬悼沈從文教授」，聯合報「聯合副刊」一九八九年五月二、三兩日及「傳記文學」一九八九年五月號。

⑤Simon Leys, ***Chinese Shadows***（中國的陰影），New York: The Viking Press 1977,P52, Note 8.（中文是我的翻譯。）

⑥David Hawkes, ***Chinese, Classical, Modern, and Humane***（An inaugural lecture delivered before the University of Oxford on **25 May 1961**）,Oxford, Clarendon Press, 1961。

⑦***The Songs of the South,*** Oxford, 1959; new edition, Penguin, 1985. ***The Story of the Stone***，前八十回，共三冊，企鵝出版。後四十回因與前八十回非出於一人之手，文體不盡相同，所以由霍氏指導他的得意第子閔福德（John Minford）譯出，以求英文譯本後四十回與前八十回文體也不盡相同，共兩冊，亦由企鵝出版。

⑧林以亮（宋淇）「不定向東風——聞英美兩大漢學家退隱有感」，聯合報副刊，一九八五年二月五日。

⑨夏志清「雞窗集」，台北九歌出版社，一九八四，頁七十七。

⑩參看Simon Leys，引前書，頁五十三至五十六。

（三）河南河北皆干戈

清人黃鈞宰所著「金壺七墨」中，收錄了余如諧的禽言詩四首，其一有云：「行不得也哥哥，河南河北皆干戈；前逢官兵後逢賊，飄零十日將如何。」這似乎是以鷓鴣的啼聲為詩，其所述戰亂苦況，與一九四八年歲暮北平圍城期間北大師生的處境頗為相似。

那年十一月下旬，共產黨東北野戰軍完成進攻平津的部署。到了十二月十五日左右，北平城已被緊緊包圍。共軍不斷向城內射擊砲彈，製造恐怖。但是雖然大軍壓境，卻是圍而不攻，同時在幕後策動華北勦匪總司令傅作義率部投降。我曾在另一文中以「黑暗、寒冷、飢餓、骯髒」來形容包圍中的北平。對於想要離開這座圍城的人而言，的確是干戈遍地，四面楚歌，「行不得也」。北平被圍大約一個月之後，傅作義果然率部投降，接受改編。不久共軍正式入城；嚴格控制人民旅行，如果沒有路條，那就更是「行不得也」。

當時北平是中國的文化中心，不少學術泰斗、文化精英，聚集在北大和其他幾所著名的大學裡，南京國民政府在軍事節節潰敗，政權岌岌可危的關頭，對於北平圍城中的學人，曾經作了一次挽救的努力，就是所謂的「接運（有些地方寫為「搶救」）北平教授」計畫，這個緊急行動或姿態，以及它的後果，在那個大局嬗變的過程中，頗有其歷史性的意義，但是至今似乎還沒有一個有系統的紀錄。綜合零散的資料，加上我個人有限的經驗，也只能略得其梗概。

顯然「接運教授」並沒有一個事先擬妥、未雨綢繆的備用計劃，而是臨時動議的緊急措施。因此在執行方面，頗有捉襟見肘、協調困難的情形。

譬如接運北大校長胡適之這件事，就是一波三折，根據胡先生的日記，十四日天從清晨到中午，他連續接到陳雪屏從南京打來的一次電話和兩通電報，力促當天南行，並說「即有飛機來接」。上午十點鐘的電報裡，有「頃經兄又轉達，務請師及師母即日啟程，萬勿遲疑，……當有人來洽機……」之語。其中開端六字應該解讀為：「剛才蔣經國又轉達總統的指示。」但是那天始終並沒有飛機到北平去接。下午三點鐘，胡適依照剿匪總部的電話通知，「到勤政殿聚齊」，不但空等了，並且還空跑了一趟機場。日記中說：「因路阻，到不了機場。」

北平與南京之間，不過兩三個小時的航程。但是國家最高統帥要派一架飛機即日到北平去接胡適，卻整整一天都辦不到，情勢的惡化，可想而知。十四日深夜十一點半，傅作義又打電話給胡適，「說總統有電話，要我（胡）南飛，飛機明早八點可到。」次日（十五日）早上八點，胡先生又去勤政殿等候，直到下午三時，才終於趕到南苑機場，登機離平。

清華大學方面，馮友蘭有這樣一段回憶：

「到十二月上旬，陳雪屏從南京到北京。……梅貽琦請他吃飯，約了些清華教授作陪。他來北京的目的，大家都已經心照不宣了。在吃飯中間，他果然宣布，南京派了一架專機，來接諸位先生去，如果願意去，就可以同他一起出發。在座的人都相顧無言，不置可否。」「十四日早晨，聽見西北方面，大約是南口一帶，砲聲大作，連續不斷地打起來。……到了中午，解放軍已經進到清華北邊的清河鎮一帶，學生們都上到宿舍樓頂平臺上觀戰。到了下午，梅貽琦就坐車進城了。」（**馮友蘭，「三松堂自序」，頁一二一。**）

梅校長從清華進城的那個下午，就正是胡校長空等了大半天飛機的同一個下午。但是陰錯陽差，梅校長一行竟然搭不上第二天（十五日）下午把胡適之從南苑機場接走的那一架飛機。顯然十五日以後，南苑機場已經棄守了。梅校長一行，要在圍城之中，等候在市內新修的臨時機場完工以後，才得於十二月二十一日飛往南京。當時我在北大，因為情勢緊張，隨時都可能有砲彈射進城來，所以守在校園裡面，想也沒有想走去看看那個臨時飛機場是什麼樣子，只聽說是在南城。

那次接運北平學人，在運作的技術方面，也有協調不周或困難的跡象。負責這個任務的飛機，與臨時機場之間的配合，似乎就有問題。

一個開闢在北平城內的機場，面積不可能很大。倉促修建，恐怕地基也來不及依照正常的規格來準備。所以這個臨時機場很可能只是一片地面鬆軟的空場。但是根據中國空軍方面的資料，當時冒著砲火起降，從北平臨時機場接運學人的飛機，卻是機身寬厚重大，被空軍官兵稱為「老母雞」的C-46運輸機。C-46是二次大戰以前，美國寇蒂斯（Curtiss）公司專門以空降、空投和空運為目的而設計的機種。戰後，我國大陸地面交通被中共阻斷，政府增援東北的國軍，一個師一個師的軍隊和裝備，就都由C-46擔任運送，建立了很大的功勞。但是這樣的龐然大物，降落到地面鬆軟的狹小臨時機場，就像是京劇裡所說的淺水龍，困在沙灘，威力難展了。所以十二月二十一日，梅貽琦飛抵南京以後，就曾對記者們說：「市內新機場跑道太軟，只能載重三千磅。」（申報，一九四八年十二月廿三日。）

如果假定每位被接運的教授，平均都是三口之家，再加上一些簡單的行李，則一家人就有至少三百磅左右的重量，也就是要佔去飛機全部載重量的十分之一。依此推算，每一架C-46運輸機，冒著砲火在南京北平之間往返一趟，只能載去大約十位教授及其家屬，這似乎還比不上一部公共汽車的容量。

由於共軍砲轟漸烈，以及傅作義醞釀投降，接運北平學人的操作，大概在十二月底左右，就無法繼續了。如果把十二月十五日接運胡適等人算是第一批，二十一日接運梅貽琦一行算是第二批，在短短二週之內，實際接運到南京的教授，人數恐怕是很有限的。比技術層面更有問題的，是擬定接運名單的決策過程。北平各大學人才濟濟，在時間和機位都很有限的情形之下，政府顯然無力把他們全都接走。究竟要接誰，留下誰？這個取捨和先後順序的擬定，其過程外界幾乎毫無所知，其表現則顯露出不切實際的瑕疵。當局想要優先接走的人，很多不願意離開；而想走的人，卻又往往不在接運名單之內，行不得也。這種情形，最是令人扼腕。

在圍城之前，大家見面往往會問起：「走不走？」此處先舉兩位決定不走的例子。一位是以「十四行詩」成名的北大外文系教授馮至（承植）先生：

> 北京圍城之前，（**我**）在馮家也曾問過「走不走」的問題。馮先生平日很少對學生談到政治局面，但是記得那次他說：「國家弄到這個樣子，就算共產黨來了以後，讓我挑水掃地，我也不走了。」（「**馬逢華散文集**」，**頁三〇七**。）

另外一位是以「中國哲學史」名世的清華哲學系教授馮友蘭（芝生）先生。以下是他的自述：

當時我的態度是，無論什麼黨派當權，只要它能把中國治理好，我都擁護。……當時在知識分子中間，對於走不走的問題，議論紛紛。我的主意拿定以後，心裡倒覺得很平靜，靜等著事態的發展。有一次景蘭（**友蘭之弟，地質學家。——逢華註**）問我說：「走不走？」我說：「何必走呢？共產黨當了權，也是要建設中國的，知識分子還是有用的，你是搞自然科學的，那就更沒有問題了。」當時我心裡想的，還是社會主義「尚賢」那一套。（**馮友蘭，前引書，頁一二〇。**）

關於「社會主義尚賢」，馮友蘭也有說明：「我在當時所謂『賢』，是指有學問有技術的人，我所想的大概就是像資本主義國家的人所說的technocracy（技術政治）。就是說，政治應該掌握在有技術的人的手裡。……這（尚賢）雖然是對社會主義的誤解，但是說明我對社會主義發生了好感。」（馮，前引書，頁八八。）

雖然我們見不到政府的接運名單，但是就我所知，這兩位馮先生都是有機會搭機南飛而不肯走的。再者，前文提到十二月上旬，梅貽琦約了一些清華教授，與從南京飛來的陳雪屏一同吃飯，席間陳宣布，南京派了一架專機，來接諸位先生去，願意去的可以同他一起出發。那次在座的教授（包括馮友蘭），必然是按照政府擬定的名單邀請的。馮友蘭說，他們當時都「相顧無言，不置可否」，可以推斷他們都沒有隨陳雪屏南飛。

另一方面，渴望離開北平這座圍城，卻未包括在接運名單之內，因而被迫淪入鐵幕的教授們，這裡也可以舉兩位為例：朱光潛和潘家洵。

朱光潛（孟實）先生是「詩論」、「文藝心理學」等書的作者，戰後任北大外文系教授兼系主任。夏濟安曾在一篇文章裡說：「朱光潛態度很是反共，在當時左派囂張的惡劣環境下，他能獨持己見，精神很可令人佩服。他親口說想要逃出北平，後來不知怎麼沒有逃成。」（夏濟安，「祝辭」，「聯合文學」，一九九二年二月號，頁五〇。此文為濟安身後由夏志清先生送交「聯合文學」發表的。）

夏濟安到台大以前，在北大與朱先生是外文系同事，此話自然是有所本的。至於為什麼「沒有逃成」，那很簡單：在圍城之中，除非登上政府接運的飛機，誰也走不了。

潘家洵（介泉）先生也是北大外文系的教授。他是一九一八年推動創辦「新潮」雜誌的五位發起人之一（其他四位是傅斯年、顧頡剛、徐彥之和羅家倫。五位當時都是北大的學生），也是「新潮」的創社社員。潘先生以翻譯易卜生和蕭伯納的戲劇作品，知名於文學界；著作有「易卜生研究」等。一九四八年我在北大讀書，因胃病經校醫批准在教職員飯廳用膳，與潘家洵先生同桌，彼此很談得來，成為忘年之交。十二月中旬北平被圍，潘先生想走，也知道我不願留下來，但是兩人都苦於沒有交通工具。

接運教授計劃開始以後，每次飛機到了北平，都帶著一份名單，臨時聯絡單上有名的教授和家屬登機南飛。那時潘先生的家屬都在蘇州，他很希望早日搭機南下，與家人團聚。潘先生並且主動提出，要幫助我離開北平。他告訴我：「每位教授都可以攜帶家屬一同登機。我只有自己一個人在北京，一定可以把你當作家屬帶上飛機，只要接運名單上有我，你就一定能走。」他並且叮囑我準備好一個小行李箱子，一接到他的電話，馬上就帶著小箱子去紅樓，與他會合同赴機場。

但是每次飛機來了，接運名單上都沒有潘先生的名字，到了十二月底，接運學人的計劃似乎就停辦了。潘先生走不成，一定很失望；我當然也只有留在北大。雖然是空等一場，我對於潘先生的雲天高義，是永遠不會忘記的。

政府要接走的人，有許多不肯走；許多渴望離開的人，卻又沒有被接。這樣一個與現實脫節的接運行動，究竟從北平接走了多少位學人？我們只知道，與胡適夫婦一同從南苑機場出發的，共有兩架飛機，分載二十五人，包括陳寅恪夫婦及二女。與梅貽琦校長一同從城內臨時機場南飛的，有李書華、袁同禮、楊武之、江文錦等人，總數不詳。我們也還知道，陳寅恪和楊武之兩家，雖然被接到南京了，卻始終沒有離開大陸。

當時擬定接運名單的原則是什麼？標準是什麼？恐怕只有參與其事的人才會知道。多年以後，我才聽說，南京的接運教授名單，是由傅斯年、陳雪屏和杭立武三位擬定的。傅、陳兩位，都與北方學術界，特別是北大，有很深厚的淵源，並不是外行，怎麼會擬出這樣不切實際的名單？很可能是先請他們草擬建議名單，再由最高當局圈定。所以決策之不切實際，毛病十之八九還是出自最高當局。

據聞政府遷到台灣以後，頗有與當局接近的人士，抱怨當年願意追隨政府撤退、「與政府共患難」的學人太少。這個說法倒是對當初決定接運學人的目的、和取捨的原則，透露了一點信息。如果以願不願「與政府共患難」來解釋誰去南京和台灣了沒有，則「接運」一事，看起來就像是當局要拉攏有名望的學者，藉以鞏固垂危的政權，而並不是出於愛護學者與尊重學術的動機了。

實際上，不但國民政府沒有能力把想要脫離圍城的教授們都接運出來，而且假如校長和老師們果真走光了，留下來的校園、圖書和幾千名學生，還有誰來照顧？像北大秘書長鄭天挺教授，和法學院院長周炳琳教授那樣有名的學者和教育家，如果願意搭乘政府接運的飛機南下，應該是不成問題的。但是他們顯然在事先與胡校長都有默契，決定留守下來，看顧學校，與「行不得也」的師生們同甘苦、共患難，並且在極端艱險的情形之下，維持學校繼續運作，弦歌不輟；他們為北京大學所作的犧牲和貢獻，與被接運南飛的教授們，是不可同日而語的。

一九九九年十二月四日　西雅圖

——原載「傳記文學」二〇〇〇年一月號，現由作者修訂定稿。

貳・香港：不採蘋花即自由

⊙別矣北京

香港，一九九七年七月一日以前的香港，在我心中有一個永久的特別的地位。多年以前，有一次朋友聚會，趙岡說：「馬逢華喜歡香港，香港有什麼好？」我喜歡香港人民無盡的創造力與豐沛的活力，也喜歡這個城市無比的瑰麗和它難以形容的魅力。但是除了喜歡，我對從前的香港還有一片深摯的感恩之心。如果沒有當年開放自由的香港，就沒有我今日的自由之身。

我與香港的不解之緣，始自一九五一年暑假。那年春季學期，我在北京大學的學業結束。校中當權的共產黨人，要在暑假以後，把我這個對政治毫無興趣的小書獃子，分發到一個純粹政治性的中共機關去工作。據說，目的是要「關起門來打狗」，把我這個落後的「右傾」知識分子徹底改造。

我幼承庭訓，小學時候就已經在家裡背誦過「不降其志，不辱其身，伯夷叔齊歟」的章句。大學幾年，又深受「學術獨立，思想自由」學風的薰陶，對於個人尊嚴與思想自由，一向看得非常認真。加以我志在學業，還想找一個安靜的地方，踏踏實實地再唸幾年書，不能就此被迫葬身在狼群之中。我決定趁著暑假逃到香港去，雖然我與香港並無任何淵源，只是抱了一腔希望。

幾位家住香港的同學，熱心幫我的忙，相約結伴同行。我們一同拿了學校的證件，到公安派出所領到赴港探親的路條，限期三個月內回校報到。出發以前，我為了安全，宿舍房間裡的書物一概不動。只準備了一隻小手提箱，比今日可以塞在飛機座位下面的隨身箱子還小，放了幾件換洗衣服、舊日記和學校證件。

那時中共已經參加韓戰，校內的政治控制愈來愈緊。三反運動也已展開，風聲鶴唳，人人自危。我離開北京之前，除了相約同行的幾位之外，只悄悄地告訴了兩個同學，並請他們日後便中代我向其他的朋友們告別。甚至當時住在開封的父母，我也不敢稟告，以免日後我不北返，他們受到連累。

從北京乘火車到達廣州之後，立刻就去邊防局憑路條請發出境證件。經過仔細盤問，終於准許出境。直到那時我才算鬆了一口氣。但是再乘火車到了羅湖，香港方面卻不能入境。

原因是家兄逢周在上海「解放」前夕，隨著他的工作機關，從上海遷往香港辦公，這在中共的戶口檔案中有案可查，所以批准我的探親路條。但是在暑假之前，家兄已經搬到台北去了。我原以為只要中共允許出境，香港方面應無問題。想不到他們堅持，當時我既然已經沒有親屬住在香港，就必須持有英國使領館的簽證，才能入境。那時我如果折回廣州，等於是自投虎口，就不可能再出境了。幾位已經過關的朋友，就在柵欄外邊替我著急。最後他們都把隨身攜帶的零星港幣湊集起來，隔著柵欄遞交給我，囑我趕快買票乘船到澳門去，再想辦法。好友周翔初兄的夫人常紹瓊和她的妹妹紹琫都說，她們一回到家，就打電話給家住澳門的一位從前中學同學，請他們派人到澳門碼頭去找我。匆忙之中，我只聽到紹琫說，那位同學姓謝，大家就分手了。

⊙澳門十日

在駛往澳門的輪船上，我的思潮隨著海浪起伏。一方面覺得自己的前途與迎面的海天同樣蒼茫迷濛，另一方面又覺得終於離開了烏煙瘴氣的中共統治，外面的空氣清新，海闊天空，可以任我翺翔。無論如何，這一趟澳門之行，總是我追求自由、逃往香港途中的一段迂迴。不過我並沒有因此感到苦惱，實際上這個迂迴比我預期的要愉快得多。

澳門像海市蜃樓一樣，在煙雲迷漫的的海面上出現，輪船的速度減緩，慢慢駛進一個樓宇環抱的寬闊港口。碼頭上已有謝家派來的人在等著我。這是我從一九四九年二月以來，第一次踏上的自由土地。

我成了澳門大街二十六號謝宅的客人。主人是五口之家：謝老先生夫婦和他們的二子一女。那位女兒就是常紹瑋的中學同學，名叫謝明德。謝家經商，他們家的「謝利源金鋪」分設在香港、澳門兩地，是很有名的老字號。

五位主人對我非常友善熱心，可惜彼此語言不通，只有女兒懂得一些國語，可以作作翻譯。雖然大家談起話來，好像是「雞同鴨講」，但是從他們的聲調、表情和姿態，就可以感覺到一種溫暖和親切。紹瓊姊事先已經從香港打過電話來，把我的情形詳細告訴了他們。謝氏夫婦就在家裡為我安排了一間舒適的房間，建議先休息幾天，看看澳門；去香港的事，慢慢計議。

暫時安頓下來之後，我寫了幾封信，分別寄給在香港的周翔初、常紹瓊兄嫂，在台北的大哥，在美國的聯大好友蔣壽仁和劉仝，以及在上海震旦神學院的耶穌會教士顧從義（Claude Larre）神父。顧是法國人，他在晉鐸以前，是我的北大同學，我特別問他兩件事：香港的天主教人士，能否就近對我有所幫助？有沒有申請天主教獎學金到海外讀書的機會？我明知那時在中國大陸的天主教士處境非常困難，但是我當時走投無路，只好姑且試問。

澳門市區位於一個山坡起伏的半島之端，它的西式建築，圓形石子鋪路的街巷，和十字路口公園似的小小方場，對我都充滿了異國情調。但是放眼滿街的中文招牌，和大街小巷的中國面孔，又使我覺得非常熟悉。不論名義上是誰在治理這海角一隅，事實上這裡完全是一個安謐和諧、民生豐饒而有個人尊嚴的中國社會。這個中西交融、人民安居樂業的新環境，使我有一種在避亂的迂路中，誤入世外桃源的感覺。

整個澳門市區不過二平方英里左右。兩三天的漫步，已經看得差不多了。在謝家作客，一切都好，只是苦於無事可做。每天早晨，謝明德的兩位哥哥帶我到他們的俱樂部去吃西式早點。他們在那裡好像有一個專用的彈子房。我們到後，就有人把早餐和飲料陸續送來。他們一邊吃東西，一邊打撞球。我是客隨主便，吃些國內見不到的火腿煎蛋，喝冰咖啡或可口可樂。看看他們打撞球，翻翻報紙，大半個上午就過去了。

下午，有時我到謝家金鋪後面的工作坊裡，靜靜旁觀幾位戴著老花眼鏡的師傅埋頭工作。他們把碎金塊在坩鍋裡鎔化成碧綠顏色的液體，然後到入一個小方木槽裡。那木槽看來質地堅硬，四或五寸見方，兩寸多厚。上端的中央像小碟子似的淺淺凹下去，槽面作炭黑色。金汁像亮綠的水銀小球在碟形的小槽裡顫顫滾動，師傅們聚精會神地用細小工具撥動金汁，從容操作，顯然對於自己手下漸漸成形的飾物具有相當的感情。

這一切在我心目中都十分新奇有趣，可是我的日子不能這樣過下去。謝家對我這個流亡學生這樣熱心照顧的盛情，積累得太多了，無以報答，也使我漸感不安。我希望儘早到香港去，開始我的新生。我在澳門碼頭附近，常會看到便船某日赴港的招貼。佇立海邊，也會有人過來招攬生意，詢問搭不搭船，我猜想這大概就是偷渡了。

如果從澳門偷渡到香港，是我追尋自由的過程中無可避免的一關，那也就只有坦然闖過去。抗戰時期逃難的經驗，使我磨練出了不避艱險的傻勁，和沉着應變的膽量。一九三八年夏天，我只是一個十幾歲的中學生，就曾經有過獨自一人擠上隴海鐵路的鐵皮悶子車（當時大家稱為「闖關車」），冒著日軍的砲火，黑夜闖過潼關沿線各個隘口的「闖關」經驗。那次逃難的路線，是從流亡中學所在地的河南鎮平縣石佛寺出發，穿著一雙草鞋，徒步「起旱」北上到洛陽；由洛陽乘隴海鐵路火車西行，闖過潼關，經西安到寶雞；再換搭川陝公路的汽車，越過秦嶺，南下到四川成都，投奔已先入川的父母。

潼關地當河南、山西、陝西三省交界的要衝，是那時從華北去大後方必須經過的關口，關城雄踞山腰，下臨滔滔黃河。日軍在對岸的風陵渡設置重砲，瞄準通過潼關附近山巒間的隘口，在火車通過時，就開砲猛擊。所以從洛陽西行的火車，到了距離潼關不遠的靈寶縣，就停下來，乘客改搭沒有窗戶的鐵皮車。因為人多而鐵皮車少，車外車內嘈雜擁擠不堪。又因為沒有窗戶，車廂裡面空氣污濁，悶熱難耐，所以這種闖關車廂，又有「鐵悶子」之名。闖關車要候至深夜，方才開動，向西疾駛，冒險衝過潼關一帶各個山口。次晨到達華陰，再換乘有窗戶的普通火車，駛往西安、寶雞。闖關車被砲彈擊中摧毀的，也時有所聞。

我認為從澳門偷渡到香港，與當年黑夜乘「鐵悶子車」闖過潼關的本質相同，二者都是為了投奔自由。「闖關」是要逃避日軍的侵略，「偷渡」是要逃避中共的暴政。

於是我就在晚飯桌上，把偷渡的打算提出來與謝家各位商量。並且也寫信給周翔初、常紹瓊夫婦，請他們從香港與謝家聯絡推動。此事不能由我自行決定，因為一則最好是由熟悉當地情形的人用粵語去洽談，再則我是一文莫名，船資也只能向他們兩家籌借。他們都表示不必為錢擔心，但是一定要找到可靠的船家，我只好安心聽候他們替我進行安排。

不久就有了具體消息，可以有三種走法。甲，坐漁船去香港，船資大約百元左右港幣。不過由於風浪以及躲避水上警察，可能要在海上漂流兩三天，才能到達。乙，機動木貨船，收費二百五十到三百元港幣，夜間出發，保證次晨在九龍登岸。丙，如果肯花五百多元港幣，就能搭乘往返港澳的普通輪渡汽船，只需三個半小時，即可在香港中環的港澳碼頭下船。據說每一關節經手的人，利益均霑；啟船之前，只要先向檢查人員出示暗號，就可以持票上船，與一般旅客無異。三者相較，丙法自然最為便捷舒適。但是五百多元港幣，當時約合美金一百多元，對於一個流亡學生，近乎天文數字，我恐怕借了以後，歸還困難，所以不能考慮。甲法又嫌不夠安全，於是決定採用乙法。船資以二百七、八十港元粗計，折合五十幾塊美金，向翔初夫婦和謝家各借一半，似乎比較適當，也比較容易償還。

到了洽定登船那天，我在謝家作客，不覺已逾旬日；行前我向謝家道謝，珍重告別，真有晉時武陵人辭別桃花源的感覺。

⊙偷渡伶仃洋

約定上船的時間，是在夜晚，地點是在澳門市郊某處的岸邊。我到達時，天色已黑，炎炎的暑氣還沒有消退。星月在天，海面如銀，岸邊一條黃褐色的大木船，隨著拍岸的波浪在水上微微搖晃。那天晚上好像只有五或六位乘客，開船時我們都要藏在船艙底下。進出船艙，是用船主辦公桌下面地板上的暗門。每人一個墊子，可以躺臥，只是站起來時要特別小心，免得上面的地板碰頭。船主告訴大家，駛往香港途中，「水師」（就是水警）要先後登船檢查兩次，點驗人數，核對貨單。不過大家可以放心，水師都已買通，屆時艙底只要沒有聲音，就可以相安無事。水師的快艇接近時，上面會有人敲打地板，以為信號。交代妥當以後，馬達軋軋響起，船就開動了。

這條船是載運貨物的平底駁船，在船艙下面，幾個人好像各有各的心事，非常沈默。我躺臥在艙底，可以隱約聽到水在船底流過，和水浪在船邊奔馳的聲音，頗有一點啣枚疾走的氣勢。在寂靜中，我不免想到，水能載舟，這條船外邊伶仃洋的海水，在過去千百年的歲月裡，曾經載負過多少木筏、舢板、漁船、駁船，和烏黑色的大帆船？曾經載運過多少人的背井離鄉、生離死別、哀樂恩怨，和固執的夢想？我們在歷史書上，好像都沒有讀到過。

明孝宗弘治元年（公元一四八八年），閩潮商賈在澳門建造了一座媽祖廟。這就可以證明澳門與福建沿海各地的水上交通，至少在四五百年以前，就已經非常發達。政府對此不聞不問，航海的漁夫、水手和旅人，都要靠海神媽祖來保佑水上的安全。從澳門到福建海岸，船隻一定要經過香港與外伶仃島之間的水道。那時香港還只是一個荒島，水域只有海盜的出沒，並沒有水警的影蹤。四百多年以後，水警在港澳之間的海面上，干預已有數百年歷史的傳統水上交通，並且接納變相的買路錢，豈不是喧賓奪主了？

清朝曾設海禁，不許國人到海外經商。但是閩粵一帶的同胞，冒險到海外創業的，不但沒有因為清廷的阻止而減少，反而愈益發展。這只要看看清朝二百多年間海外華僑人數的增加，就很明白了。歷史是一條長流，朝代可以興亡，法令和邊界也都可能改動，但是伶仃洋上的傳統水上交通，和那些飄洋過海的船隻所載負的不同年代普通百姓們的哀樂，卻永遠繼續不斷，這才是真實具體的歷史。

我所搭乘的機動木駁船，在伶仃洋上航行了一夜，大概繞行了不少彎曲的水道，在第二天黎明，悄悄地在九龍一個偏僻的岸邊停泊下來。一位船上的人帶我上岸，從後門走進一個很不起眼的舊房子。那裡已先為我準備了一套洗乾淨的舊唐裝。我換上以後，看起來就像是一個本地人一樣。再隨此人從房子的前門走出去，回頭一看，那房子的前面，儼然是一個小雜貨店。兩人步行了一段路，然後一同搭上公共汽車，把我送到九龍、深水埗、元洲街三四四號二樓常宅。翔初兄和紹瓊姊已經在等候著我了，我就是這樣初次到達香港的，回想起來，真是不可思議！

⊙流亡香港

翔初、紹瓊夫婦慷慨地讓我暫時寄住在常家，一邊籌劃前程。港九市區內的住宅，一般都是不太寬敞。他們每晚就在客廳裡為我加一張帆布床，早晨再收起來。我原以為最多不過借住一兩個禮拜，就可以另有安排，想不到一住就是一個月左右。雖然他們都把我當作自家人，我也很快就和全家老少都成了好朋友，但是究竟為他們增添了許多的不方便。朋友們這樣的隆情厚誼，是無論如何也報答不了的，只能永遠記在心裡。

在常宅滯留了那麼久的原因，是我向親友求助作的試探，一連吃了兩次閉門羹。一是顧從義神父方面：他託請了香港大學天主教中心主持人勞達一（L. Ladany）神父，為我在該中心的利瑪竇樓（Ricci Hall）安排一間住室。可惜等到我與勞神父取得聯繫的時候，利瑪竇樓已經住滿，每有空餘的房間了。

另一個試探，是函詢我的大哥，必要時能不能為我辦理台灣的入境證，去他那裡暫住，回答也是不行。原來當時台灣對於出入境的控制極嚴，居民只能為自己的直系親屬申請入境；兄弟只是旁系親屬，根本不准申請。

這時，翔初兄已經接受了台北淡江英專（後來改制為淡江大學）的聘書，去作副教授。他的父母都在台北。他和紹瓊計畫在秋季開學以前，八月底左右啟程赴台。我就在他們離港之前，由家兄寫信介紹，搬到九龍塘、義德道一位以前從未謀面的沈在階先生家裡，暫時落腳。沈是農林專家。與家兄好像是戰時留美同學，當時他在港府林務局工作。

沈氏夫婦對我這個陌生人非常熱心招待，但是他們住在一個四樓的小公寓裡，並且有一個週歲左右的嬰兒，實在沒有空間可供客人寄宿。每天晚上，只能為我在他們的浴室裡搭一張小行軍床過夜。我和他們處得非常愉快，但是自知必須早日另想辦法。

⊙幸虧有這麼一個香港

顧從義神父在我到達香港前後，曾經為我盡了很大的努力，可惜限於客觀環境，沒有發生太大的效果。一九五二年五月底，他自己離開上海到了香港（那時我已去台灣），曾於六月十九日從香港寫了一封長信，把一九五一年七月初的情形告訴我，其中有云：

"……All of a sudden I learned your arrival in Macao. I tried something in Macao and something in Hong Kong, it proved successful in Macao and difficult in Hong Kong, but at that time you arrived precisely in Hong Kong. In that place I know only Father Ladany, Ricci Hall was full, and life very dear. I hoped Fr. Ladany would take care of you as I would have done myself. Well, he didn't perfectly understand how urgent was your need……"（**……我突然得知你到了澳門，當即在澳門、香港兩地分別託人幫你的忙。結果是澳門方面有辦法，香港很困難，而恰恰在那個關頭你卻到了香港。在那個地方我只認識勞達一神父一個人，利瑪竇樓已經住滿了，而且生活昂貴。我希望勞神父能夠照顧你，就像我自己想要照顧你一樣。可惜他並不充分了解你所需要的幫助、是多麼緊迫……。**）

這些陰錯陽差，遠水救不了近火的努力，完全是因為當時顧兄在上海處境的困難。

一九五一年的上半年，震旦已經有三位天主教士被中共逮捕入獄，所以顧從義與海外的通信，都必須盡量含蓄，以免增加整個教會的困難。而他在那樣的處境之下，也還在繼續設法為我尋求一個到海外讀書的獎學金。

朋友們這些無私的幫助，不論有沒有結果，都使我常常感念不已。我何其幸運，在患難之中，能有這麼些好朋友雪中送炭。大概我平時與朋友們相處，也沒有太讓他們失望的地方吧。

基本上，在經過一點喘息的時間之後，我自己的問題，必須由我自己設法來解決。所以到香港不久，我就過海去花園道美國總領事館，詢問關於獎學金的消息。果然有一種美國政府為從共產國家逃亡出來的外國學生設立的獎學金。香港地區每年可以分配到二或三名，不過一九五一年度的，都已經授與過了，那時只能申請一九五二學年度的名額。我就以北大的證件辦理了申請的手續，並且請勞達一神父作為證明人，寫了介紹信。此外我也與北大的老師蔣碩傑先生取得了聯繫，請他為我留意出國讀書的機會。蔣先生那時是在華盛頓國際貨幣基金會工作。

當時我的處境，幾乎是四面楚歌。留學的機會，看來要等候到一九五一年底，甚至一九五二年春天，才可能有點眉目。如果要在香港等待下去，我應該找一個工作，藉以維持生活。但是那時香港已經有很多失業的流亡知識份子，人浮於事，加以我又不通粵語，就業的機會實際上是零。如果到台灣去投靠家兄，則又由於台灣的出入境控制，此路不通。甚至家兄的匯款接濟，也受當時台灣嚴格外匯管制的限制。

雖然這樣困難重重，我卻並沒有兵困垓下的感覺，因為幸虧天地之間，有這麼一個香港，我可以把它當作緩衝地帶，無論多麼不容易，我相信我都可以留在香港，苦撐待變。

⊙租到了一個床位

在九龍塘沈家寄居了一個禮拜之後，我搬到油麻地、吳淞街一個出租的床位。其實我已經花了不少時間設法尋求一個可以比較長期棲身的地方。在地小人多的香港，這並不是一件容易的事情。對於一個身無分文的流亡學生，這就更不容易，我對於錢一向最不經心，那時也不得不打算一下子。算來算去，每個月如果沒有二百五十元左右的港幣（大約五十美元），就無法把最起碼的生活維持下去。但問題是怎樣可以每月得到這樣一個數目。

這個問題在我到達香港一個多月以後，大致算是解決了。勞達一神父那時正在建立一個資料檔案，大概是為他日後出版「中國新聞分析」（China News Analysis）週刊作準備。他可以不定期地拿一些大陸的剪報或期刊短文，讓我譯為英文。每譯一件，可以得到二十、四十，甚至五十元港幣的稿費（約合四至十塊美金）。如果每月能替勞神父翻譯三、四件東西，再加上大哥在可能範圍之內匯來的接濟，可以湊足二百五十塊左右的港幣了。於是我租下了吳淞街一家房子裡面的一個床位，租金每月一百港幣（二十美金）。每天的其他開支，包括吃飯、輪渡、紙張、郵票等等，就必須小心約束，不要超過港幣五元（一塊美金）。

吳淞街位於九龍最熱鬧的彌頓道西側背後，是一條與它平行的小巷。這巷子的西邊，緊鄰著擺地攤、開夜市的廟街。我的床位，是在吳淞街甘肅街口稍南、路東的一所房子裡。從大門外邊看，那房子與附近一帶的人家並無區別。走進大門是一個很淺的小院子。穿過小院，迎面就是一座統艙式的房屋，裡面滿滿地塞了二十幾張雙層鋪的木床。我租的是一個下鋪，比上鋪稍貴一點，但是比較方便。床只是一塊硬木板，地是「石屎」（洋灰）地面。

這裡沒有什麼個人的隱私，我的小箱子放在床下，連鎖也不鎖，反正裡面沒有一件值得偷的東西。如果上了鎖，反倒會引起注意，很可能被人提走。床與床之間，連擺一張小桌子的地方也沒有。這比起戰時西南聯大的宿舍，又要簡陋得多了。不過我量入為出，只求能有一個避風雨的落腳處，並沒有存什麼奢望。聽說有不少從國內逃到香港的知識分子，流落街頭，只能在工地作作敲打石子的小工，夜間露宿街頭，睡在攤開的報紙上面。與他們相比起來，我已經是很幸運了。

這個統艙房子裡面的住客，大概包括許多不同的行業，恐怕也有失業的人。大家好像有一個默契：莫管閒事。所以除了「早晨」、「唔該晒」之類的招呼之外，人人各忙所忙，沒有什麼來往。我只約略知道，住在我上層的，曾經先後有過一位跳船的水手，和一位上夜班的清潔工人。因為許多住客的作息時間，各有不同，所以這裡是門雖設而常開，深夜也不斷有人進進出出。

我搬到這個地方的時候，已是盛夏。吳淞街那間房子沒有冷氣設備，無論日夜，都熱得像是蒸籠。幾十個人散發的汗臭，再加上不分晝夜，都有人吞雲吐霧，屋子裡的空氣，濃厚得幾乎化不開。夜間躺在床上，不僅渾身濕透，而且呼吸困難。手裡一把芭蕉葉扇，搧來搧去，也沒有一絲涼風。同時各種夜聲，諸如忽高忽低的鼾聲，夢囈中喊叫的髒話，外面街上似乎遙遠的呼喊聲，以及巷子裡野狗追逐咬鬥的狂吠和哀號，此起彼落，好像永無休止。人的適應能力真是不可思議，我漸漸養成了在這樣悶熱、濁氣與噪音中，安然入睡的習慣。

⊙喜歡上了這個城市

住定之後，我的日常生活很快就上了軌道，每天一早步行到尖沙咀，乘天星小輪橫過維多利亞港口的海峽，再步行到雪廠街二十號美國圖書館。在那裡看書、作翻譯、寫信。那裡有字典，有冷氣、光線明亮，安靜舒適，對我來說，簡直就是天堂。我把那裡當作我的書房，直到圖書館關門的時候，才又乘渡輪回到九龍那邊。

在香港乘渡輪過海，是一大享受。在住處悶了一夜，早晨坐在渡海小輪上，深深吸幾口清涼的海風，看船尾翻騰的浪花，和追逐浪花的海鷗，心神為之振奮，好像涸轍之魚，忽然得到了西江之水。傍晚回尖沙咀的渡輪上，有時可以看到海上落日。一輪金紅，在輕霧中緩緩沉入蒼茫的暮色裡，那種動人心魄的壯麗，使人看得瞠目結舌，屏息不敢一動。即使沒有看到日落，每天晚上維多利亞海峽兩岸的高樓大廈上，爭奇鬥豔的巨幅廣告，以各色的霓虹燈光，在夜空繪出連亙不斷的光亮彩繪。霓虹燈光的倒影，在波濤裡閃耀晃動，把整個海峽妝點成一個瑰麗無比的琉璃世界。此時坐在渡輪上，常令我有超塵之想，香港這個並世無雙的美景，不論貧富，人人可以享受。

廟街離我的住處，不過一箭之遙，為了躲避那個臥室裡的悶熱和汗臭，我常常去逛廟街的夜市，直到身心俱疲，才回去睡覺。從甘肅街口進去，由北而南，首先看到一株大榕樹，老根虬蟠，枝葉如蓋，樹下常有一個自言自語的傳佈福音的男子。接著左邊是一列燈光明亮的海鮮牌檔，大師傅赤膊在烈火熊熊的爐灶前忙碌烹炒，一盤盤剛出鍋的海螺、蛤蜊，川流不息地端到各桌。衣衫整潔的男女食客與勞苦小民擠在一起，據案大嚼。再前幾步，右邊一家食攤的架子上掛了一個小招牌，上面寫著「三六香肉」，有時還用鉤子懸吊一隻四肢俱全剝了皮的赤紅色小狗。再向南行，經常有一位穿深色長袍的中年相士，蹲踞路邊，面前擺著「黃雀叼卦」的鳥籠、小鳥和紙牌。接著是賣狗皮藥膏和英雄大力丸的江湖郎中、天后（媽祖）廟旁演唱粵曲的街頭藝人，和許多出售廉價雜貨的小販。此外還有幾家舊書攤。廟街中間路東一家舊書雜誌店門前，每天都坐著一位伯爺公，與我幾乎成了熟人。他雖然明知我不買東西，總是客客氣氣地讓我翻閱半天，含笑告別。

廟街這個夜市，與我童年在開封相國寺的廟會上所見的種種攤肆，幾乎相同，包括那「黃雀叼卦」的算命先生。不過相國寺的食攤上，一定買不到海鮮和香肉。廟街這個隱在大都市背後的眾生相，使我對於香港小百姓們那種為生活而奮鬥的精神，印象極為深刻。他們每人都非常莊嚴認真地負擔起自己的命運，出汗出力，堅毅地活下去。我甚至覺得自己也已經是他們那個行列中的一員了。

對於像我這樣的一個流亡學生，吃飯的問題，在香港非常容易解決。沒有錢的時候，在「士多」裡買一個新出爐的火腿雞蛋麵包，坐在街邊的椅子上吃了，再到一般小民解渴的攤頭，買一杯涼茶或蔗汁，就算一餐。甚至到粥麵店吃一碗粥，也可以支持半天。如果多得了一點稿費，就在週末帶一份報紙，到茶樓去「歎其一盅兩件」，也所費無多。

美國圖書館休假的日子，我無事可做，就抱著好奇之心，頂著太陽，冒著風雨，在港九的大街小巷，到處漫步。許多僻巷的小舊書店，我都曾經多次光顧流連；兵頭花園的大樹下，天星碼頭的海岸邊，都是我常去休憩的好地方。現在我還清楚記得，一大清早自己汗流浹背地走在香港街頭，眼看着熱空氣像波紋一樣動蕩着、從街道的路面向上冉冉升起。也還記得在狂風驟雨中，通身淋透，濕褲子緊緊地貼在腿上，一步一步走回吳淞街那個床位的情景。

我是這樣漸漸地認識了香港，並且喜歡上了這個城市。

⊙不採蘋花即自由

我在香港「苦撐待變」的「變」，慢慢地都等到了。

遷居吳淞街之後不久，大概是九月中旬，勞達一神父告訴我，顧從義替我申請、並加推薦的留法天主教獎學金，包括旅費，已經獲准。勞神父並且要帶我一同去法國領事館辦理簽證。經我再三考慮，因為我自認法文程度不夠，在歐洲又沒有朋友，深恐一年之後，難以為繼，決定把那個獎學金放棄了。

一九五一年底，台灣放寬入境限制，我大約是在一九五二年一月底，離港赴台。在香港一共停留了半年多，其中在吳淞街的床位，住了將近五個月。

到台北後不久，接到香港美國領事館的通知，我所申請的外國學生獎學金，已經通過初審

（short-listed），定期要我到香港去面試。但是因為台灣的出境限制，我無法如期趕往香港，只得中途放棄。

一九五二年春天，我在台北參加公費留學考試，幸獲錄取。一九五三年一月初，我第一次到美國，入賓夕法尼亞大學。凡此種種，以及我以後在美國的讀書與工作，如果沒有香港，根本就都不可能。所以我對從前的香港，不僅喜歡，並且還有一片深切的感恩之心。

一九五三年，陳寅恪在廣州辭謝郭若沫的聘請，不去北京就任科學院中古研究史研究所所長。事後曾作「答北客」詩，末句是「不採蘋花即自由」（典出柳宗元詩「酬曹侍御過象縣見寄」的最後一句「欲採蘋花不自由」）。一九五一年，我從北京逃往香港，不向中共分發的機關報到，因而獲得自由之身，也可以說是「不採蘋花即自由」了。北京那幾位想以「關起門來打狗」的手段來對付我的同胞，一定相當失望。

一九九七年七月一日，香港這個小而自由開放的社會，被一個大而獨裁封閉的社會吸收了。我與香港四十六年的緣分，從此斷絕。沒有了自由開放的香港，以後中國大陸爭自由或受迫害的人們，能再向哪裡去尋找一個避難或緩衝的地方啊。

二〇〇〇年七月二十二日　西雅圖

——原載「傳記文學」二〇〇〇年九月號，現由作者修訂定稿。

叁・密西根的歲月

⊙到密西根之路

台北：天下老鴰一樣黑

我從北大到密西根的經歷，可以說是漫長而崎嶇的。不過一帆風順的日子，回想起來也許失之平淡，反倒是經歷些顛沛流離的艱苦，度過了長夜漫漫的煎熬，才更使人覺得得來不易，回味無窮。話雖這樣說了，如果與一九五〇年代以後，、留在中國大陸的朋友們在沉默中所忍受的困難相比較，我在那一段時間所遭受的折磨，實在也算不了什麼。

自從我一九五一年暑假離開北京大學，到一九五五年二月在密西根大學註冊上課，是整整三年半的光陰。這段時間，包括我逃出大陸流亡香港的半年多，兩次到台北投靠家兄的一年又十個月（一九五二和一九五四），以及中間考取公費，到賓夕法尼亞大學瓦堂學院（Wharton School, U of Penn）作交換學生的一年（一九五三）。

我在賓大為時只有一年，又是春季插班，覺得還沒有真正安定下來鑽進書堆裡，就又該走了。一九五四年三月我從賓大又回台灣，是遵守「交換學生」的規定，一年期滿必須返台工作。但是台灣當局並沒有分發什麼工作給我，只好自己閉門讀書，準備參加次年春天的自費留學考試。過了不久，蔣碩傑、劉大中兩位老師，由華府國際貨幣基金會應聘赴台，擔任短期經濟顧問，招我去作助理。使我又得親炙舊日師長的教誨，並且在工作上獲得不少寶貴的經驗，時光並沒有完全浪費。

從北京到香港的經歷，前文已經記述（「香港：不採蘋花即自由」）。一九五二年初，我搭乘民生公司的輪船從香港駛往基隆，轉赴台北。到後稍為安頓，家兄就帶我分別去謁見兩位前輩。先去看甲骨學家董作賓（彥堂）先生；彥堂先生是家父在河南育才館讀書時期的同班同學，他們又是換帖朋友（金蘭之交，「帖」指「金蘭譜」），我們兄弟從小就稱他為「董老伯」。那次晉謁，坐下寒暄幾句之後，董老伯就言歸正傳，先把我訓斥了幾句：「你這個孩子不安分！你這麼老遠地跑來幹什麼？天下老鴰（烏鴉）一樣黑，你知道不知道！」

然後又對家兄說：「現在大陸上家人彼此控訴，父子不能相認。逢華在北大這幾年，誰知道他的思想是怎麼樣？我看最好先讓他深居簡出半年左右，什麼事也不要作，適應適應這邊的環境再說。」話雖然這麼說，過了不久，董老伯就命我拿著他的名刺去見台大經濟系主任全漢昇先生，希望我能先去做助教，然後爭取出國進修。他並且一再叮囑：「全太太很不容易應付，你到了全家，言語務必小心。」董老伯的訓誨和關照，使我心頭感到非常溫暖，台大經濟系的事情，後來並無發展。

我隨著家兄去晉見的另一位長者，是農業界的耆宿沈宗瀚（海槎）先生。沈先生常常談起，抗戰以前因為改良小麥品種的事，曾有多年到河南工作（後來育成了有名的「開封一二四小麥」），那時他就認識了家父。海槎先生並且是家兄在農業界工作的長期導師和長官。那次我們兄弟到德惠街農復會宿舍去見沈先生，以及以後幾次與他相聚，他都竭力主張我早日出國繼續讀書。當然，我的北大老師蔣碩傑先生在得知我經香港到台灣以後，也曾立即從華府函詢胡適之校長（當時在紐約），能不能由中英基金會資助我出國就學。

董、沈、蔣三位長者，先後於一九六三、一九八〇和一九九三年作古。緬懷他們生前的風範，以及對我的種種關愛，不禁百感交集。

師長們期望我出國讀書，也正是我從大陸出來的初衷。不過那時我要從台灣到美國求學，還要通過三道關口。第一關是台灣警備總司令部（簡稱「警總」），第二關是自費留學的學費保證金，第三關是美國大使館的簽證。對於當時的我，三者都不容易。

青島東路走一遭

我與台灣「警總」有過兩次完全意想不到的遭遇。第一次發生在由香港去台灣的輪船上。當那艘船駛進青山環抱的基隆港口、碼頭建築已經在望的時候，我心中正在感到一種「如歸」的興奮，輪船突然煞車，停在水中央。但見一艘汽艇拖著一條翻騰的白浪，飛快地駛近船邊，兩位穿中山裝，戴黑眼鏡的人物從汽艇登上輪船。不久，就聽到廣播喇叭播出震耳的呼喊：

「旅客馬逢華請到船長室談話！旅客馬逢華請到船長室談話！」

這突如其來的號令，使我覺得好像是並沒有購買獎券，卻被宣布中了頭彩一般，不知道究竟是怎麼回事。在眾目睽睽之下，我提著小行李箱走向船長室。一進門，那兩位黑眼鏡先生就把我周身和我的箱子徹底搜索了一番，然後又盤問了大約半個小時，才放我走出船長室，連一聲「對不起」也沒有說。他們究竟是什麼機關派遣的，始終也沒有向我說明。事後才有船上的工作人員告訴我，「他們是警總的」。「警總」的汽艇離去很遠以後，輪船才又發動馬達，緩緩駛向碼頭。幸虧我在香港上船之後，就聽從一位僑生旅客的勸告，把我從北京帶出來的幾本舊日記和筆記本，都忍痛擲入大海裡去了，否則還不知道會有多麼大的麻煩。那天全船百餘位乘客，都為了我一人，白白耽擱了一個鐘頭左右的寶貴時間，使我深感不安。

我與台灣「警總」第二次的遭遇，發生在抵台後三個月左右。一天下午我從外面回到永康街的住所，門前守著一個小兵。房東太太說，這位軍人有一封信要你簽名親收，不肯交給別人代領，已經在這裡等候很久了。小兵問明是我本人，才從他肩上斜背著的郵差式大皮袋裡取出一個中式大信封給我，又取出一本收發簿，要我簽署名字和收到的時間。那封信左下方印了半行紅字：「台北郵箱第某某號緘」。我問小兵那是什麼機關，他只說，信裡面有地址。啟視信箋，仍然只印郵箱號碼，印文曰：

茲訂於某月某日上午某時請
台端到台北市青島東路某號一談，此致
馬逢華先生

皇甫仁謹啟
年、月、日

次日，與家兄同到一位朋友家吃晚飯，順便問了一聲，青島東路某號究竟是什麼機關？想不到幾位在座的朋友，聽了都大驚失色。有一位說：「那地方就是警總的監獄，聽說常常有人一被『請』去『談話』，就是幾年不知下落！」（後來才知道該處是警總「軍法局、青島東路看守所」。）

又次日，我為此事去看崔書琴先生。崔先生原為北大政治系教授，並且是我一位北大老師的姻親。當時他是國民黨中央設計改造委員會主任委員，我到台灣之後，一直受到他親切的照顧。陳述之後，我說：「崔先生，我冒險犯難逃出鐵幕，好不容易到了自由中國，心裡覺得好像是回到家了，想不到是這樣子。如果事先知道，誰還肯跑到台灣來？」崔先生沈默片刻，然後語重心長地說：「你這些話只能在我家裡講，在外面講了就可能闖禍！警總是直接對總統負責，他們所作所為，誰也無可奈何。」停了一會，又說：「他們是寧願冤枉一百個，也不能讓一個漏網。反正你自己不作虧心事，不怕鬼敲門，到時候就去一趟好了。」

我如期準時攜帶皇甫仁先生的信，到青島東路去「談話」。通過兩扇高大的鐵柵門，由警衛帶我穿過一個高牆圍繞的寬闊庭院，走進一所大廳。進門一大間橫擺著一張寬大的長桌，室內空無一人，我在近門口的一張椅子上坐候。不久，從左邊的房間走出一位戴寬邊眼鏡的人，抱著一大疊卷宗，擺在桌上，幾乎有半尺厚。他在桌子後邊朝著屋門的一張太師椅上坐下，示意讓我坐在他的對面。然後開始翻閱案卷，幾乎是一頁一頁地問下去。原來這一大疊檔卷，完全是關於我的資料，難怪他們要準備兩三個月，才又「請」我去「談話」。

那天問來問去，總是對於一個北京大學的學生，在中共統治下兩年半的一言一行，都認為可疑。這種懷疑，顯然是基於當年蔣介石的觀點。蔣認為國民黨失去大陸，主要是因為戰後北方各大學、特別是北京大學的教授和學生們大都傾向共產主義。不過對我訊問了幾乎整個上午，也問不出什麼漏洞、找不出什麼把柄，於是那位皇甫仁先生說，「今天談話到此為止，現在你可以回去了，以後我們會常常來拜訪的。」

我已經被訊問得有些麻木了。既然放我回去，遂即步出大廳，慢慢走向兩扇鐵柵的大門。忽見兩名警衛快步走來，猛然舉起上了刺刀的步槍，向我交叉斜刺下來，兩個閃亮的刀尖停在我身前大約兩尺的地方，二人齊聲大喝：「哪裡去！」

「回家，」我平靜地答道，「皇甫仁先生約我來談話，已經談過，他說我可以回去了。」

「放行證呢？沒有放行證，你出不了這一道門。」一名警衛說。

我只好轉回大廳。這時左邊房間裡坐了三個人，聽我說明之後，三人一齊搖頭：「沒有這個人！這裡根本沒有姓皇甫的！」我耐心再把那位審訊人員的相貌、服裝、眼鏡加以形容。三人互相對望了一下，其中之一說：「哦——，可能是『他』吧，你等我去問問。」我這才想到，特務人員怎麼會用真姓名？「皇甫仁」顯然只是一個代號，他大概是一位「黃埔」出身的「人」吧。

不久，那位「黃埔人」從裡邊走出來，連說：「對不起！對不起！忘了給你放行證。」於是他坐下來，提筆在一張印有郵箱號碼的便紙條上寫道：「茲有馬逢華一名，談話已畢，准予放行，此證。皇甫仁，年、月、日」，然後加蓋一個小印，把字條交給我。我這才能走出台灣警總、軍法局青島東路看守所。

對於這一段經歷，我只能以「平常心」處之，這樣的事情，碰上了就是碰上了。我究竟是從狂風巨浪中走過來的人，比較言之，一九五〇年代台灣居民在生活各方面所享受的自由，是當時大陸居民連做夢也想不到的，不過你一旦被「情治」（特務）人員認為是「可疑分子」，那你的日子就不容易過了。當時的台灣當局，似乎是被對岸的共產黨嚇破了膽，惟恐「匪諜」滲透進來。因而把保衛治安的工作，交給大批的「防諜」情治人員。這些人員的教育程度不高，卻又集「調查」與「生殺」兩項本應分開的大權於一身。絕對的權力和「責任感」，使他們個個都變得蠻橫而且多疑。而且他們為了要長久保持自己的特權和飯碗，於是盡量誇大中共的本領，並且高唱「寧願冤枉一百個，也不能漏網一個」，鬧得整個台灣風聲鶴唳，草木皆兵，不知道究竟有多少人被囚禁或死在冤獄裡面。這實在是一個時代的悲劇，我只是一個過客，無端地碰上了。

不過話說回來，此事對我當時赴美讀書的計畫，卻很可能是一塊絆腳石。特務人員既然說了以後會常常來「拜訪」我，大概就是表示仍要把我控制在他們的掌心裡。而且「談話」完畢之後，「忘記」給我「放行證」，可能也是要提醒我，將來我的「出境證」是掌握在他們之手。

後來我以「自費赴美留學」為理由，向台灣當局申請出境，竟然順利拿到「禮出字〇〇〇四八號」出境證，那真是一個意外的驚喜。是不是情治人員已經把我從「可疑分子」的黑名單上除名了，我不想推測。對我而言，重要的是，我那幾乎再度失去的行動自由，又被我撿回來了。我從台灣赴美讀書的第一關，就此通過。

籌措保證金

第二道關口，是籌措「自費留學保證金」。決定參加台北每年一次的自費留學考試，是基於兩層考慮。第一，我不願再受「公費留學期滿必須返台服務」的約束；第二，如果申請美國大學的獎學金，則需要有三封授業教授的推薦信，手續才算完備。在當時，這一步我就辦不到。我的北大老師，只有蔣碩傑先生一位是在海外，其餘都隔絕在大陸。那時海峽兩岸禁止通郵，中共與美國之間，則因後者的禁運封鎖（strategic trade embargo）而斷絕往來。我既不能與在北京的老師們聯絡，他們也不能為我寫推薦信寄往台灣或美國，何況在當時大陸的「思想改造運動」中，他們根本就不敢寫什麼「裡通外國」的信件，所以此路不通。

既然不再考慮公費，申請獎學金又限於兩岸及國際的局勢，無從著手，那就只有「自費」這一條路可以走了。在台北向美國大使館申請自費留學簽證，必須提繳第一年留學費用的保證書。其方式有二：一為由在美國的擔保人（sponsor）具函保證負擔全部費用，一是申請人提出自己在美國銀行的存款證明，當時規定的存款額是二千四百美元，大家簡稱之為「留學保證金」。我沒有擔保人，只得設法籌足保證金。

我對這件事情，倒並不是毫無準備。前文已經提及，一九五三年我曾以公費到賓大一年。那次的公費考試，是由台北教育部和美國共同安全總署合辦，費用由美方負責，簡稱為「共安署獎學金」（MSA Scholarship）。這個獎學金除了包括旅費和學費之外，留美一年期間，並有生活費（Maintenance Grant）三千五百元（不必繳所得稅）。可以說是相當優厚，因為當時美國各大學研究院的獎學金和助教獎學金，都是兩千元左右一年。實際上，在學校裡，每月大約一百五十元就已經夠用了，所以我從那一年的獎學金中，就節省出來一千七百元左右，存在費城銀行（The Philadelphia Bank）。此數相當於「保證金」的百分之七十，還缺七百元需要籌措。

在半個世紀以前，對於一個學生，七百元並不是一個小數目。沒有東風，何以解凍？家兄表示他可以借給我一部份。不過他的儲蓄都是新台幣，限於外匯管制，無法兌為美金，這好像是近水反而救不了遠火，何況即使沒有兌換問題，他也無力湊足全數。

於是，我只好分別寫信給在美國的兩位聯大好友，劉仝和蔣壽仁，試探一下他們能不能助我一臂之力。想不到一問之下，困難很快就解決了。他們二位，每人慨允借給我缺額的一半（也許是一位三百元，另一位四百元，記不清了），並且都直接把支票寄存到我在費城銀行的帳戶裡。至此，我就請費城銀行由稽核師（Auditor）具名，寫了一封公證函，證明我在該行存有二千四百十一元八角八分的活期存款。憑著這一頁公證信，我通過了赴美讀書的第二關。

錢之為物，在我的心目中，從來也沒有佔過什麼重要的位置。不過在我從北大到密大的那一段坎坷歷程中，曾經兩度遇到「不留買路錢，休想過此關」的困阨（一生也就僅此兩次）。第一次是從北京經澳門到香港的偷渡船資，我曾在前文中談及（「香港：不採蘋花即自由」）；第二次就是從台北來美國的「留學保證金」。這兩道關卡，都是我生命中非常重要的轉捩點，並且都是由同學好友幫忙，才得過關。諺云：「在家靠父母，出外靠朋友」，信然。

知我稍深的人，必然曉得我是不會輕易向人求助，也不肯輕易受人之惠的。唯有至交，才談得上在患難之時，互通有無；既為至交，也就不必斤斤言謝。但是當時劉全在匹茲堡開始工作不久，而蔣壽仁自己還正在紐約大學（N. Y. U.）研究院讀書。可以想像，兩人手頭都並不寬裕。每人能夠勻出幾乎自己兩個月的生活費用，助我湊足留學保證金，實在不容易。雖然所借之數，在我到美之後不久，就已用銀行存款分別歸還，但是使我難以忘懷的，是那種爽快而且毫無保留的然諾，這就是義氣了。

如果沒有他們及時相助，我日後的大半生，就很可能與今日完全不同。自己年齡漸漸大了，愈益感到當年朋友們待我之厚，以及自己負恩於友人者之深。

簽證：柳暗花明又一村

前文所述的那些挫折，好像還不夠多。向美國大使館申請學生簽證，還另有一次瀕臨絕境的經驗，可以算是我到密西根之路的第三道關口。

一九五四年初夏，我把各種表格和文件都依照規定準備妥當，送往美國大使館申請簽證。依照常理，我應該可以趕得上密西根大學的秋季開學。但是除了一次約談之外，我的簽證申請竟如石沈大海，再也沒有消息。密大秋季開學的日期，已經漸漸迫近了，經我幾次催詢，總算得到大使館的通知：所請不准。我對這個結果，深感意外，於是又約了一個時間去問：「為什麼？」「你在台灣沒有家庭牽掛（no family ties），也沒有一個正式職位等你返工，將來你大概不會回台灣了，所以不能給你簽證。」「這不太公平吧？能不能給我一個答辯和解釋的機會。」「不必了，your case is closed. That's final!」

到密大的計畫，一時竟成泡影。那時我正在作蔣碩傑和劉大中兩位客座經濟顧問的助理，蔣師已經向我提示：「美國不給簽證，那就準備明年到英國去唸書好了。」

夏秋兩季匆匆過去，轉眼已近一九五四年的歲尾，出國的事，仍然一籌莫展。十二月初有一天，忽然接到亨特太太打來的電話，問我有沒有關於簽證的新消息，又說，不要放棄，也許可以翻案（「May be that's NOT final」）。她並且囑我快到她家面談。

亨特太太（Mrs. Maude B. Hunter）是我在台北補習英文的老師，已經漸漸成為忘年朋友。她一頭鬈髮已經漸轉銀灰，經常滿面笑容，對人和藹熱心。她的丈夫（Mr. James A. Hunter）與家兄是農復會的同事，所以她對我尤其慈祥親切。他們夫婦二人在台北的美僑之間，人緣都非常好。

見面之後，才知道前一天她在美國大使館的一個年節餐會上，遇到領事部門的主管。她臨時靈機一動，遂就我申請簽證的事，提出了兩個很現實的問題。第一，family ties 能夠保證留美學生回台灣嗎？本省籍的學生，都有家庭在台灣，每年赴美留學生的台籍學生，數以千計，究竟有百分之幾學成回台了？為什麼在這個問題上對馬君特別嚴格？第二，馬君是從中共統治下的北京大學逃出來的學生，台灣的特務機關刁難他，所以沒有正式的工作。他有去美國攻讀高等學位的願望和能力，為什麼不給他一個公平的機會？為什麼要把一個有志的青年困在台灣受刁難，浪費時間？那位領事官的回答是，他日內就去覆查此案，如果馬君合格，一定儘快發給簽證。

亨特太太在大使館餐會上的一席話，大概原來也不過是姑且把「死馬當作活馬醫」的意思，不料卻一下子就給醫活了。我與她會面後大約不過兩三天，就接到美使館的公文，通知我到該館辦理有關核發簽證的一些手續，包括約期由該館指定的醫生檢驗體格等等。這真像是陸放翁那兩句詩所說的「山窮水複疑無路，柳暗花明又一村」了。

八仙過海

難關一一度過，時間已近年終。我決定搭乘一月十五日從基隆經橫濱駛往舊金山的克利夫蘭總統號輪船，這樣還可以趕得上密西根大學春季學期始業。不過因為美使館的作業，受到耶誕節和新年假期的影響，遲至一月十日我才得到簽證。等到把旅費結匯手續匆匆辦妥，卻剛剛誤了十五號的船期，輪船已經起碇駛往橫濱去了。這條船一月十七日要在橫濱停留一天接客上船，於是我立即與輪船公司洽商了一個補救的辦法：我於十六日從台北飛橫濱，次日在當地取票上船。船票上面寫著：航程54E，房號7B，床位32，等級T。一九五五年一月十八日由橫濱至舊金山，票價美幣二百八十元。

克利夫蘭總統號在橫濱開船之前，我以欣賞與感慨的心情，目擊了一場盛大的送別場面。聚集在甲板上的日本旅客，把千百條顏色鮮麗的彩帶，拋向碼頭上送行的人們，同時自己手執彩帶的一端，緩緩搖動。送行的親友們紛紛拾起彩帶的另一端，高高舉起，也頻頻揮舞。一時甲板上和碼頭上，同聲高唱驪歌"Auld Lang Syne"（「舊日良辰」），歌聲此起彼伏，連綿不絕，把依依不捨之情，充分表現出來。中國古代的陽關三疊，大概也就是這樣低迴連綿唱下去的吧，不過陽關的場面，恐怕不及越洋輪船送行的盛大了。

噴射飛機成為長途旅行的主要交通工具以後，人們來往機場，成了家常便飯。從前揮別輪船放洋這樣多彩多姿、浪漫動人的派頭和氣氛，也就漸漸消失，成為社會「進步」的另一個使人懷念的犧牲品。

船離橫濱之前的另一個感觸是，當時距離「二戰」結束，還不足十年，戰敗國的日本，顯然已經恢復到國泰民安，歌舞昇平的境地了。而抗戰勝利的中國，反倒淪為國土分裂，民不聊生。古人說：「三十年河東、三十年河西。」誰能料到中、日兩國國運的興衰變遷，竟然連十年的時間也不要，就已昭然分明了，思之曷勝欷吁。

船上有充分的閒暇時間。我喜歡佇立在甲板的欄杆邊看海，夜晚看海上生明月，晨夕看海上的日出日落。淼茫的大海上，有時水波不興，天光雲影，明淨清澈，使我心胸廣闊平靜，虔誠領悟自己的渺小，有時自己的身體隨著船身搖晃顛簸，俯仰低昂；想起陶淵明的「擬古」詩句：

枝條始欲茂，忽值山河改；
柯葉自摧折，根株浮滄海。

則又不禁戚然有身世飄零之感。

同船共有八個中國學生，六位男生，兩位女生。大家常常一起談天，同桌吃飯，相處甚得。駛離橫濱後八天，輪船於一月二十五日在檀香山港口泊岸，停留一天。移民局人員登舟，旅客就在船上辦理入境手續。事畢之後，中國同學們一同上岸，搭了一部車子，從Aloha Tower碼頭出發，沿著海岸附近的街道，繞經威基基海灘一帶，直到鑽石山角附近。一路走走停停，流覽山水名勝。八個人在鑽石山角前面拍照留念，然後折返碼頭，回到船上。雖然只是走馬看花，大家對於這個美麗海島，印象深刻，都說將來如有機會，還要再來。

中國民間有一句諺語：「十年修得同船渡」，這講的自然是緣分。「十年」云云，應該不是統計數字，而是用來強調「同船渡」這種緣分之難得。就以這次克利夫蘭總統號輪船上的八位中華兒女來說，彼此背景各異，來自天南地北，竟能風雨同舟，一同飄洋渡海。到達彼岸之後，又要分散四方，各奔前程，這樣一個現代版的「八仙過海」，能說不是非常難得的緣分嗎？此次同船的六位男生姓名和前往就讀的校名如下：

方大林，Indiana University, Bloomington, IN.
許肇維，East Texas Baptist College, Marshall, TX.
黃棣，University of Michigan, Ann Arbor, MI.
楊崇章，University of Oregon, Eugene, OR.
譚超貽，University of Illinois, Urbana, IL.，和
馬逢華，University of Michigan, Ann Arbor, MI.

至於「同船渡」的兩位女生，現在只記得一位是樂愛芳，到明州Augsburg College（Minneapolis, Minn.）就讀。樂小姐為人開朗活撥，總是面帶笑容。另一位比較內向，對男生說話較少，常常穿著一件花毛線衫，西裝長褲。事隔多年，連她的姓名也不記得了。

一九五五年一月三十日，船抵舊金山。台北教育部駐美國西岸的代表（好像是一位駱先生）在碼頭照料。先把幾個中國學生送往一家旅館安頓下來，然後在華埠杏花樓（或杏花村）請大家吃了一頓豐盛的中國晚餐。次日同船諸生互道後會有期，分道揚鑣。我乘火車東行，經芝加哥，於二月三日到達密西根大學所在地的安娜堡。

我在密大校園附近的塞耶北街（213 North Thayer Street）租了一間小小的閣樓房間（attic），每週租金四元。這是一個真正的「斗室」，只能容下一床，一桌，和一個小書架。簡

陋自然是簡陋極了，不過這是我離開北大研究生宿舍以後，第一個歸我自己使用的房間，我對它已經非常滿意。在這斗室之內，可以很清楚地聽到學校鐘樓每天按時奏出的悅耳鐘樂。鐘聲清朗悠揚，聽在我這個倦遊旅人的耳中，彷彿鈞天廣樂，把塵世的種種擾攘煩慮，洗滌淨盡，使人心中但覺一片平和寧靜。

一面聽著鐘聲，一面從閣樓的窗口向外望去，可以看到下面枝柯如蓋，而無車馬之喧的街巷，和向南半條街外，密大研究院大樓青綠色的銅頂。雖然不能縱覽這個小城和校園的全景，也可以感覺到這是一個什麼樣的地方。每一想到自己三年半流浪生活所浪費的光陰，我就深感在這個難得的讀書環境裡，非得好好用幾年苦功不可了。後來我曾經寫過一組題為「安娜堡」的小詩（發表於夏濟安主編的「文學雜誌」，一九五八年二月號），其中就有一節記述我那時的心境：

為了追問：活著為什麼？
我來到這世外的小城，
忘掉風暴，埋身於萬卷書。

⊙我為什麼選擇密西根

「你為什麼要上密大」

二〇〇〇年十月下旬，密西根大學為了慶祝校友及名劇作家亞瑟・密勒（Arthur Miller）八十五歲生日，邀請了全世界出名的密勒學者們到安娜堡，在密大研究院大禮堂舉行為期三天的國際研討會。密勒本人原也計劃出席，但是在會期的前一週，他跌了一跤，摔斷了三條肋骨，醫囑不能出門。於是學校臨時安排，改以衛星現場傳播的方式，由密勒在康州自家的書房裡參與盛會。首先由會議主持人在會場用電視傳送方式訪談一小時。問到他在一九三四年升學時，為什麼要上密大？一頭白髮的亞瑟・密勒在銀幕上面對著七百多位學者和學生，聳聳肩膀，一本正經地說：「因為他們收了我嘛。」（"Because they took me in."）（見MICHIGAN TODAY，二〇〇一年冬季號，頁八。）

二〇〇一年十一月十二日的美國「新聞週刊」，載有一篇對密大的學生和學生社團的專訪。記者問一位來自紐約的一年級女生夏洛特・葛瑞諾（Charlotte Greenough），妳為什麼選擇了密西根？她毫不遲疑的說，是因為密大的兼容並包（diversity），使她有機會可以廣泛接觸，自由選擇，走出自己的道路。

密勒和葛瑞諾進入密大的時間，前後相差六十七年，但是他們二位都是一帆風順的美國子弟，進的都是密大的本科，所追求的都是一個優良的通才教育（liberal education）。我以一個來自苦難中國的流亡學生，為什麼在一九五四年選擇了密大研究院，來繼續我的學業？

實際上在辦理留學手續的時候，我同時申請了兩所學校，密西根和哈佛，並且兩校都「收了我」。密大和哈佛的經濟系，雖然各有長短，但是整體而論，二者在我心目中並無軒輊。如果真要作一個魚與熊掌的選擇，並不容易。可是在申請的時候，我並沒有把「費用」這個因素認真考慮在內，甚至連兩校的細則公報（Bulletin）也沒有去找來看過。等到要作最後決定時，把兩校的學雜費用仔細比較，才知道若去哈佛，就憑我在費城銀行那一點存款，連第一學年也維持不下來。兩個學校，一個是價廉物美，一個是物美價昂，對於一個自費留學生，單單是這一個因素，就把魚與熊掌的取捨，變得很容易了。

但是密西根並不是我的第二志願。我挑選密大，並不像亞瑟．密勒所說的那麼輕易，也不像夏洛特．葛瑞諾那樣為了密大的兼容並包。因為我來自共產黨專政制度下的中國大陸，飢者易為食，在我那時的心目中，美國的幾所知名大學，都是同樣的兼容並包。後來我才知道，美國各大學兼容並包的程度，也有很大的差別。而且「兼容並包」（diversity）這個名詞，在許多美國大學裡，已經被左翼人物濫用，作為建立假平等的「配額制」（Quota system），和製造學術造詣上的雙重標準的藉口了。

那麼我究竟為什麼選擇了密大，且聽下文再作說明。

密西根是窮人的哈佛嗎？

美國的大學圈子裡，有這樣一句話：「密西根是窮人的哈佛。」（"Michigan is the poor man's Harvard"）此說的出處，無可查考。不久以前讀到密西根大學克萊蒙史學圖書館（The William L. Clements Historical Library）館長戴恩（John C. Dann）的一篇訪問記，其中有一句話，倒是可以作為這個說法的註腳。戴恩說：「密西根被公認為是一所學生幾乎不必花錢，就能受到哈佛水準的教育的學校。」（見MICHIGAN TODAY，一九九八年夏季號，頁八。）

如果拿兩校的經濟系來比較，二者堪稱旗鼓相當。先以兩系教授所受美國經濟學界的尊敬來說，哈佛常常有人被推選為美國經濟學會的會長。密西根的經濟系比較小，但是我初到密大時，剛剛從行政工作退休的老系主任夏夫曼（Isaiah L. Sharfman）就是一位卸任的該會會長。後來我的兩位老師布爾丁（Kenneth E. Boulding）和艾克理（Gardner Ackley），也都先後當選為經濟學會會長。

再以聯邦政府對兩校經濟學家的器重而言，一九六〇年代之初，哈佛的蓋布瑞斯（John K. Galbraith）在甘迺迪總統任內被借重出任駐印度大使。接著，就有密西根的艾克理在詹森總統任內被延聘出任白宮經濟顧問委員會主席。四年任滿後（一九六四—一九六八），艾克理又被任命為駐義大利大使，白宮對他倚重之深，由此可見。艾克理和他的白宮經濟顧問會同僚們（該會另外兩位委員是耶魯的Arthur Okun和哈佛的James Duesenberry，都是艾克理親自遴選提名的。），是把那時的「新經濟理論」（指把凱因斯理論推進一步的新理論）實際應用到美國經濟政策上面的第一個團隊。他們要把財政政策和貨幣政策相輔並用，儘可能把「經濟循環」消滅或延緩，以求達到美國經濟的長期穩定和繁榮。他們的努力，對於經濟理論和美國經濟的發展，都有重要的貢獻。

至於密大和哈佛兩校經濟系的教學水準，更可以說是不相伯仲。這只要舉一兩個例子就可以說明了。密西根的貨幣理論教授史密斯（Warren L. Smith，我的論文委員會成員之一），一九五八年被哈佛請去客座講學一年。然後，我的財政理論老師馬斯格雷夫（Richard A. Musgrave，也是我論文委員會的委員），在我修畢學位之後不久，就被哈佛經濟系禮聘為教授兼系主任。而我在密西根期間，密大經濟系並沒有向哈佛去搬兵借將。試問在此情形之下，究竟是密西根經濟系的學生，受到了哈佛水準的教育；還是哈佛經濟系的學生，受到了密西根水準的教育？能不能說，依經濟系而論，「哈佛是富人的密西根」？

不過無論如何，我在進密大以前，並沒有聽說過「密大是窮人的哈佛」這句話，所以它並不是我選擇密西根的原因。

關於名望

我選擇密西根，主要的考慮，其實也不外大家都會想到的名望、校園和師資三個因素。三者之中，名望最不容易界定，似乎也沒有公認的計量方法。

怎樣才能算是一所有名望的第一流大學？對於這一類的問題，我想借用聖・奧古斯丁（Saint Augustine）對「時間」的說法：「沒有人問它是什麼的時候，我知道它是什麼；如果有人問我，我就不知道了。」大學的名望，我認為也是只能意會，難以言傳。不過，如果說密西根是美國最有名望的大學之一，大概不會有人反對吧。

密大的校園

美國各大學的校舍和環境，參差不齊。從只具幾座講堂、分散鬧市、實際上並無校園可言的所謂「街車大學」（street-car college），到廟貌莊嚴、氣氛肅穆如修道院的哥德式校舍，風格不一而足。如果讀書環境能夠影響一個人的學習、思考，和創造力，則在可能的範圍之內，尋求一個自己比較喜愛的校園，雖然要花一些工夫，也是很值得的。

一九五三年初，我第一次來美，到達賓大不久，就有朋友介紹我認識了費城附近Bryn Mawr College歷史系的Theodore H. Von Lawe教授和他的太太Hilli。他們兩位都還相當年輕，常常約我到他們家裡去度週末。天氣好時，就在校園裡野餐，散步賞花。Bryn Mawr是一個在許多地圖上都找不到的小城，只因這個有名的女子大學才為人所知。校園裡碧草如茵，鳥語花香。一座座典雅的小樓，牆壁上爬滿了長春藤，整個環境清靜有如世外桃源。我從此愛上了這樣的校園和小城，也就是美國人所謂的college town（大學小城）

可惜美國幾家以研究院出名的主要大學，很少是建立在小城小鎮的。要去尋找一所位於小城、但是不在偏遠地區，校園整潔漂亮、而又設有第一流研究院的公立大學，就我所知，在一九五〇年代，那就非密西根莫屬了。

密大所在地的安娜堡，在當時是一個單純安靜，老樹夾道，民風敦厚，夜不閉戶的小城。安城地處密西根州東南，東距紐約市大約六百五十哩，西去芝加哥不過二百五十哩左右，它與賓州的匹茲堡相距也只有三百多哩路程；總之，離我幾位在美的聯大朋友當年住處都不太遠。安娜堡附近有小湖似鏡，河流如帶，樹木繁茂，風光宜人。我在密大的時候，全城人口總數不過四萬，其中一半是密大師生（gowns-people），一半是小城居民（towns-people）；全城的人如果都坐在一個大學足球場裡，也還坐不滿，真可以算是一個典型的美國「大學小城」了。（按：美國大學的足球場，看台能容六、七萬觀眾的，幾乎是家常便飯，密大足球場也不例外。）

密大的校園，整潔恢宏，分布着許多建於不同年代的樓宇。這些建築物，風格不同，各有特色，看起來倒是相當和諧，彼此相得益彰；很可能是歷年增建時，刻意避免了清一色的單調。

整個校園的大動脈，是一條很長的、從東南走向西北的寬路，路名就叫「對角線」（The Diagonal）。這條「對角線」上交通最忙的一段，是從大圖書館東側與經濟系樓之間通過，斜向西北直到校園的西側邊緣為止。從這裡走出去，就是安城的街道了。來自四面八方的莘莘學子，腋下夾著書包（那時還不流行背袋），每天從早到晚，或步行，或騎腳踏車，熙熙攘攘，在「對角線」及其分支小路上，往返如織，穿梭於大圖書館和附近的講樓之間，各忙所忙。偶然碰到熟人，也只是匆匆打個招呼，就過去了。

大圖書館的前面，是一片草地廣場，稀稀疏疏地生長了一些樹木，樹下分布著四通八達的小路。這個廣場，因為有「對角線」穿過，大家就把它稱為The Diag。後來許多重要的學生活動，都在這裡舉行或發生。比如二〇〇一年九月十一日紐約在世貿大樓慘案之後的當晚，據說就有一萬五千多名學生，不約而同地聚集在The Diag 廣場，舉行燭光晚會，守夜致哀。不過在一九五〇年代，校園裡風平浪靜，The Diag雖有學校的大動脈通過，卻是相當的安靜。在廣場的東南角，「對角線」的北側，經濟系與更北的藥學院兩座小樓之間，是一片小小的榆樹林。有四年半的歲月，我常在課餘到那一帶的林間漫步沉思或散步休息。後來我在一組題為「安娜堡」的小詩中，寫下這樣的一節：

姿態幽逸的榆樹林，
在雨，風，和星夜中屹立，
忍受著無邊的靜寂，
它教我們怎樣作人。

就指這個地方，也寫出了我對於那個讀書環境的感受。

經濟系樓位於The Diag的東南角上。此樓式樣簡單古樸，從它屋簷下面的雕飾，挨壁半露的方柱（Pilaster），和大門上層的圓拱形高窗等等細節看來，可以算是一幢簡化了的羅馬式建築。樓共三層，第一、二兩層是教室、研究室和辦公室，地下層是經濟系圖書館。我在二樓有一間兩人共用的工作室，後來歸我獨用。除了要到附近的大圖書館去找書，或出外用餐以外，我每天上課、看書、作研究，從早到晚，都待在這座古色古香的小樓裡。這樣一待就是四年半，甚至讀完了學位還不想走。此樓建於一八五六年（清咸豐六年），由經濟系專用。一九五九年我結業離開密大的時候，經濟系樓已經是一百零三歲了。可惜後來在一九八一年耶誕節前夕，歹徒趁著學校剛放寒假，縱火把這一座古老的密大地標之一，整個焚燬了。

從經濟系樓向北行穿過The Diag，可以一直走到校園最北端一個廣大的庭院，其地花木扶疏，景物優美。庭院的中央，是一座大噴水池。池東西寬十呎，南北長二十五呎。池中央是希臘神話裡人頭人身魚尾的海神Triton銅像，高約七呎。粗壯的身軀向前傾斜，作破浪前進之狀，同時昂首吹起雙手擎舉的鎮海法螺，身上攀爬著他的孩子們。亂箭一般的泉水從法螺開口處和海神的四周不停地噴射出來，非常生動有力。這座銅雕，是由一位校友贈款，特請瑞典雕塑家Carl Milles設計製作，稱為Thomas M. Cooley Fountain，用以紀念一八五九年加入密大的柯立教授，苦心把原有的法律科目發展成為全美國第一個法律學院。

庭園的北邊，是密大研究院大樓。此樓坐北朝南，外牆以淺炒米色的花崗石砌成，樓頂是青綠色的銅頂，色澤淡雅鮮明，線條簡單大方。樓內除了研究院的辦公室以外，還有若干大小會議室，一座音響調節和燈光設備都非常考究的大禮堂，和三個專供學生作功課的自修大廳。

噴水池的東側，是密大女生活動中心的大樓，稱為Michigan League（男生活動中心大樓，叫做Michigan Union，位於校園的西南角上）。League裡面有一個自助餐廳，所供應的餐點，品質不錯。我在密大的四年半中，前三年幾乎是每天都到League去吃飯。週末有時到朋友家談天、吃吃中國飯；同班同學趙岡、陳鍾毅夫婦家，和夏志清兄家（一九五五至一九五六學年度，他在密大擔任客座講師），都是常去的。有時也到學校附近的餐館去換換口味。

我初到密大時，安娜堡只有一家很小的中國飯館，叫做「燈籠園」（Lantern Garden, 613 E. Liberty Street）。有一次我與同為經濟系新研究生的黃光蒼兄一同去吃飯，店內生意清淡，老板就和我們閒談起來，說：「你們讀經濟系，將來能夠賺幾文錢哪？不如來我這裡學作廚師，還要好一些。」飯後老板一定要我們看看廚房。這一看可真把我們看得目瞪口呆，原來裡面只有一位廚師，是一個肥胖的美國黑人，油光滿面，朝著我們咧嘴傻笑，原來我們剛剛吃了他做的中國菜！後來附近又開了一家中餐館，名叫「公平中西餐館」（Leo Ping Café, 118 W. Liberty Street），以「特別唐餐」與燈籠園競爭，大約一年左右之後，燈籠園就熄燈了。

噴水池的西邊，女生活動中心對面，是密大的鐘樓，名曰Burton Tower。這座四邊形塔樓的建築風格、材料和色調，與研究院大樓如出一人之手。樓似朝天一錐，高約十四層；由樓頂向下數的第三、四兩層，打通合而為一，成為一個高大寬敞的鐘琴（carillon）彈奏室。室的四壁是四面「落地」大窗，各有窗柱四根。四面外側各有一個像Big Ben一樣大小的圓形計時鐘面，但是鐘面鏤空，以免遮光。室內設置一架鐘琴，由一八九五年級校友Charles Baird獨力捐贈，所以就命名為Baird Carillon，是全世界第三最大的鐘琴。

這架鐘琴包括大小銅鐘約一百多口，高高懸掛在與天花板平行的幾條巨大樑架上。每一口鐘各有一條繩鍊下垂，一條條地密集通過下面一個穿有洞孔的橫架。架下的彈奏裝置，類似一座巨型的笛管風琴，不過沒有笛管，而是與那些鐘鍊相連接。鐘琴的「鍵盤」，則是一橫排平行的小木棒，棒粗大約直徑一吋半，棒長約六、七吋。彈奏者坐在琴前，面對樂譜，兩手握拳，左右高下、忽急忽徐，一拳一拳地擊打這些木棒，上面的大鐘小鐘就隨之往返掀動，發出鏗鏘悅耳、珠落玉盤一般的美麗音調來。

鐘樂的聲韻遠播，漸漸擴散而成為一種令人心平如鏡的氣氛，不僅瀰漫整個校園，並且飄入尋常百姓人家，包括我在塞耶北街賃居的那間小小閣樓。每天浸染於這樣的鐘聲和氣氛裡，安娜堡這個大學小城，幾乎可以說是世外的桃源了。

關於師資

師資也是我挑選學校的一個重要考慮。曾任中央研究院院長的密大校友吳大猷曾經說過，衡量一所大學是否一流，首先「要看教授水準，他的學術聲望如何。」—（台北「中央日報」—，一九九一年十月二十九日，第七版。）吳先生此語極有見地，不過說得比較籠統。從學生的觀點來看，還需要稍加補充。

美國大學教授的學術聲望，主要是靠出版專書和發表論文建立起來的。能夠潛心研究，並且寫出重要著作，因而享有高度名望的教授，就是學子們不遠千里迢迢，負笈投拜門下的名教授了。名教授的學問，自然沒有問題，問題在於他是否同時也是一位好老師。我認為好老師的責任，是要把治學之門打開，指出一些途徑，協助學生上路起跑；並且在學生求教問難的時候，能夠耐心提供切實的幫助，和適當的鼓勵。這與埋頭作學問和發表著述，幾乎是兩門不同的功夫。幸而許多名教授同時也是好老師，但是也並不盡然。

試舉一例說明。一九五三年我在賓大的時候，該校的瓦堂學院是一個在全美國名列前茅的經濟工商學院。該院的經濟學教授之中，聲望最高的，應數顧志耐（Simon Kuznets, 1901—1985）。他是研究美國國民所得的開山始祖，並且對現代經濟成長的研究，也作出了極重要的貢獻。他獨特的研究方法，是不依賴先驗的理論假設，而直接以分析大量統計資料來發掘經濟規律。後來他在一九七一年獲得了諾貝爾經濟學獎。

不過顧志耐的授課方式，卻很難使學生們受益。他從一九三六年起，就在賓大任教，同時也長期兼任設在紐約的國民經濟研究局（National Bureau of Economic Research）研究員。我在賓大那一年，顧氏家住紐約，每星期乘火車來賓大兩次，上午上課，下午接見博士論文學生。因為他的名氣很大，所以他每一堂課，教室總是坐得滿滿的，有選課的學生，也有旁聽生。他講課時，面無表情，眼睛不看學生，聲音細小，像是喃喃自語。只有坐在最前面兩三排的學生，才能聽到聲音。有時我搶先趕到教室，坐在前排，但也只能聽到他的細語絮絮，連綿不絕，既無時間完全筆記下來，也來不及思索消化。有一次不知是誰早到，在黑板上寫了幾個粉筆大字：High-brow, low voice（學問大，聲音小）。顧志耐走進教室，看看黑板，把字擦去，仍然面無表情，依舊用他細微的聲音，唸唸有詞地講起書來。

賓大有一位西南聯大經濟系的學長，鍾安民兄。一九五三年我到賓大時，他剛剛修畢博士學位，並且已經在費城的Drexel理工學院教書了。安民兄在聯大的班級比我高，所以在昆明時，彼此並不認識，但是他的夫人梅祖杉女士，是與我同時的聯大同學，在昆明就認識的（那時她唸社會學系，還沒有結婚）。我到費城之後，他們夫婦對我諸多照拂，並且常約我到他們家裡吃飯談天。有一次我向安民兄請教課業，他就說：「顧志耐嘛，你把他的書看看就可以了。他的課聽不聽其實都沒有關係。」

顧志耐怎樣指導他的博士生，我不知其詳。但我知道他每次到賓大，當天都還要搭火車回紐約吃晚飯，所以他在下午接見博士生，也只有三個小時左右的時間。一九五三那一年，賓大跟他寫論文的，有十餘位研究生。我曾看見他們排隊候在顧志耐的辦公室外，依序進去求教，每人只有十幾分鐘與他談話的機會。他們能從顧教授獲得多少教導，我自然無從知曉。

一九八五年顧志耐去世後，我讀到中研院經濟學院士邢慕寰先生的一篇追念文章，其中記述一段他受教於顧氏的往事，與本文所談的「師資」問題多少有關。原來一九四六年邢先生在紐約時，曾以特殊的機遇，作了半年顧志耐的「學徒」，每週五到國民經濟研究局，與顧氏會談兩個小時。談話的內容，包括討論事先指定的參考文獻，和依照指定的題目撰寫研究報告，再由顧氏評閱討論。這個方式和指導研究生差不多。不過像這樣一對一的師徒會談，每週有兩個鐘頭，要比顧氏在賓大的博士生幸運得多了。但是對顧志耐極為崇敬的邢慕寰，也在那篇文章裡面寫道：「老實說，在這半年之中，我從他學到的東西並不多。」（「中國時報，人間副刊」，一九八五年八月六日。）

我舉出這個例子，絲毫也沒有對顧志耐不敬的意思。在我的腦子裡，他仍然是二十世紀經濟學界的一位巨人，也是一個熱心提攜後進的厚道學者。一九六〇年代，美國社會科學研究會成立了一個「中國經濟委員會」，資助對中國大陸經濟發展的研究，並且計畫出版一系列的研究叢書。這個委員會的主席，就是顧志耐教授。我受約撰寫國際貿易，顧氏對我遲遲交卷的初稿，曾經提出極有幫助的批評和建議。後來華盛頓大學經濟系在考慮將我晉升為正教授的時候，徵求校外資深學者的意見，顧志耐也曾為我寫了很有力的支持信件。足見他雖然一向不苟言笑，似乎對人非常冷漠，實乃一位古道熱腸之士，可惜他的講課和教導方式，不能使學生們受到春風化雨之惠。

類似的例子，無需一一列舉。我的主旨是要說明，無論學術聲望多麼崇高的名教授，都不一定是好老師，這是留學生在考慮「師資」時的一個困難。不過，名望不高的教授，也未必就是好老師。在選校時，把教授的學術聲望作為一個取捨標準，至少可以有近朱近墨之益，所以仍然不失為明智之舉。這就是我對吳大猷「學術聲望說」的補充了。

我申請密西根時，實際上只知道兩位密大經濟系的教授。一位是布爾丁（Kenneth E. Boulding），另一位是雷默（Charles F. Remer）兩人都是因為我在北大時讀了他們的書，得到深刻的印象。

一九四六學年度，周炳琳教授在北大開了一門「高級經濟理論」（這「高級」，是指大學本部的高級班），讓學生精讀布爾丁的「經濟分析」（***Economic Analysis***）這本書。周先生也許是體會到學生們的英文程度不夠好，他在講台上捧著這本八百多頁的大書，幾乎是逐句逐段的給我們解釋。此書內容是講解經濟分析的方法和效果，寫得條理分明，非常詳盡，既可用作教科書，也是對「經濟分析」這門學問之體系化的一個重要貢獻。雖然在周先生的班上，我們只讀完了前半本，但因為是細心精讀，的確學到了不少東西。

雷默教授早期的兩本名著，「中國對外貿易」（***The Foreign Trade of China,***1926）和「外國在華投資」（***Foreign Investments in China,*** 1933），在一九五〇年代仍然是研究中國近代經濟的必讀書，二者也都是北大陳振漢教授「中國近代經濟史」班上的指定參考書。雷默曾在上海聖約翰大學經濟系任教多年，他在準備寫「投資」那本書時，又從密西根再到上海、天津從事調查研究。在一九五〇年代，美國各知名大學的經濟系中，能有像雷默這樣具有豐富的中國經驗，並且有權威著作的資深教授者，大概除了密大之外，就只有哥倫比亞的何淬廉（Franklin L. Ho）先生了。我一向認為中國的知識分子，學習了西方的社會科學理論和方法，如果不把它們用來研究中國的社會和經濟發展，所為何事？所以雷默在密西根，在我選校的考慮中，的確是一個重要的吸引力。

我在寫北大的「外國留學生」時，曾經引用了一句諺語，說明師長的功能：「師傅領進門，修行在個人。」能有名師啟導帶路，固然是很重要，但是入門之後，求學主要還是要靠自己努力；這在研究生的階段，尤其如此。所以在考慮大學研究院的「師資」的時候，如果能從這樣的角度來考慮，就容易達到比較持平的見解了。

⊙良師篇

艾克理教授（Gardner Ackley）

密大四年半的時光，是我生命中一個重要的轉捩階段。當年的師長中，像一位大家長一樣，指導並照顧我順利走過這個關鍵過程的，是噶德納・艾克理（Gardner Ackley）教授。

艾克理是我的授業老師，我第一學期就選讀了他所開的研究生必修課「國民所得」。這是一門宏觀經濟理論課程，其內容着重分析方法，包括當時最新的材料。艾克理授課非常認真，對學生要求很高，我為此課着實花了不少工夫。從一九四九年起，北大與外界隔絕，再加上我離開北大以後的流亡動蕩生活，都使我與西方經濟理論的新發展脫了節。艾克理此課，正好提供了我所需要的補充訓練，由此才得以迎頭趕上。

艾克理同時也是系主任和研究生導師（Graduate Advisor），所以凡是與我的學業有關的事情，無分鉅細，都要去找他請教或商量。他對學生態度和藹，治事公正果斷。我常常去找他商量的事情，大致可以分為三類。一、是關於課業指導；二、是關於獎、助學金的安排；和三、學位完成以前的就業輔導。他對我這些事情都很關切，並且熱心照顧，特別是在處理第二第三兩類的問題上面，充分表現了他的大家長風範。

先說獎助金的安排。來美入學以後，阮囊羞澀，如果沒有獎學金或助學金，我就只能去「打工」了。那樣一來，不知何日才能完成學業。所幸我在課業方面的努力與表現，獲得了師長們的認可，除了初進密大的第一學期是自費（來自一九五三年公費獎學金的節餘）苦讀以外，其後的四個學年，都得到了學校的經濟支援。

第一學期（一九五五年春季）結束不久，有一天艾克理教授約我去談話。他告訴我，經濟系正在準備向研究院提出下學年度的獎學金名單。他說：「你的成績可以得一個獎學金，也可以得一個研究助教獎助金（Research Assistantship），金額相同，都是一千九百元。雷默教授已經表示希望你去作他的研究助教。同時，你的同班Dan Fletcher成績和你差不多，也需要經濟方面的補助，但是他沒有遠東經濟的訓練，不能去作雷默的研究工作。我打算讓你拿研究獎助金，把那個獎學金給Dan，這樣安排，你願不願接受？」

聽起來像是把我原來應該得到的獎學金，讓給了Dan Fletcher了。不過第一學期我選讀雷默的課程期間，雷默也已經與我談過，希望我從秋季開始，加入他的工作。現在關於獎助金提名的話，系主任既已出口，手頭日益支絀的我，怎能反對？於是我說：「無論系裡怎麼決定，我都非常感激。不過，拿獎學金可以全時選課讀書，研究獎助金卻要半時工作，難免要把修讀學位的時間延長啊。」艾克理微笑說道：「研究助教的經驗和資歷，都是獎學金所不能給的。不過你說的也有一點道理，讓我想想看，也許我能有所補償。」

然後艾克理向後靠在椅背上，點燃了一支香煙，瞇著眼睛吸了兩口，把話題一轉，像談閒話似的問我：「暑假你有什麼打算？」我答：「想出去找個暑期工作，賺一點學費。」他又吸了一口煙，說：「你去作一個夏天的工，恐怕還節省不出一學期的費用。讓我來找一點錢，你留在安娜堡唸暑期班吧。」

不久我就收到研究院的通知，我得到了一個暑期獎助金（Summer Grant）。一九五五年那個夏天，我在暑期班註冊，選了兩門課，「價格體系」和「比較經濟制度」。

稍後我又接到研究院兩份通知：（一）、校董會已經批准給我一九五五至五六學年度的研究助教獎助金，和（二）、校董會同時也批准了給我該年度的「大學獎學金」（University Scholarship），金額相當於一學年的學費。這個出乎意外的學費獎學金，對我不無小補，大概這就是艾克理所說的「有所補償」了吧。

經費有了適當的安排，我的課業進度也算順利。到密大後整整一年，一九五六年二月，我得到經濟系的碩士學位。同時，我既已開始作雷默教授的助手，而且與他相處甚得，也就沒有改變現狀的必要。所以接下來的兩個學年（一九五六—一九五八），艾克理教授都為我作了同樣的經費安排；每年一個研究獎助金，外加一個學費獎學金，使我可以安心讀書，不必為錢擔心。

到了我在密大的最後一學年（一九五八—一九五九），情形出了變化。前此，我的博士論文委員會已於一九五七年十月組成，由雷默擔任導師和主席。論文題目也已經決定（「共產中國公共投資的資金來源」，"The Financing of Public Investments in Communist China"），並已著手進行，似乎一切順利。但是一九五八年初春，雷默太太的健康情形惡化，醫囑必須到冬天比較溫暖的地方去易地療養；雷默忽然決定要利用他退休前一年的休假（retirement furlough），在那年春季學期結束以後，陪伴太太去加州療養。

那年雷默六十九歲。他去加州一年之後，就到了七十歲的法定最高退休年齡。我的論文剛剛上了軌道，他這一去，我就失去了論文導師和主席。當時經濟系的資深教授中，懂得中國經濟的，只有雷默一位，如果換一個新的論文導師和主席，那就勢必要另起爐灶，改換論文題目。這樣一來，學位完成的時間，自然也要延後。

所幸這個問題，順利逐步解決。（一）我申請並且獲得了一九五八至一九五九年學年度的Orla B. Taylor Fellowship，這個獎學金每年只有一名，並且是由經濟和歷史兩系的研究生隔年輪流得獎，所以獲得的機會，是其他獎學金的二分之一。我得此獎，正濟所需，自己並且也很感到榮幸。（二）艾克理決定由他親自接任我的論文委員會主席，雷默繼續作我的論文導師，論文依照原計劃進行。（三）艾克理並且向研究院推薦，給我一個優厚的「論文獎助金（Dissertation Grant）」，包括飛往加州灣區兩次的旅費，使我能與雷默商酌論文草稿，和查閱加州大學和史丹佛大學兩校圖書館所藏的資料；這筆錢也包括了論文打字的費用。

我相信前述（二）、（三）兩項安排，是艾克理和雷默事先商妥的，兩位老師對我真是夠寬厚了。這樣的安排，真如撥雲霧而見青天，使我能夠如期把論文完成。

在我撰寫論文期間，艾克理對我未來的工作，也很費心輔導。我雖曾出去參加過幾次面談，並且都得到相當不錯的聘任提議（譬如紐約長島的Hofstra University），但是我都沒有答允。艾克理問我原因，我解釋說，我實在不想離開密大太遠，希望能在母校附近工作，可以常常回來用用圖書館，聽聽演講，並且也可以繼續向老師們問教。他於是說：「其實我們也可以把你留下來，不過本系有規定，為了避免學術思想上的『近親繁衍』（inbreeding），不能把『可以得到永任權的職位』給與本系的博士畢業生。這樣好不好？如果你一時找不到想去的學校，我們就留你從下學年起，在本系擔任講師（講師沒有永任權），講授雷默的課程，直到你找到滿意的外面工作為止。你可以考慮一下，再把決定告訴我。」這在我是求之不得的機會，所以一時就不急於去找其他工作了。

但是不久事情又有轉折。雷默在加州因為太太的醫療費用很大，需要另有收入，希望我與他合作，在加州大學柏克萊分校設立一個研究計劃。我對於純粹的研究工作，沒有太大的興趣。但是艾克理力勸我去，說：「現在不是比較工作好壞的時候了，現在是大家都要盡力，去幫助雷默渡過難關的時候啊！」雷默和艾克理兩師，都待我甚厚，師命豈能不遵？這樣就決定了我一九五九年得到學位之後的第一個工作。

一九六七至一九六八學年度，我從華大休假，以傅布萊特研究教授的名義，在倫敦大學作研究，適逢艾克理教授在一九六八年初受命出任美國駐義大利大使。本已約好在我離開倫敦去香港之前，到羅馬去與老師一聚，但是臨時陰錯陽差，竟然失之交臂。一九九八年二月，驚聞艾氏在安娜堡去世，緬懷往事，惻然久之。

斯托普教授（Wolfgang F. Stolper）

密大的師長之中，我最常記起的，是沃夫甘・斯托普（Wolfgang F. Stolper）和查理・雷默兩位教授。他們二位不僅帶領我走進國際經濟理論和治學方法的大門，從而建立了以後自己獨立工作的基礎；並且使我在待人接物、德行言語等等為人方面，自然而然感受到他們的薰染，進一步開擴了我的眼界和心胸，提昇了我的品味和標準。

密大經濟系和公共政策研究所，曾在一九九一年十一月聯合舉辦了一個金禧紀念討論會，慶祝斯托普教授領銜合著的一篇論文，「保護貿易與實際工資」（"Protection and Real Wages", ***Review of Economic Studies***, November 1941）發表五十週年紀念。為一篇半個世紀以前發表的文章這樣隆重致敬，可以說是一個殊榮。那天斯托普（已經退休）和該文的合著者塞繆森（Paul A. Samuelson，麻省理工學院榮休教授，一九七〇年諾貝爾經濟學獎得主）都出席了。塞繆森特別說明，該文所有的洞察力和推理，都是斯托普自己的，他的貢獻，只是把這個理論用數學形式寫出來。所以他謙稱自己只能算是「斯托普的嬰孩的助產士」。

這篇論文的重要性，是它奠立了當代國際經濟理論的基礎。它所演證出來的原理，在經濟學文獻中，稱為「斯托普—塞繆森定理」（The Stolper-Samuelson Theorem）。在此文於一九四一年發表以前，經濟學者都認為保護政策對工資的影響是不能確定的。斯、塞二人在

「一般均衡」的理論架構之下，設計出來一個數學模型，無懈可擊地演證出保護關稅對實際工資的確切影響。簡單說來，這個定理的要點是，像美國這樣一個資本充裕、而勞力比較缺乏的國家，如果採行保護政策（比如提高進口關稅），可以增加工人的實際工資，但是卻要減低全國人民的經濟福利。易言之，自由貿易政策雖然對某些產業工人的工資不利，但是肯定能使整個社會受益。

後來，經濟學者們對於保護政策在「短期」和「長期」不同影響的分析，以及把「獨占勢力」和「大規模操作」的影響，併入國際經濟理論的分析，都是從斯、塞二氏當初的模型出發，來作更為精細的演證。所以把斯、塞二氏一九四一年那篇文章，視為當代國際經濟理論的基石，並不過分。也正因此，才有那個金禧紀念討論會。

當年斯托普在課堂上講解這篇論文之後，順理成章地就和我們討論起關於經濟理論使用數學的問題了。

塞繆森可以說是當代主要經濟學家之中，最懂得數學的一位。他對這個問題，曾在一篇論文（"Economic Theory and Mathematics: An Appraisal" ***The American Economic Review***, June 1952）裡面指出，因為數學是一種語言，所有的數學模型（mathematical models）都可以用口語表達出來；所有的口語模型（verbal models）也都可以用數學表達出來。這個意見由他提出，自然會有相當的影響。（逢華按：經濟學者所說的「模型」，只是一個術語，意指：為求解答某一特定問題而設計出來的，對現實經濟的一個簡化的看法。它的要點，是把特別挑選的因素之間的重要關係，明白列舉出來。）

斯托普對塞氏的說法，並不完全同意。他在課堂上以交通為比喻，講他自己的看法：「不錯，凡是乘火車能到的地方，也都可以步行走到。不過，乘火車究竟要快得多。何況有些地方，火車也到不了，只有坐飛機才能到達。這就是數學的任務了。」斯托普的說法，也很足以服人。但是，我以為，那些必須坐飛機才能抵達的地方，應該是指高深的經濟理論。而經濟學的基本原理，主要還是依靠邏輯推理，並不是非用數學不可。

斯托普雖然喜歡用數學，但他對於數學在經濟學裡面的正當地位，卻是非常持平的。他告訴我們：「有一次，我與馬斯格雷夫（指Richard A. Musgrave教授）閒談，我說，我的數學不夠好，常常自感不足。馬斯格雷夫說，可是，你是一個非常好的經濟學家呀，那還不夠嗎？你只要設計出富有洞察力的模型架構來，就可以了。至於數學嘛，必要時可以去找幾個數學『奴隸』來做做，那並不是什麼大問題。」講完這一段插曲之後，斯托普對我們說，馬斯格雷夫是對的。所以你們首先是要努力去作一個好的經濟學者，然後，如果對數學也能運用自如，那就更方便了。

深入淺出，舉重若輕，知之為知之，不知為不知。對於一個問題，從不同的角度反覆討論，讓學生們於基本訓練之外，還能具備自己去作睿智選擇的視野，這都是斯托普受學生歡迎的原因。他在密西根一共開了三門課（包括一個討論班），我都選修了，還深感意有未足。

身材挺拔，面帶笑容的斯托普教授，經常是一身整潔的灰色西服，白襯衫，深色橫形領結，不戴眼鏡。他在教室黑板上寫方程式時，口中唸唸有詞，從容自得，好像是在寫一首樂曲的五線譜。寫完之後，右手輕輕向上一揮，轉過身來，面對我們，先加講解，然後含笑不語，靜候大家提出問題或批評，——或是鼓掌？他這姿態，看起來很像是一個音樂家。

實際上他對音樂的確很有興趣，造詣似乎也相當不錯。每逢名家到校園來演奏或演唱，他總要在講課之前，略加介紹，鼓勵大家屆時去聽：「你們一定要去，這樣難得的音樂會，若不去聽，那簡直是罪過（It is a crime if you do not go）！」每逢星期日，斯托普一定到大學附近一個教堂去彈奏笛管風琴，常有同學為了要聽他彈琴而去教堂。他不僅彈琴，有時那架笛管風琴出了毛病，他也自願去耐心修理，好像那是他的責任。

密大經濟系教授之中，富有藝術及人文修養的，並不僅斯托普一人。例如財政理論家馬斯格雷夫，就是一位畫家。經濟理論家布爾丁教授不但善畫，而且還喜歡寫詩。我在密大的四年半期間，馬、布兩位教授曾經在安娜堡舉行過兩次聯合畫展，都很轟動。馬斯格雷夫的作品，大都是抽象畫，有些畫的標題，採用經濟學或數學的專有名詞，比如「線性規劃」（Linear Programming）之類。布爾丁的作品，則是傳統的油畫，題材包括人像、靜物、和他住處「玫瑰樹」（Rose Tree）附近的風景。

經濟學一向被稱為「陰鬱沈悶之學」（The dismal science），但是此處列舉的三位密大老師，都是第一流的經濟學家，卻沒有一個是「陰鬱沈悶」之人，也沒有一個是三句話不離本行的偏狹專家。他們在學術專業之外，都有豐厚的人文修養，所以能夠享受多彩多姿的精神生活。師長們豐富的人文素養，很自然地流露於他們的談吐、風度和氣質。作為一個學生的我，近朱近墨，幾年的耳濡目染，自然也就在我原有的聯大、北大人文基礎上，培養了更為開闊的視野和心胸，進一步提升了我對人生許多方面的品味和水準。我在密大這幾年，從系裡人文氣息的薰陶，和從學術知識的傳授，這兩方面所受到的教益，應該可以說是不相上下，這實在是我的幸運。

斯托普教授與我後來並且成為課餘交換郵票的師生朋友。這個關係在我畢業以後，還維持了一年左右。一九六〇年秋季，他休假到非洲去，那年冬天，他還從奈及利亞的首都拉各斯（Lagos）寄給我一些色彩鮮明的非洲國家郵票。後來彼此工作都忙，才漸漸地停止了。

二〇〇二年四月初，我在西雅圖得到消息，斯托普因為血液凝塊，手術失誤，於那年三月三十一日在安娜堡溘然長逝，享年八十九歲，遠道諦聞，曷勝感念。

雷默教授（Charles F. Remer）

一九七二年七月十二日，雷默教授的外甥女藹達（Adah Langmaid）從她奧克蘭的家裡寄來一封信，告訴我雷默已於七月二日在加州小城「太平林」（Pacific Grove）去世。她說：「……我知道你曾在他生日那天去探視他。我是次日去的，他非常困倦，我就沒有多留。其後他的情況迅速惡化，我本來計畫大約兩星期後再去探望，但是在行前兩天，他們就打電話來了。……他會在許多人的心中永存。你能趕得上見他一面，我很高興。」信裡附了一個摺式的訃聞：雷默享年八十三歲，骨灰運回明尼蘇達州故鄉Frazee安葬。

查理・雷默教授與我的師生之誼，從一九五五年二月我在密大入學，到他與世長辭，前後十七年半，從未中斷。對我而言，這一場難得的師生關係中，自然以我在密大求學的那四年半最為重要。在此期間，我除了選他的課以外，還作了三年他的研究助教，他並且是我的博士論文委員會主席和導師。

我在北大的時候，就已仰慕雷默教授之名。進了密大之後，第一學期（一九五五年春季學期）就選修他的「國際經濟：遠東」。這一門課的性質，是中國和日本兩國近代經濟的概論，以中國經濟為主，日本經濟只是拿來做對照比較之用。上了幾堂課之後，我漸漸覺得教材的內容，我大體上都已知道，恐怕一學期下來，學不到什麼新東西，起初不免有些失望。後來仔細思考，才了解即令真的是「日光之下無新事」，只要有對於「舊事」的新觀點或新詮釋，或者對於「舊問題」的新分析方法，那也就是值得學習的「新東西」了。

何況評估雷默這門功課對我的價值，還有另外一個層面：如果將來我在美國大學開一班中國經濟或經濟史的課程，雷默此課有什麼地方可以供我借鑑？我將來要面對的美國學生，程度大致如何？以他們的新鮮眼光，可能提出一些什麼讓我意想不到的問題？從這個層面來看，我能夠選讀雷默的課，實在是一個非常難得的學習機會。

作雷默的研究助教，並沒有太多的拘束。他對於每週的工作時間與工作量，都給了相當的彈性；甚至工作的性質，他也不太認真劃分。有時他也要我與他一同評閱學生的考卷和讀書報告，所以實際上我同時也作了他的課程助教（teaching assistant）。

在那三年期間，我與雷默教授每星期總要相聚兩三個下午，所以我們師生二人自由交談的時間也就很多：有時談得起勁，往往就把其他工作都擱下來了。這樣一對一的師徒自由攀談，兩三年下來，使我得到的益處，遠遠超過我在他的課堂上所能學到的。至於談些什麼，那幾乎是無所不談，以下略舉幾個例子。

（一）經濟史：如果我對密大經濟系有所失望，那就是它沒有設立經濟史這個科目。

由於我對中國經濟史的興趣，第一學期我就選了一門歷史系范因教授（Sidney Fine）的課，「一八六五年以來之美國經濟」。美國南北戰爭結束以後這一段時期，在時間上相當於清朝同光時期洋務運動以來的中國。我很希望美國學者處理這一段美國經濟史的方法，能夠對於同一時期中國經濟史的研究有所啟發。想不到那一門美國經濟史的內容，幾乎完全是年份和史料的堆砌，沒有什麼經濟分析。一學期結束，我好像只學得了一大堆生疏的名詞，諸如「一八九〇年的謝曼法案」（Sherman Act of 1890），或「黃狗合同」（Yellow-dog Contract）之類；在研究方法上面，沒有學到什麼東西。

我曾與雷默教授討論了這件事情。雷默在哈佛時的導師，是美國十九世紀末、二十世紀初的經濟學大師陶西閣（F. W. Taussig, 1859—1940）。早在十九世紀末，陶氏就已出版了他的名著之一：「美國關稅史」（Tariff History of the U.S., 1896）。所以雷默的經濟史修養，可以說是系出名門。我們談到經濟學者所寫的經濟史，與歷史學家所寫的經濟史，其相對的優點和弱點；以及「經濟史」的內容，究竟應該有多少是「經濟」，多少是「歷史」，這個拿捏分寸的問題。從這些討論中，我也才明白為什麼當時美國許多大學（包括密大），都是把「經濟史」劃歸歷史系。

（二）中國近代經濟史：當時簡直找不到一本有分量的「中國近代經濟史」的書。雷默認為應該有一些人把中國近代經濟各部門分別作出專題研究，然後才能總其大成，寫出內容豐富的經濟史。他的「中國對外貿易」、「外國在華投資」，以及長文「金、銀本位國家之間的國際貿易：中國，1885—1913」（"International Trade Between Gold and Silver Countries: China, 1885—1913" ***The Quarterly Journal of Economic***, August 1926, PP.597-643），都是專題性質的著作。我們曾經仔細討論了那篇長文。

（三）研究方法：雷默認為研究一個國家的經濟發展，應該注意它的實質方面。抽象的經濟模型幫不上多少忙。他的研究方法，是收集和分析大量的經濟和統計資料，從而推衍出來結論或通則。這與顧志耐的研究方法，可謂不謀而合，不過顧志耐出道比雷默稍遲一點。

雷默也常常像講故事一樣，把他自己作研究工作的經驗，和戰時（一九四一—一九四四）他從密大請假，擔任國務院戰略事務總署（Office of Strategic Services）研究分析處的遠東部主任（Chief, Far Eastern Division），這一段工作的甘苦，娓娓道來，與我分享。（逢華按：當時費正清〔John K. Fairbank〕和戴德華〔George E. Taylor〕都在這個部門工作。）此外，凡有關於中國社會經濟的新書出版，雷默一定會要我先向他作報告，然後兩人將換意見。

如此這般的三年教誨和薰陶，對我日後的學術生涯，自然不會沒有影響。

在雷默一九五九年退休以前那幾年，我大概是與他相處最長久、關係最密切的一個研究生。不僅如此，可能是因為他曾在中國教書作研究多年（聖約翰大學經濟系任教五年（一九一七—

一九二二），後來又在上海和天津從事研究兩年（一九三〇——一九三一），對中國似乎有一種特別的感情。所以從我初次選他的課程開始，他就把我這個從北京逃出來的學生，視如家人。

雷默太太體弱多病，不能操勞；家裡於是請了一位黑人女傭，每天去做午晚兩餐，兼帶清理房間，所以雷默很少在家裡招待客人。但是逢年過節，或是長週末，他卻常常會約我到他家裡吃飯。那時我如果沒有吃中國飯的約會，也往往就應邀到雷家去。他的外甥女藹達，就是這樣見過多次。我在美國的第一次感恩節晚餐，就是一九五五年十一月在雷默家吃的。那一頓飯的經驗，至今不能忘記。

那天大家入座，吃過沙拉以後，笑語盈耳聲中，女傭端上烤得嫩黃發亮的一隻胖肚子火雞。雷默親掌刀叉，開始為大家切片分盤。我這個土包子當時並不知道感恩節大餐總是要吃火雞的，就不加思索地說：「雷默教授，請不要給我切，我不吃火雞。」此言一出，大家忽然都靜了下來。雷默停切，望着女主人等候指示。雷默太太有點出乎意外，想了一下，就問我道：「火腿怎麼樣？」我說很好。於是她召來女傭，如是這般吩咐了幾句。不久，傭人就給我端來了一個火腿冷盤，另配一小碟煎馬鈴薯，桌上也恢復了熱鬧。

主食過後，甜點上來，是南瓜甜餅。我又面有難色，向雷默太太說：「真對不起，我也不吃南瓜餅。」這次她倒是見怪不怪了，兩眼瞅著我，微笑說道：「我喜歡直率的年輕人！——

我有些香草冰淇淋在冰箱裡，你要不要吃一點？」我說：「好極了，我喜歡冰淇淋。」就是這樣，一頓感恩節晚餐，仍然吃得非常愉快溫馨。

後來我到他們家去，有時雷默太太還會逗我一句：「給你準備了冰淇淋在冰箱裡，等一下你可以自己去拿。」

一九五八年夏天，雷默拿了退休前的休假，陪伴太太到加州奧克蘭去養病，並且計劃一年後正式退休。但是因為太太的醫療費用浩繁，雷默急需另有收入。湊巧設立在加州的智庫「藍德公司」（The RAND Corporation）正擬捐助一筆經費與柏克萊加大經濟系合作，設立一個專門研究中共國際經濟的計劃。加大和「藍德」都想借重雷默的聲望，由他主持其事。而雷默則指定要我在畢業之後到加大與他合作，共同推動這個計劃，並且已經恰妥由該校經濟系聘我為研究員（Research Fellow），兼任藍德公司顧問（Consultant）。

我志在教書，對於加大的研究計劃，並沒有太大的興趣。只以我與雷默的關係，非比尋常，又加上艾克理老師也力勸我去幫助雷默渡過經濟難關；在道義上，我是不能推辭的。所以我完成學位之後的第一個工作，就是柏克萊加大的研究員。因此又得與雷默老師相聚一年，實在也是難得的機緣。

這一年中，我也無可奈何地眼看著雷默的老態日益顯露。一九六〇年暑期過後，我們決定結束「研究計劃」；此後物換星移，時光如流。一九六一年初，雷默夫人病故，老先生在柏克萊獨居，鬱鬱寡歡。為了散心，曾先後到夏威夷東西研究中心（一九六一秋季），和新加坡南洋大學（一九六二學年）去作訪問學者和客座教授，又曾到亞、歐各地旅行。倦遊歸來，才在風光明媚、春天以蝴蝶聚集不散而聞名的濱海小城「太平林」，買了一個附有醫療部門的退休公寓，定居下來。我每趁到加州開會之便，去探望他；如果時間不夠，也會從旅館打電話去，問候平安。

一九六九年初夏，我的「中國大陸對外貿易」（The Foreign Trade of Mainland China）書稿完成。那年正值雷默教授八十壽辰，感念師恩之餘，又覺得師生二人，各寫了一本中國的對外貿易，不僅涵蓋的年代有先後之別，而且兩書所記錄的貿易制度亦復迥異，兩相對比，適足以反映半個世紀以來中國社會經濟的變遷；遂決定把這本拙著題獻給老師，獻詞如下：

to

CHARLES F. REMER

teacher, friend, and pioneer

in the study of China's
foreign trade
on
his eightieth birthday
June 16, 1969

這本書拖延到一九七一下半年方才出版，所以我也遲至一九七二年雷默生日那天，才帶了兩本書去看他；一本呈獻給他，一本請他簽名由我自己收藏。那時雷默已經臥病很久，他在病榻上勉強坐起，翻閱了幾頁，面露笑容，問我：「有書評沒有？」然後提筆在我自留那一本的「獻詞」旁邊，寫下「雷默謹謝，一九七二年六月十六日」（With the thanks of Carl Remer, June 16, 1972）幾個字，手不發抖，筆力一如往昔。坐了不久，旁邊的護士向我示意，我又簡單慰問了幾句，隨即告退。

豈料半個月後，雷默竟歸九泉。他一生對人慷慨厚道，遺愛永留親友心中，此去應無遺憾。

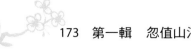

⊙交遊記

夏志清在密大的一年

一九五五至五六學年度，夏志清先生從耶魯到密大擔任客座講師一年。幾個中國朋友常到他位於綠林街（Greenwood street）九一七號二樓的家裡去吃飯聊天，每次都非常歡樂盡興，大家並且成了終身的好友。志清兄曾在他的一篇大作①裡面，特地寫了「密大三友」一節。現將該文中記述志清兄在安娜堡那一年的部分，選錄如下，借花獻佛。

抵達安娜堡在九月初，離密西根大學開學日期已不遠。秋季學期我開了三門課，倒有兩門——「中國思想史」、「中國現代思想史」——非我本行，都得臨時加以準備，也就毫無工夫同密大的華人同事、同學有所來往。「中國現代思想史」上了一兩堂課之後，下一堂面對學生開始講課時，卻見兩個中國人坐在最後一排，臉上表情極為友善。下了課，我同他們打招呼，才知道一位是經濟系研究生馬逢華，一九四六至四七年，我同濟安哥在北大教英文時，他是北大的高材生，後來他和先兄都去了臺北，早有來往。另一位羅久芳年輕得多，才

二十一、二歲，暑期前剛在澳洲雪梨大學修完英文系學士後，即來密大研究院改修歷史的。她母親當年是密大成績優異的獎學金學生，因之後來久芳的妹妹久華也進了密大。他們的爸爸則是五四運動時即已享大名的羅家倫先生。那天上課我正好講新文化運動，也講起了羅先生，現在知道聽我胡講的竟有他的女公子在內，有些不好意思，但也感到欣慰。因之那天上午我同逢華、久芳雖是初會，卻同故友重逢相仿，非常開心。

不出幾天，逢華又介紹我同張桂生相識。他是密大地理系博士，現任同系講師之職。他同逢華係河南同鄉，久芳則更是他追逐的對象，因之相識不多久，我就邀他們三人都到家裡來吃飯。這樣相聚次數多了，友誼更大為增進。在我兒子夭折之前，密大那一年雖然功課特別繁重，家裡照料孩子，花費的時間也不少，心境卻特別好，主要因為交到了三位摯友。

……

近年來，朋友來訪總帶他們到館子去吃飯。在新港、安娜堡那幾年，收入太少，請朋友吃飯，卻是我親自下廚的。原先我只按照趙楊步偉的英文食譜做菜，後來略有發明，幾道拿手菜自感還可口，逢華、久芳他們吃到後讚不絕口，我想並非全是客套話。有個星期六下午，逢華他們也帶了趙岡、陳鍾毅伉儷來看我，忘了那晚有無留他們吃晚飯。同逢華一樣，趙岡日後也是研究中國經濟最有成就的留美教授，但一九五五年秋天他同鍾毅剛來密大，功課忙碌也就無社交之必要。我同他倆轉為好友，還是多讀他們的紅學論文、專著之後。通常晚飯就只請逢華他們三人。飯後興高，桂生必然要唱兩段京戲或地方小調，至今想想還是頗有回味的。

我在密大東亞系任職訪問講師，講定一年。那位日裔美籍的系主任無意續聘，到了（**一九五六年**）四月間只好到賓州費城去參與美國亞洲學會的年會，碰巧或可找到一份工作。同時，事前並未同我商量，卡洛趁我不在家，也把將屆週歲的樹仁帶回娘家去炫耀一番。忘了她乘的是火車還是飛機，但卡洛的母親住在麻州一個小鎮，即使乘飛機，還得改乘公共汽車或計程車，長途旅行對一個嬰孩來說，應是很累的。我去開會找事，一無線索，而樹仁果然帶病回來。他從此大便稀薄而帶些綠色，久治不癒。卡洛天性膽小怕事，既不敢頂撞那個小兒科的庸醫，也不去另找醫生，我自己教書實在太忙，孩子的事竟全讓太太作主，也真糊塗。我每晚入睡較遲，五月三十一日午夜左右，我發現樹仁額部滾燙，大吃一驚。事後知道他患的是腦膜炎，當夜送醫院或可得救，但卡洛睡得真甜，好像並未為我的驚慌所震動。翌晨起來打電話找醫生，一切都已太遲。樹仁斷氣於當天傍晚六時許。

一九五四年，獲玉瑛妹上海來信，得知父親中風，我大哭一場。我眼看樹仁死去，事後痛哭何止一場？八月初我們搬家去德州奧斯汀之前，在安娜堡度了個最悲傷的暑假。我當然早無心思為朋友做飯了，事實上春季學期結束後，張桂生即往他處教暑期學校，馬逢華也到紐約瓊氏海灘公園（Jones Beach）打工去了。他給我的第一封信即於七月三十日寄自海灘公園的，雖然轉達我的奧斯汀新址已在八月中旬了。密大三友留下的就只有久芳妹，真感謝她常來探望我們。傷心的人不想多講話，她出主意同我們玩一種叫做Hearts的牌戲，的確逗得我們很樂。有個晚上我們一同去看場歌舞新片「國王與我」（The King and I），坐在花樓上，至今還記得。同年十二月二十二日，久芳、桂生在安娜堡舉行婚禮，我們在奧斯汀看到了寄來的四幀婚照，好不高興。從那年聖誕節開始，久芳同我互通年信已將三十六載，從未間斷過。為了卡洛的方便，原先她寫英文信，我同王洞結婚後，改用中文寫。久芳一筆好字，中英文造詣俱高，正因為她難得發表文章，讀她的來信變成了她小圈子親友間一種專利的享受。

上文寫了一段羅久芳，好像與逢華兄無關。其實他同桂生兄嫂不僅同在密大那幾年，日常見面，情同手足。六十年代初期，逢華先去西雅圖華盛頓大學任教中國經濟學，到了六十六年秋季，桂生也從底特律韋恩大學（Wayne State University）轉往華大教授中國地理，原先訪問一年，也就一直連任下去。現在張、馬二教授皆已退休，逢華同桂生兄嫂住在西雅圖同一地區，已足足二十六年矣。

前引文中提到我去旁聽「中國現代思想史」的往事，這一點我在拙文「夏濟安回憶」②的第二節，「我與夏氏昆仲」裡面也有記述，並且還錄有那門課程的二十一個講題。有興趣的讀者，不妨一查。這裡我要強調的是，雖然志清兄不棄，把我視為好友，我們的關係，實在是介於師友之間的。

朋友之中，有口福嚐過志清兄親自烹調的菜餚的，恐怕並不太多。久芳、桂生和我，大概又是那個小範圍裡面最受優待的了，因為我們吃過的次數，可能最多。每次到他家相聚，志清都會在百忙之中，做出一桌非常可口的江南佳餚。他的拿手菜中，我至今難忘的，是一道紅燒肉，鹹中帶甜，噴香軟爛，大家吃得不亦樂乎。卡洛看我們吃得過癮，總是說：「那麼厚的豬皮，你們也敢吃！」她自己只喜歡吃一個菜：志清特別為她做的洋蔥炒牛肉。

飯後桂生唱戲，有時志清興之所至，也會配上幾句：「丫鬟來帶路——」之類的青衣道白。今日思之，不禁神往。

張羅姻緣

志清兄筆下的「密大三友」，加上他自己，實為四友。四友之中，只有羅久芳是女生，所以志清行文之際，也就著墨稍多，並且還留意到，當時久芳是桂生兄「追逐的對象」。後來又提到：「同年（一九五六年）十二月二十二日，久芳、桂生在安娜堡舉行婚禮，我們在奧斯汀看到寄來的四幀婚照，好不高興。」對於好友的關切，溢於言表。

我因為湊巧認識桂生在久芳之先，認識久芳也在桂生之先，所以對這一段姻緣當初的發展，所知較多。現在張、羅二位已是一對悠遊山水、含飴弄孫（外孫）的人間仙侶，「他日傳佳話」的「他日」，應該就是現在了。於是追憶四十八年以前的舊遊前塵，濡筆記之，以為紀念；並請志清兄賞閱印證，桂生、久芳兄嫂哂正，兼為我的記憶力評分。

一九五五年二月，我到安娜堡入學。春季開學不久，密大中國同學會舉行晚會，歡迎新來的中國學生。那晚的表演節目中，有一段是京戲。但見一位天生一副鶴相的青年學人，在台上行雲流水一般唱得非常入神，贏得不少掌聲。後來在吃茶點時，上前與他攀談，才知道他是地理系的講師張桂生，河南安陽人，重慶中央大學經濟系畢業，來密大以後，才轉到地理系。我的籍貫是河南開封，原來彼此不但是河南同鄉，而且還是經濟系的同行；所以倍感親切，就此成了好友。

那年六月桂生完成博士學位，我應邀參觀他的畢業典禮。禮成之後，我在人叢中找到桂生，向他道賀。那天與桂生一同得到學位的，還有一位政治系的周策中，與桂生相熟，我也曾因桑愛蘭教士（Miss Ellen M. Studley）的介紹，與周兄見過幾面，此時也就一併道賀。他們二位，不像外國畢業生那樣，有家人來參加典禮，熱熱鬧鬧。人散之後，張、周、馬三人一時無處可去，就由桂生開著他那一部草綠色的二手龐迪耶克汽車，到公路上去兜風。風馳電掣地跑了一陣之後，在公路邊一個小飯館前停下，由我作東，請他們二位吃了一頓義大利肉醬麵條，作為慶祝，然後使回安娜堡。

那年（一九五五）夏天，我留校讀暑期班。暑假過後，秋季始業之前，大約九月中旬，忽然有一位服飾整潔、舉止大方的中國女生，帶著一封介紹信，到經濟系來找我，她就是羅久芳。久芳自我介紹之後，把那封信交給我。信的內容，大意是說，羅家倫先生之長女公子久芳，赴密大讀書，人地生疏，務請多多照應協助為感。至於那位寫信的人，原已不太記得，現在仔細回想，十之八九是陳體立先生。陳原來是農復會的新聞官（Information Officer），也曾作過中國駐菲律賓大使館新聞專員，因與家兄是同事好友，所以我在臺北時，也和他認識；好像他的尊翁是羅家倫先生的朋友。陳體立和他的太太蔡文希（Nancy）女士，兩位都是密西根的校友。他們既然來信囑託，我自然應該盡力。

但是那時的我，在飽經憂患之後，「來到這世外的小城」，也才只有半年，而且連安娜堡市區的大小，以及街道的方向，都還沒有來得及分辨清楚，就匆匆忙忙，一頭鑽進書堆裡去了。不但仍然人地生疏，並且和從前齊國彈鋏而歌的馮諼一樣，我也是「出無車」。怎好帶著這樣一位名門閨秀，徒步沿街奔走張望，去尋找出租的住處；然後還要往返商場書店，採購日常用品和書籍文具，以及辦理其他手續，這樣怎麼可以？

思慮及此，我忽然心中靈機一動，就想到了張桂生。桂生兄不但是一位老安娜堡，對於安城及其附近的環境，瞭若指掌，而且又是學位、工作、汽車、心境，諸般具備，可以說是只欠春風了。把照顧羅久芳這件事情，託他去辦，必可勝任愉快。於是我就對久芳掬誠相告，說明自己對新環境，也還不太熟悉，而且又沒有交通工具，所以想請一位熱心可靠、而且備有汽車的學長好友，來陪她辦理這些事情；不過我要先去問問人家有沒有時間，再作定奪。得到久芳同意之後，約定次日回話。

然後我到桂生的辦公室，說明原委，請他務必幫忙。桂生非常爽快，一口答應，並且連說，「既然是校長的女兒，那我是義不容辭，義不容辭！」

第二天我帶久芳到地理系去，把桂生介紹給她，又再當面拜託。這樣安排之後，我覺得已經為此事盡了力量，可以向臺北方面有一個交代了。

過了幾天，久芳把她的新住址告訴我（328 East William Street, Room 6），並且說道：「張先生送來一套新床單，說是他剛剛多餘出來的，你看怎麼辦？」久芳把我當作一個可以商量事情的朋友，桂生又是至交，我的回答自然更要慎重，更要合情合理才行。所以我說：「既然送來了，我覺得妳就收下好了。」

又過了些天，久芳問我：「張先生昨天送來一架打字機，說他辦公室裡已經有一架公家的打字機，這一個閒著，要送給我用，你覺得怎麼樣？」桂生兄一再送去不尋常的禮物，其含意如何，久芳冰雪聰明，豈有不懂之理。不過當時她年紀輕輕，隻身在外，遇上這樣的大事，又來得這麼快，沒有親人可以就近商量。大概覺得馬逢華究竟是家庭共同朋友寫信介紹過的「娘家人」，同時又是把桂生介紹給她的，類似「婆家」的人，所以才有此一問。她自己對於事情的發展，無論當時是否已經拿定了主義，可能都需要一點友誼的支持或鼓勵。所以我就又投下一張贊成票，回答道：「既然已經送來了，我看那就用了吧。」

再過些時，有一次見面，久芳說：「張先生要教我學開車，……可是每次出去學車，張先生總是把車開到郊外以後，就找一個地方停下來，講一齣京戲。戲講完了，就沒有時間學車了。」這一次似乎並不是要商量，只是告訴我一下。我猜想久芳大概已經拿定了主義，「卜以決疑，不疑何卜？」思念及此，我很為他們高興，同時也有「如釋重負」的感覺，因為以後可以不必投票了。每投一次票，雖然明知並沒有任何實質上的作用，自己總覺得有一種道義上的責任。

這都是一九五五年秋季的事情。志清兄那時常常邀請大家到他家裡很熱鬧地吃飯談天，這對於久芳和桂生，必然也提供了海外學人小家庭生活的示範，並且一定也促進了他們感情的發展；而每次飯後桂生所唱的京戲，很可能就是當天（或那個禮拜）他教久芳學車時，為她所講的那一齣裡面的片段。

在此期間，久芳對桂生兄的稱呼，漸漸地從「張先生」演變為「桂生」，又再簡化為「他」。後來有一次談起桂生，久芳突然脫口而出，說：「他們大兵……」（桂生有過一段從軍的經歷），我就感覺到，遲早總要吃到他們的喜酒了。

那年冬至，桂生和久芳合作燒了幾樣好菜，約我在久芳的住處吃了一餐愉快的燭光晚餐，慶祝久芳父親的生日，桌子旁邊擺著羅家倫先生贈給愛女的照片。事後想來，那天可能也就是他們訂婚的好日子。不過當時他們既然沒有宣布，我自然也就不問。

一九五六年的春季學期，久芳選了一門桂生兄的課。當時桂生是密大中國人圈子裡最有資格的單身貴族之一，所以他的班上出現了一位大方出眾的中國女生，很快就引起安娜堡一些中國女士們的注意。那時經濟系有一位研究助理謝太太寇淑勤女士，是清華大學經濟系十級（一九三八級）的學長，她在我到密西根之前，就已經和桂生兄熟識了。那一學期開課不久，她就撇著道地的京腔問我：「聽說羅久芳選了張桂生的課，您看她到底兒是選人的呀，還是選課的？」我自然不便說什麼話，所以就回應說：「這恐怕只有去問當事人了。」

實際上，那時我的了解是，久芳已經徵求家長的意見，希望早日結婚。羅家倫先生則期望她先把博士學位讀完，然後成婚。商議的結果，是由羅夫人張維楨女士親自到安娜堡來，了解一下實際情形，再作定奪。

久芳的母親（後來我一直稱她羅伯母）到安娜堡的時間，我不太清楚，因為那個暑假，我和同學趙岡兄一同到紐約長島作暑期工作，在瓊氏海灘一家有名的餐館（Brass Rail）作計時員（Time Keeper），而志清兄則是那年八月初離開安城，所以推算起來，羅伯母很可能是在八、九月間來到密西根的。總之，羅伯母到了以後，大概很快就同意了這件婚事，並且決定留在安城，準備主持寒假的婚禮。

那年（一九五六年）秋季，桂生和久芳好事將近，到了週末，難分難捨，哪裡有工夫去照顧久芳的母親？恰好秋天是美國大學的足球季節，羅伯母愛看球賽，而密大的學生證，同時也就是足球比賽的入場券。所以每逢有home game的週末，久芳就把她的學生證交給我，託我陪同羅伯母去看賽球。我對美式足球的規則一竅不通，到球場去，純粹是「捨命陪君子」，但是因此常有機會陪羅伯母談談閒話，也是很有意思的。每場球賽，觀眾都是數以萬計，所以必須早去，也必然遲歸，這樣就可以給桂生和久芳騰出大半天的自由時間了。

張、羅二位的婚禮，定在那年十二月二十二日舉行，因為那天正是羅志希先生的生日。地點是安娜堡聖公會教堂裡面的聖米迦勒小禮拜堂（Saint Michael's Chapel）。禮成之後，兩位新人駕車出外歡渡蜜月，玩了三天。暢遊歸來以後，借用一位女同學武琪華的地方，請了一些中國朋友去吃餃子，大家談笑風生，喜氣洋洋。

然後，就像童話故事的結尾所常常說的，他們二人從此就天長地久、快快樂樂地過起日子來了。

趙岡夫婦的婚禮

趙岡、陳鍾毅伉儷兩位都是我在密大的同系好友。我與趙岡兄相識，則是在到密大之前。一九五四年春季，我們二人一同在台北的美援會翻譯一本關於「台灣之工業與城市」的調查報告。那一大厚本英文報告，寫得枯燥乏味，我們就常在休息的時候，談些比較輕鬆的閒話，以為調劑。趙岡常常談起他在韓戰停火線上的板門店，擔任美軍翻譯官的往事。

次年（一九五五年）二月我到密大入學。暑假期間趙岡來信說，他們夫婦已經辦妥手續，秋季就來密大，託我在安娜堡代覓一個最便宜的公寓，九月起租。我知道趙岡夫婦兩人自費留學的費用，全靠趙兄在板門店作翻譯官收入的積蓄，並不寬裕，所以就替他們找到一個單間公寓（Studio Apartment），地址是小山街（Hill Street）五〇八號二樓。

趙岡夫婦九月初到校，一切順利。不料開學後大約一個月左右，密大的外國學生顧問克林格（M. Robert B. Klinger）忽然要找他們二位的麻煩。原來他查出趙岡和陳鍾毅各自的護照上面，填的都是「單身」，但是兩人卻同住在一個單間公寓裡。五十年代的美國，男女關係還是相當保守。單身男女學生公然同居，不僅違反校規，而且影響校譽，所以克林格要調查。

據趙岡說，當年台北的美國大使館，對於夫婦一同申請學生簽證，一概不予批准，大概是要預防有人以留學之名，作移民之實。所以趙岡夫婦在台北時，是分別以「單身」的身份領取護照，然後各自向美國大使館申請學生簽證，這樣才能一同來美讀書。但是這個非常值得同情的權宜之計，或許不能向克林格坦白說明，否則就等於自己承認犯了「偽證」和「偽誓」（Perjury）之罪了。當時趙岡夫婦究竟怎麼向克林格解釋，我並不清楚，不過面談的結果卻很清楚，那就是趙岡夫婦答應趕快「結婚」。

於是他們趕忙到安娜堡市政府申請了一個結婚執照，並且與一位法官約定時間，到他家裡舉行公證結婚。我和一位韓國女生，應邀屆時擔任證人。

我在吉日的早晨先到趙家，進門看見趙岡正在用小手帕磨拭兩只結婚戒指。他們兩人衣著整齊，但並沒有特別打扮。不久韓國女同學也到了，四個人就一同出門，步行直趨法官的住址，一路有說有笑，好像是閒逛一樣。

法官的家，是一座前面有寬大門廊的樸實平房，客廳裡面也沒有特別佈置。進去以後，大家先和法官寒暄幾句，然後就站在客廳中間舉行儀式。婚誓重複完畢，兩人先後說了「我願」，並且互相戴上婚戒之後，法官宣告他們已成夫婦，一隊新人好像一時不知所措。聽到法官說：「現在你可以親吻新娘」，趙岡兄這才恍然覺悟，趕快在鍾毅面頰上輕輕親了一下。

然後大家到一張小桌旁邊，依序由法官、新人和證人在結婚證書上面簽名。簽畢趙岡收起證書，又從口袋裡掏出一個信封，把服務費交給法官，手續於焉完畢。於是四個人向法官告辭，出門邁開大步，揚長而去。

在法律文件上，簽名見證一對同學夫婦互相「再婚」，是我留學生活中的一個有趣經驗。這樣曲折的事情，在今日對男女關係高度容忍的社會裡，大概不會再有了。

有很長一段時期，我與趙岡遇事互相商量，彼此合作無間。畢業以後，雖然工作不在一起，仍然保持這種關係。一九七九年夏，蔣碩傑師在台北籌辦中華經濟研究院，七月三十一日來信問我，能否回台一、二年「指導中共經濟之研究」。我於八月十二日回信，說因另有計劃，礙難應命，並推薦趙岡、葉孔嘉二兄，請蔣師考慮。不料孔嘉也不能離開工作崗位，幸虧趙岡同意去做，我才放下心來。

趙岡就任「中經院」的工作以後，事業另有新的局面，他與我的聯繫，就漸漸減少了。

室友黃錫禮

一九五五年二月初，我抵達安娜堡之後，住在校園附近一家專門租給學生寄宿的房子裡，地址是塞耶北街二一三號。我在這座老房子裡，一住就是三年半。最初是自己住一間僅可容膝的小小閣樓，一學期後，改與一位同班同學吉米（James A. Papke）合租一個雙人房間，分住上下舖，目的是練習英語。次年，吉米讀完碩士學位，轉到康乃爾大學去了，我遂又遷回自己原來住的那一間閣樓。

再次年，一九五七年夏天，樓下搬來了一個中國學生，名叫黃錫禮，住在二樓一間單人房裡。見面之後，知道他從香港來。我因為有過一段難忘的香港經驗，見了這位香港來的新同學，就像遇見了同鄉似的，先有幾分好感。

黃錫禮對人態度誠懇，舉止彬彬有禮，他比我年輕，來密西根讀本科的化工系。雖然他和我所學的專業，毫不相干，但是我用南腔北調的廣東話與他的「廣東國語」攀談起來，言笑之樂，居然像是異地相逢的同鄉故人。過從漸久，極為投契。

我們先是一同在Michigan League的自助餐廳吃飯，久之都覺得吃得有點膩了，而且每月大部分的開支，都用在吃飯上面，似乎也不划算，於是錫禮建議，去參加一個伙食團（eating co-op）試一試。

密大學生們自辦的伙食團，不只一個，我和黃錫禮參加的那一個，團員約有三十幾位，只有我和錫禮兩個中國人。伙食團借用一個教堂的地下室，有相當齊全的廚房設備。依照規定，每個成員都要在四類工作之中，志願挑選一種，以為貢獻：擺放桌椅餐具、飯後清理打掃、採買、或是烹飪。我不願採買，又不會烹飪，所以只能輪流去作前兩種的服務。至於錫禮挑選了什麼，已經不記得了。

擔任烹飪的學生，大都只會作些他們從小在家裡吃慣了的簡單飯菜。所以我們每天在伙食團吃的，都是真正的美國家常便飯，諸如起士通心粉（macaroni with cheese）、爛仔肉醬餅（sloppy Joe）、燉牛肉（beef stew）以及碎肉糕（meat loaf）等等。

我和黃錫禮都吃得不夠滿意；又覺得既然要花工夫去為三十幾個人服務，反倒不如兩個人合夥做飯，還比較省事，甚至也可能比較可口些。於是一九五八年春夏之交，我和錫禮就合租了一個新近裝修的公寓，坐落在東安街（East Ann street）六〇七號。這個公寓位於一樓，客廳廚廁之外，共有兩間臥室。我在陳舊的小閣樓裡住久了，一旦遷入這新裝修的公寓，自己有了一間舒適的臥房，感到非常滿足。

住定之後，就與錫禮商量「埋鍋造飯」，約定兩人隔日輪流燒飯和清理。我不但不會烹飪，並且在這一方面特別笨拙。所以每逢該我做飯，不是煮一鍋青菜碎肉麵條，就是烤一鐵盤青菜碎肉餡的「生煎包子」。後者的做法，是用Pillsbury牌子紙筒裝的、作小麵包用的現成發麵糰子，先行壓扁，然後連捏帶扯地做成麵皮，再以菠菜碎肉蔥花為餡，包好之後，在烤箱裡烤到外表焦黃就可以吃了。平心而論，這麵條和包子，味道都比伙食團的東西好吃；不過錫禮是南方人，生長於殷商之家，吃這樣單調的北方食品，卻從來也沒有抗議過，可以算是很有涵養了。

輪到錫禮做飯的時候，那就完全是另外一個局面。只看廚房檯子上面擺放的東西，在透過窗子的陽光下所展現的光澤、顏色和形狀，就很讓人印象深刻：青菜綠瘦，蕃茄紅肥，魚肉新鮮，白米淨潔；紅蘿蔔、小白菜、大金鉤、江瑤柱，隨意點綴；蠔油瓶、魚露瓶、豆豉罐和南乳罐，高低雜陳。此外還有冬菇、乾筍、鹹魚、火腿，旁列備用。

這些新鮮菜蔬、南北乾貨，以及調味用品，有些是錫禮的父母從香港寄來，有些是他託請一家朋友從底特律（Detroit）的中國店裡代為買來。雖然並不是每樣東西每餐都用，但是黃錫禮每次都是從容不迫，像做化學試驗一樣，作出兩三樣香氣四溢的菜餚，和一鍋熱氣騰騰的米飯來。黃粱既熟，兩人據案大嚼，談笑風生，好像誰也沒有想到過公平不公平的問題。

替錫禮在底特律買中國雜貨的朋友，是奚會暘、林麗芳夫婦（Peter and Priscilla Hsi）。他們住在安娜堡樹林街（Forest street）一千一百十一號。錫禮和麗芳的父輩，都是在香港和越南經商的巨富，兩家不但是世交，並且好像還有點遠房親戚關係。我到奚家作客，相談之下，麗芳竟是我在賓大讀書時的同學好友林博和兄的妹妹，這樣就又多了一層關係。奚會暘在密大建築工程系畢業後，先是在底特律的住宅區購買舊房子，拆去改建新屋出售，一棟一棟地小規模經營，因為設計新穎，生意非常成功。我認識他們的時候，會暘已經自己組織建築公司，在底市郊區大興土木了。他的事業發展，可以說是那一代中國知識分子在海外創業的一個典型。

我與錫禮常去奚家吃飯閒談。他們偶有週末的應酬，也就邀我和錫禮去替他們看守一周歲大的女兒玲玲。屆時我們各自攜帶書包，就在奚家各作自己的功課。

錫禮對人誠懇隨和，我的幾位中國熟友，漸漸也都與他成了朋友。

黃錫禮在密大讀完學士、碩士學位之後，先在新澤西州實習工作了一段時間，然後到麻省理工學院（M. I. T.）化工系攻讀博士學位。我在西岸工作，每次到華府開會或去使用國會圖書館，他都從新澤西或波士頓開車來聚晤暢敘。

一九六七學年度，我得到傅布萊特教授研究獎金，從華大休假一年，到倫敦大學東方及非洲學院（School of Oriental and African Studies，簡稱SOAS）從事研究。我與該院政治經濟學系主任Kenneth R. Walker是一九六三年在香港「大學服務中心」作研究時的舊識，到了SOAS之後，就以他的辦公室為工作室，他自己則在倫敦近郊St. Albans家裡作事。那一年恰巧黃錫禮也在倫敦，因為他的M. I. T. 導師應邀到帝國學院（Imperial College, London）講學，錫禮是他的助教，也就一同到帝國學院撰寫論文。

我和錫禮事先約好在倫敦重聚，就像是密西根的歲月延伸到了倫敦一樣。每逢週末，兩人好整以暇，在倫敦各處遊覽探勝，：西敏寺（Westminster Abbey）訪名人墓碑，皇家植物園（Kew Gardens）看中國鐵塔；咖啡座上凝神聽歌，泰晤士河邊悠閒散步。那時錫禮的小妹紫靈（Suzannah）在巴黎大學（Sorbonne）讀書，週末也偶爾趕來倫敦一同遊玩，為我們的聚會平添了一些優雅氣氛。後來我曾寫了一組四首小詩，記述那時的遊蹤和感受（載於「純文學」月刊香港版，一九六八年五月號），茲錄其中兩首，聊誌當年的雪泥鴻爪。

倫敦

一

皇后道③地下車站的一旁，
一個小小的喝咖啡的地方，
十多張年輕寧靜的臉孔，
朝向着一位紅衣彈箏的女郎。

一室悄悄，女郎低唱：
歌聲像輕霧裊裊，繞著夕陽
迴盪，飛揚；擴展，而迷散
於搖動不停彩色的燭光；

消失了，又漸漸凝結，沉宕，
如暮春殘櫻的花瓣，
飄滿一天，千千萬萬，

一片片，緩緩地，綿綿地，
像一陣小小的花雨
灑落在我疲憊的心上。

二

誰要是厭倦了倫敦，
誰就是厭倦了生活；

灰暗的天，黝黑的牆，
襯托着遍地的光，影，和笙歌。

攝政園裡的Chi Chi④，
帝王街頭的micro-mini⑤，
煙霧繚繞的pub——
年輕人活動的hub。

丟下書本吧，到外面走走：
去領略倫敦城跳動的脈搏；
去散步，沿著晝夜不息地
靜靜地流逝的泰晤士河。

陳舊了還使人喜愛如恆；
骯髒了還使人不忍丟棄；

這個鬆弛而舒適的老城，

像一隻穿破了的可腳的鞋子。

我和黃錫禮幾乎吃遍了倫敦比較像樣的中國館子。我們最喜歡去的，是一家廣東餐館「利口福」，和一家北方館子「鍋貼店」。此外還有一家可以吃北京烤鴨的「東興樓」，位於地鐵北線的Golders Green車站附近，離倫敦大學和帝國學院都太遠，所以嚐試了一次之後，就不再去了。

利口福和鍋貼店都在Trafalgar Square附近，前者的餐點粥粉、燒烤臘味，都是香港水準。鍋貼店的老闆好像是山東人，餐廳裡掛了一幅周瑜瑞（曾任香港大公報記者）題贈的橫披。這家北方小館的菜餚精美，他們的蘿蔔絲鯽魚湯尤其鮮腴可口。

我曾邀約SOAS經濟系幾位教授，包括系主任Walker，到鍋貼店吃中飯，大家吃得非常滿意。雖然是我作東，但是他們一定要看帳單，準備帶家人來吃中國飯。想不到這幾位英國教授看了帳單，人人瞠目結舌：「天哪，一頓午飯每人合到一鎊多！這怎麼能告訴太太！」當時（一九六七年十一月十八日英鎊貶值之前）每一英鎊兌換美金二元八角。英國教授的待遇，比美國還要低，難怪他們嫌貴了。

我和黃錫禮也幾乎遊遍了倫敦的大小公園。我們最喜歡逛的，是肯辛頓花園（Kensington Gardens），肯園東側，有一個從北伸向東南的蛇形長湖（The Serpentine），湖內水鳥群集，翩躚飛舞，我們常在湖濱散步，駐足觀賞。從湖邊向西走去，是一大片蒼鬱的樹林，陽光篩灑，空氣清新，徜徉其中，幾如置身野外。我對這個遼闊的大花園所最欣賞的，就是市廛中這一片湖光水色，和深林野趣。至於雕像、紀念碑，以及花園西端的肯辛頓宮，則對我並沒有特別的吸引力。

沿著肯辛頓花園北側的一條大街（Bayswater Road），附近有不少小巷，稱為mews。當初巷內全是環繞天井而建的馬廄、車房和車夫的住所。我在倫敦時，大都已經修改成為式樣美觀的現代化獨院小宅，也稱為mews。那些四合院式的小洋房，和那一帶優美的園林環境，把我和黃錫禮完全迷醉了。兩人常常走過那些小巷，看來看去；不止一次談到，將來兩人都退休以後，每人在肯辛頓花園對街買一個mews，毗鄰而居，終老是鄉，豈不很好。

錫禮讀畢博士學位之後，留在M. I. T. 工作。一九六九年底在波士頓與鋼琴家黃慰倫（Helen）小姐結婚。慰倫自幼就在香港學習鋼琴，鍥而不捨，以成績優異獲得獎學金，並獲保送到倫敦皇家音專深造，然後轉入密大音樂系攻讀碩士，在安娜堡完成學業。他與錫禮結婚時，剛剛畢業不久。婚後兩人鶼鶼鰈鰈，我很為他們高興，曾趁赴東岸開會之便，到波士頓探望他們。同錫禮一樣，慰倫也是性格開朗，待人非常誠懇。一九七三年錫禮轉到加州Palo Alto工作，慰倫一面相夫教子，一面設館收徒教授鋼琴。

在這個動亂而且忙碌的社會中，我與錫禮夫婦，一直保持聯繫，迄今不斷。昔人所謂金蘭之友，想亦不過如此。

⊙金鑰匙在誰手裡

我在西南聯大讀書的時候，曾經選讀經濟系主任陳岱孫教授的「經濟學概論」，所以他是我近代經濟學的啟蒙老師，陳先生原是清華大學的法學院長和經濟系主任，一九五二年清華的法學院併入新北大，他遂成為新北大經濟系的教授。

不久以前讀到一篇紀念陳先生的文章，是服侍他晚年生活的一個外甥女寫的，其中提到：「他在美國六年，得了學士、碩士、博士三個學位，因成績傑出，榮獲美國大學生的最高獎——金鑰匙。」該文又記述，陳先生於一九九七年七月二十七日在北京去世，「在生命的最後時刻，他想起了那把小小的金鑰匙在『文化大革命』中被抄走了，似問非問：『現在不知道在什麼人的手裡？』」（唐斯復，「世紀同齡人——憶大舅陳岱孫」，見宗璞、熊秉明主編，

「永遠的清華園——清華子弟眼中的父輩」〔北京，二〇〇〇年出版〕，頁三五七、三五六〕

金鑰匙是美國大學榮譽學會的徽章。榮譽學會的會員，是由品學兼優的學生中，依照成績遴選出來的。至於金鑰匙是不是「美國大學生的最高獎」，中國學術界的前輩們好像都這麼說。比如，農學界的泰斗沈宗瀚先生，一九二七年秋季在康乃爾大學通過博士學位最後的口試，應該是一九二八年六月正式獲頒學位。他在「自述」中就說道：「民國十七年（一九二八）三月間，康乃爾以余研究稍有成績，遂選余入Sigma Xi科學榮譽學會。此為美國大學研究院對學生最大之榮譽。」（「沈宗瀚自述」〔台北，傳記文學出版社，一九七五年出版〕，頁九一）

像陳岱孫這樣一位老留學生、老教授，以九十七歲高齡，在臨終的時刻，念念不忘的，竟然是他的金鑰匙「現在不知道在什麼人的手裡？」悲哉問！我讀到這一段記載時，心中感受到極大的震撼。陳先生在與世永訣的那一刻所問的，實際上是：中國那一代知識分子的學術尊嚴、榮譽和命運，是在什麼人的手裡。

過了幾天，這個震撼竟然在我的夢中重現。彷彿我是在陳先生的病榻旁邊，看見生平講究儀表的這位老師，只剩下了一張枯瘦蒼白、滿佈皺紋的臉。微微歪斜的嘴角，正在吃力地吐出那句悲哀的話：「……在什麼人的手裡？」我瞿然驚醒，迷迷糊糊問道：「我自己的呢？」

久已置諸腦後的一個金鑰匙，因為陳岱孫師臨終那一問，現在又回想起來了。

一九五八年秋冬之交，我的博士論文接近完稿，正在忙得焦頭爛額之際，忽然在十一月的一天，收到Phi Kappa Phi榮譽學會密大分會來信，通知我已膺選為該會會員。Phi Kappa Phi榮譽學會創立於一八九七年。一九五八年時，已在美國七十七所大學設有分會。它的會員包括研究生、本科生和教授。會員每年選舉一次，是由各系提名，再由榮譽學會的執行委員會（由六位教授組成），甄審投票選出。

那一次的入會典禮和招待會，定於一九五九年一月七日在密大研究院的圓形禮堂舉行。我如期前往參加，領取我的當選證書和金鑰匙。那個金鑰匙的正面，鑄有希臘字母「ΦΚΦ」，背面刻著我的名字和當選年份。最使我感到榮幸的，是我的老師布爾丁教授也同時當選為會員，他那年剛剛被選為美國經濟學會的副會長。經濟系研究生膺選者，僅我一人。在儀式後的招待會上，還遇到一位工學院四年級的中國學生Chao Chung Ting（丁肇中），也是新會員，丁君後來成為一九七六年諾貝爾物理獎得主。

結婚以後，我把那個金鑰匙交給我妻丁健，漸漸就把它忘記了。現在我很慶幸當年作了睿智的決定，乘桴浮於海，遠離極權的統治。所以不必擔心我的金鑰匙，與它所代表的學術尊嚴和榮譽，隨時會被統治者的爪牙們「抄走」。

⊙畢業與新的開始

"Don't Call Me Doctor"

天下無不散的宴席，我在密西根苦樂參半的歲月，終於也因為我的博士論文之完成，而將告結束。

回想起來，從一九五五年二月進密大，到一九五九年六月的畢業典禮，那四年半的時間，的確是趕得匆忙了一點。好像有一個力量，督促着我，要把流亡期間所失去的光陰，盡量找補回來一些。平心而論，如果我只是拿獎學金讀書，而沒有作那三年的研究助教，至少也可以省出一年的時間來，那就是三年半就應該讀畢博士學位了。但是作雷默教授的研究助教，卻也是使我非常懷念的密大經驗，即令為此在安娜堡多留了一年，也不能算是浪費。

密大經濟系對修讀博士學位的許多要求之中，包括兩個主要的考試：「博士學位初試」（Doctorial Preliminary Examinations），和論文完成之後的「博士學位決試」（Doctorial Final Examination）。初試這一關非常重要，準備起來也非常辛苦。首先，本系規定，初試必須在得到碩士學位後的三個學期之內通過，不能延後，也不能補考。其次，這「初試」其實是五個考試，包括四門筆試和一個口試（稱為Conference Examination），必須一次考完，不能分期完成。

初試的五堂考試各佔一個下午，都是兩點到六點舉行。冗長考試的中途，考生可以間或出外走動走動。試場外面的走廊上，有熱心的同學們準備了咖啡、冷飲和幾種小餅乾，擺滿一個長案，來為考生們加油。

我在得到碩士學位之後的第二個學期，也就是一九五七年的春季，參加了初試。那年的考期，是四月二十五日至五月四日。報名參加的經濟系研究生，共十七位。另有十名商學院的博士研究生，來參加兩門經濟理論的初試。我們經濟系的十七人，組織了一個非常認真的溫書會，由好友Hugh T. Patrick負責聯絡。從一九五七年一月起，每個週末聚會半天，討論預先商定的讀物。大家互相反覆發問刁難，一同商討最恰當的答案，然後選定下次的讀物。

到了四月下旬，大家都已經累得差不多了，於是停止聚會，爽性休息幾天，就開始考試了。五場考試下來，每人的體重，都比四個月前減輕了五至十磅左右。而結果十七人中，竟有四位未能通過，幾乎是四分之一的淘汰率，真是使人心驚。

相形之下，最後的那一場博士學位決試，雖然是口試，而且並不限於論文的答辯，卻是容易得多了。我於一九五九年五月十四日通過這個決試，靜待參加六月十三日的畢業典禮，接受學位。

對於博士學位的看法，我深受恩師斯托普教授的影響。到密大後的第二學期，我選了一門斯托普的「國際經濟」。第一天上課時，有位同學舉手高叫：「Dr. Stolper, Dr. Stolper! 我有一個問題！」斯托普把右掌朝他輕輕推了一下，聲調和悅地說道：

> 請等一等，讓我先談談稱呼：Don't call me doctor. 你們要知道，在基本上，博士學位只相當於一個工會會員證（a union card）。有了它，作事比較方便，你可以有比較多的機會去做自己有興趣的工作，如此而已。
>
> 何況，博士學位與學問大小也並沒有必然的關係。我的同事布爾丁教授就沒有博士學位⑥，但是他的學問比我好得多，我很羨慕他。所以，don't call me doctor. 叫我Mr. 就很好了。——剛才你要問什麼？

我對這一番教誨，印象深刻，永記於心。後來我在華盛頓大學教書，也常常這樣告訴我自己的學生，並叮囑他們：Don't call me doctor.

因此，在我通過博士學位決試以後，對於即將頒授的學位，並沒有感到特別的興奮，而只是以平常心處之。

兩位女名譽博士

一九五九年六月十三日，我參加了密西根大學第一百一十五屆畢業典禮和學位授予儀式。那一次密大並且頒授了七個名譽博士學位；獲頒的七人之中，有四位是學者，一位是傑出校友，另外還有兩位是世界級的傑出的女性。

這兩位女名譽博士，是美國的女低音歌唱家瑪麗安•安德森（Merian Anderson）和中國當時的第一夫人蔣宋美齡。他們二人的事業成就和歷史地位，各有千秋，無須相提並論；但是二人之間，也頗有一些相同或類似的地方。

首先，兩人都生於一八九七年⑦，又同在六十二歲時獲得密大的名譽學位，成為同歲的同級校友。其次，兩人在世界舞台上的地位，都是由於各自在華盛頓舉行的一場重要演出而奠定的。安德森是由於一九三九年復活節在林肯紀念堂前的一場演唱。蔣宋美齡則是由於一九四三年二月十八日在美國國會發表的一場演講。

一九三九年的初春，安德森的代理人原擬租用華府的憲法紀念廳為她舉辦一次演唱會，不料此事被極有政治勢力的「美國革命女兒會」出面反對，堅持該廳的舞台，只能供給白人使用，因而引起了多數黑人的公憤。總統夫人伊蓮諾•羅斯福（Eleanor Roosevelt）同情黑人，公開辭去「美國革命女兒會」的會員資格，以示抗議，並且促請內政部長親自邀請安德森於復活節禮拜日，在林肯紀念堂舉行演唱會。屆時出席的黑、白聽眾多達七萬五千人，盛況空前。從此安德森就被公認為美國黑人爭取公民權運動的早期（金恩牧師之前）象徵人物。

蔣宋美齡在第二次大戰期間，中國抗日戰況最艱苦之際，應美國總統羅斯福（F.D.R.）之邀，於一九四二年十一月至次年六月訪美，並於一九四三年二月十八日由羅斯福夫人陪伴，到眾議院議場，向參、眾兩院全體議員、政府全體閣員以及各國駐美外交使團發表演說。以從容婉轉、典雅優美之詞，成功地扭轉了當時歐美各國重歐輕亞的戰略，爭取到美國全國上下對我國抗日戰爭的熱烈同情和物資援助。她在華府及美國東西兩岸各大城市的表現，博得中外一致公認她是中國最有說服能力的代言人。

令人感到諷刺的是：安德森生性溫和，不喜動亂，尤其厭惡扮演政治角色，只願以自己深沉的歌聲感動人心，但是終身難以擺脫被人「黃袍加身」的政治色彩。蔣夫人雖然對於抗日戰爭的勝利作了不可磨滅的貢獻，雖然曾經舉世公認她是中國、甚至中華民族的代言人，她自己卻是一個錦衣玉食、生活洋化，與鄉土中國和貧苦大眾完全脫節的高等華人。

密大頒贈蔣夫人的名譽學位，是法學博士，所致褒詞，言簡意賅，一共只有三個字，必是出於高人的手筆：

MADAME CHIANG KAI-SHEK, Artist, Diplomat, Gentlewoman

三者之中，除了「藝術家」之外，蔣夫人都是當之無愧。不過她雖曾拜黃君璧為師學習國畫，卻並沒有出眾的成就，稱她為藝術家，只能算是溢美之詞了。

頒贈學位的消息事先發佈之後，密大的學生團體紛紛表示反對，認為學校不應該把這樣崇高的榮譽，送給一個大獨裁者的夫人。學校當局為了避免典禮進行之時發生抗議活動，所以安排蔣夫人不必出席畢業典禮（Commencement），事後在校長官邸特別為她舉行了一個學位授予儀式（Convocation），並且邀請中國研究生出席觀禮。

儀式由校長赫契爾（Harlan Hatcher）親自主持。出席觀禮的中國研究生約有四十餘位。蔣夫人著素色緞子長旗袍，首飾簡單，只戴了一對耳珠，和一個小小珠花領針。那年她雖已六十二歲，卻是望之如四十許人。

在儀式後的接待會上，蔣夫人與中國學生逐一握手閒談，態度愉快親切。大都是各人簡單自我介紹之後，她先用英語問對方是哪裡人。如是北方人，她立即改說國語；見到江浙一帶的學生，就以上海話交談；對廣東、香港學生，則操粵語。她有本領讓人感到真實的關切，而不是虛應故事。一時言笑晏晏，一派歡慶氣氛。

其時國民政府撤退到臺灣已逾十年，偏安之局已成，偏而不安的跡象，也已漸漸透露。當時我下意識地感覺到，這個名譽學位的授予，大概是蔣宋美齡最後一次國際性的風光了。

時與潮對誰也不等待，四十多年彈指而過。現在（二〇〇三年）的蔣夫人，已是一位一百零六歲的老人，在曼哈頓袖手安度她自我流放的寂寞晚年。⑧回想起來，當年與她在密西根大學的握手與短暫交談，竟然像是向一個時代的告別。

去國八年，老盡少年心

白先勇在一篇文章裡面說：「黃庭堅的詞：『去國十年，老盡少年心。』不必十年，一年已足，尤其是在芝加哥那種地方。」⑨真是慨乎言之。我到密大那一年，已經離開中國三年半了，修畢學位時，則已去國八年，怎能不也「老盡少年心」；何況這漫長的八年歲月，又幾乎有一半是輾轉遷簸、不能安定的難民日子。

近年曾在中國大陸的出版品中，先後見到兩位老同學回憶昆明西南聯大的文章，其中都提到了當年的我。

其一：

我和袁可嘉住的是東西走向的第二十五舍。由於一年級就熟識，又都是文學院的，陳明遜、周禮全、袁可嘉和我，四人組成第二十五舍東門右手第一個「城邦」。馬逢華由於愛好文學，也常從法學院宿舍來閒談。……

馬逢華主攻經濟，兼治文學，與馮至先生、沈從文先生來往。解放前，發表過長篇文學評論，解放初到美國去了，這是一九五三年我去北京聽周禮全說的。馬逢華性格活潑，我們幾個喜歡說說笑笑。⑩

其二：

……和我同宿舍的陳明遜（**現任加拿大湖濱大學歷史教授**），經濟系的馬逢華（**現任美國華盛頓大學教授**）以及南開校友鄒承魯（**著名生化學家，現為中國科學院院士**）合辦一個名為「耕耘」的壁報（**雙週刊**），政治上標榜中間路線，強調學術研究，經常刊出我的詩作、鄒承魯的小說、馬逢華的詩和散文、陳明遜的政論等。這個壁報為我們開闢了一個寫作園地，在校園文化中起過一定作用。我與馬逢華在文學趣味上很投合，一直密切來往。解放後，他去美留學，到一九八一才得（**在美國**）重逢。⑪

那就是當年的我，一個不識愁滋味的中原少年。戰時雖然物質生活艱苦，但是我和前引文中的那幾位朋友一樣，意志昂揚，對未來充滿了希望。我在經濟系的課程之外，愛好文學，喜歡朋友，組織讀書會，辦壁報，一方面學習執筆為文，一方面也對時局發表意見。幾個同學甚至計劃在畢業之後去辦報紙，學張季鸞以文章報國；到大學教書只是那個中原少年的第二志願。

那時我對一切事物皆有一種擇善固執的執着傻勁。無論自己本系的功課多麼忙，外系的好課程，一定要去選修或旁聽。喜歡一本書，就非要設法弄到手不可。萬一實在買不到或者買不起，就從圖書館借出來，連開幾個通宵的夜車，把它作出詳細的筆記和選錄。

在鹿橋的「未央歌」中所描繪的那個校園裡，我自然也有一些常常玩在一起的男、女同學，每一個都是爽直可愛的好朋友。大家像兄弟姊妹一樣的聚在一起，玩團體遊戲，一同唱歌，一同談笑，也一同討論比較嚴肅的問題。那批朋友中，有一個眼睛黑黑亮亮、非常文靜的女孩，在我眼中看起來與別人不同。但如偶爾約她出來散散步，自己卻又會變得非常拘謹，連一句得體或風趣的話也說不成。似乎就那樣默默地一同走走路，也就很快樂、很滿足了；卻不知道真正委屈了人家。

那時候大家多麼年輕！

密大畢業典禮的前夕，我照例在經濟系二樓自己的工作室裡待到晚上十一點鐘左右、工友進來打掃房間的時候，才結束一天的工作，緩緩穿過校園，走回一年多以前我與黃錫禮兄合租東安街的公寓去。

那時暑假剛剛開始，夜晚的校園顯得分外靜謐。我走出經濟系樓北邊的榆樹小林，止步仰望，初夏的夜空一片蔚藍，灑佈著金黃閃爍的星光。藍與黃，那正是密西根的校色。忽然幾個流星在藍空中飛射而過，一下子把我的思念帶回從前的時光，使我驀然想到，此時站立在密大校園，明天就要接受博士學位的我，就是當年聯大校園裡那個不識愁滋味的中原少年。回首前塵，覺得從前的一些希望，近於夢想，不切實際。這大概是由於在中間這一段時間，自己曾經承受了一些閱歷和磨難，多讀了一些書本，而且人也長大了不少，不知不覺地變得比較沉潛了。去國八年，老盡了少年心。不過當年那一點擇善固執的執着傻勁，卻依然未改，一如往昔。在我的生命即將過渡到另一個階段的時候，我正需要那樣的一股傻勁。

一個新的開始

加州大學的研究工作，預定那年（一九五九）九月一日開始，安娜堡的人與地，我雖然依依不捨，但是負笈數載，終有一別。我遂於八月二十二日（星期六）乘火車西行，前往舊金山灣區的柏克萊，就任我的第一個職務。

在一本封面印了密大校徽的老舊袖珍記事本裡，我翻到一頁，上面以鉛筆寫著：

自安城赴加州途中（一九五九年八月廿四日夜車上寫）

朝辭安娜堡，校園頻回顧；
暮越大鹽湖⑫，落霞伴孤鶩。
車馳蒼茫間，彷彿是中原⑬；
身世如蓬轉，飄忽愁路遠。

這在今日看來，頗似荒山野店中、天涯行腳的孤寂旅人夜半不寐，提起筆來在牆壁上塗寫的東西。其文字拙劣固不足取，但是它所記下當時的落寞心情，卻是非常真切，迄今難忘。從安娜堡到柏克萊，火車里程大約二千五百英里，折合華里恰恰是八千里路。不過「飄忽愁路遠」所指的，倒並不是地理的距離。而是對我的生命即將開始的一個新階段的焦慮瞻望。

在火車上的那個時刻，我還是一個萬里負笈、剛剛畢業的流亡學生，一俟到達柏克萊就業之後，就要進入一個在異域長期寄居的新階段，從此要把美國作為第二個家鄉，這不能說不是一個嚴肅的選擇。無論意志多麼堅定，在那個過渡的關頭，思念及此，就有一種懍然慎懼的感覺，像陣雨似的驟然傾灑，濕透遊子心。

二十世紀中期以降，由於共產黨的奪取政權及其苛政，數以百萬計的中國人民紛紛逃離中國大陸，散佈到世界各處的自由地區。其中流亡到美國並且長期居留下來的知識分子，為數之多，史無前例。不論幸與不幸，我也是其中之一。

因為遠離故土，常見有人提出「失根」的問題。這大多是受了當年陳之藩那篇名文「失根的蘭花」的影響（陳之藩「旅美小簡」〔台北，文星書局，一九六二年〕，頁三七—四〇），陳文的要旨是：「國，就是土，沒有國的人，是沒有根的草，不待風雨折磨，即形枯萎了。」此語寫得沉痛，但是不合邏輯。依照陳先生的上下文，合乎邏輯的說法應該是：「沒有國的人，是沒有『土』的草。」而且陳之藩所用的典：「宋朝畫家思肖（逢華按：應為鄭思肖），畫蘭，連根帶葉，均飄於空中……」，明明說的是「連根」帶葉，並無「失根」之語。

毛病在於陳先生該文沒有把「土」與「根」分辨清楚，實際上二者的區別是很大的。「國土」不能遷動，「根」卻是可以移植的。所以前引陳之藩的名句，不能解釋何以許多寄居海外的中國知識分子，不但沒有枯萎，而且在各方面卓然有成。我本人自知一事無成，但是絕對沒有枯萎。剛剛相反，一九五〇年代之初，我如果留在故土，則必然難逃枯萎的命運。懂得蘭花的人都知道，蘭花的根，最需要的是自由空氣，並不需要土壤。如果硬把蘭根埋在土中，整株蘭花就一定要被窒息而死。

我認為一個中國知識分子的根，就是他自己的中國文化修養。這修養已經成為他整個身心的一部分，不可分割。所以無論我寄居何處，我的中國根柢，都與我同在，我不可能有「失根」的問題。如果有人堅持「根」與「土」不能分開，那就不妨反思一下，當年那些把「馬、恩、列、斯」四幅巨像日夜陳列在天安門廣場的人，那些要把「三面紅旗」插遍中國大地的人，他們雖然佔據着中國的國土，難道他們沒有失盡中國的根嗎？

一九五九年八月二十五日上午，抵達柏克萊之後，我在校園附近一條法國梧桐夾道、綠葉成蔭的安靜街道，租下了一個小小公寓（2411 Durant Avenue, Apartment 3），這是我寄居美國的第一個住址。我那本封面上印著密西根大學校徽的小記事冊的另一頁寫著：「八月二十二日離安娜堡，隨身攜帶全部存款七十五元。到柏克萊之後，餘五十二元，路上共用了二十三元。」

幾乎就是憑著一雙空手和一股執着的傻勁，我在柏克萊加州大學開始了我的新生活。從「流亡」到「寄居」，我有懍然慎懼之感，但是此心無悔。我的命運，正可與千載之前杜甫的詩句相共鳴：

蓬生非無根，飄蕩隨高風；
天寒落萬里，不復歸本叢。

附記

柏克萊的加大，是許多新科博士求之不得的好去處，但是純粹的研究工作，並不符合我教書的志願。此去只是為了幫助雷默老師，與他合作進行「國際經濟計劃」；並去聽聽那邊幾位名教授的課，未作長久之計。到了一九六〇年春夏之交，雷默因為夫人病危，心力交瘁，意興闌珊。所以那年秋天，我就到洛杉磯州立加大（California State University, Los Angeles），擔任助教授，仍兼藍德公司顧問，一面開始教書，一面把「國際經濟計劃」帶去，完成未竟之功；並且就近常去Santa Monica藍德公司參加小組討論，同時向那邊的專家們請教。

一九六一年六月起，我應聘到西雅圖的華盛頓大學經濟系任教，從助教授作到榮休教授（Emeritus Professor），迄今未再遷動。西雅圖成為我一生中居住最久的城市，自然也就是我的第二故鄉了。

——原載「傳記文學」二〇〇三年十二月號及
二〇〇四年一月號，現由作者修訂定稿。

【註】

①夏志清，「師友、花木、故鄉月——『馬逢華散文集』序」，「聯合報・聯合副刊」，一九九二年十二月二十九至三十日；「傳記文學」，一九九三年一月號

②馬逢華，「夏濟安回憶」，「中國時報・人間副刊」，一九八二年二月五日至二十四日；「傳記文學」，一九八二年三、四、五月號。

③Queensway。

④「唧唧」是當時自由世界唯一的熊貓。Regents Park Zoological Garden裡的這頭動物，也是遊人的一個興趣中心，一如時裝少女們的短裙。

⑤King's Road每到週末，街頭熙熙攘攘，擠滿了穿着奇裝異服到這裡來亮相的浪子嬌娃。

⑥布爾丁（Kenneth E. Boulding）是牛津大學的碩士，一九四九年應聘到密大之前，曾任加拿大McGill大學經濟系講座教授及系主任。

⑦宋美齡的生年，根據（一）Wellesley College畢業學生資料檔案。（二）《宋美齡小傳》，大英百科全書，2003。（Encyclopedia Britannica Premium service），及其他有關資料。

⑧此文在二〇〇三年九月中旬寫成，一個多月之後，蔣宋美齡於美國時間十月二十三日在紐約逝世。

⑨白先勇，「寂寞的十七歲」（台北，允晨文化公司，二〇〇〇年增訂版），頁三三五。
⑩楊天堂文，見「笳吹弦誦情彌切——國立西南聯合大學五十週年紀念文集」（北京，中國文史出版社，一九八八年），頁一四〇——一四一。
⑪袁可嘉，「半個世紀的腳印——袁可嘉詩文選」（北京，人民文學出版社，一九九四年），頁五七三。
⑫二十二日晨出發，此為二十四日之暮。
⑬憶及八年前由北京乘火車逃亡廣州。

第二輯　師友記

◎懷念沈從文教授
◎梁實秋先生紀念
◎遙想公瑾當年——回憶劉大中先生
◎追念蔣碩傑老師
◎永懷李方桂先生
◎追憶劉紹唐學兄

懷念沈從文教授

一

民國三十七年（一九四八）十二月十五日到次年二月一日，北平是一座圍城。黑暗、寒冷、飢餓、骯髒。北京大學的五十週年校慶，原來預備擴大慶祝的，這時因為局勢急轉直下，終於草草了事。校園裡面，除了在「安全委員會」領導之下，有一部分學生在「民主廣場」挖掘避彈壕溝之外，其餘是一片死寂。文學院東方語文學系主任季羨林先生，一天在北樓飯廳裏苦笑著說：「咱們都像是下了鍋的螃蟹，只等人家加一把火，就都要變紅了。」

中共佔領北平以後，真正像熱鍋裏的螃蟹一樣，一下子就變紅了的人，雖然只剩下了一個暗紅色的軀殼，倒也省卻了未來長期的痛苦。實在令人慘不忍睹的，卻是許多「熱鍋上的螞蟻」，在那裏團團打轉，走投無路。想到這裡，我就回想起北大中國文學系的沈從文教授。從北平失陷以後沈氏的遭遇中，可以看出中共對知識分子所採取的策略：能夠爭取利用，就爭取利用。不能爭取利用，就或明或暗地用各種法子來折磨你，毀掉你。

二

沈先生出身湘西農家，照共產黨的說法，他是「勞動人民的兒子」。開始寫作生涯之前，他曾在湖南地方隊伍裏當過小兵。無論就他作品的質或量來說，他都可以稱得上是五四運動以來，我國最有成就的文藝作家之一。他底作品，類多描寫士兵生活，鄉土風俗，以及農村中小兒女間的天真故事。篇章之間，充滿了濃郁的湘西泥土氣息。抗戰後期時局沉悶，他又受近代文學心理分析這一發展的影響，文字愈益精美，而表達方式漸趨晦澀。他為人溫文儒雅，潔身自好，常說：「一個作家的成就要看他拿出來的作品，而不是依靠幫派的活動。」近代中國文壇上最有力量的「左翼作家同盟」，雖然網羅了不少出色的作家，沈卻始終沒有與這個組織發生什麼關係，也正因此，他常被左派文人目為異端，斥為「脫離群眾」的游離份子。

北平被包圍之前，他對時局看法怎樣？大體來說，那時北方的教授和學生，多數都對於過去沒有什麼留戀，對於未來感到迷惑、疑懼。有些人絕望，有些人抱著沒有根據的希望。朋友們見面總愛問起：「怎麼辦？」那時有位同學在信裡偶然也向沈先生問起他對大局的看法，他的回信，大致是像這樣：「……目前這個政府，在各方面癱瘓腐朽，積重難返……我們這一代的文人，從『五四』時候起，握著一枝筆，抱著『科學』與『民主』精神，努力了二三十年，在文化工作上，也算盡了力量。以後的新社會，還待你們青年朋友努力創造。不管政治怎樣演變，新國家的建設，總要依靠你們誠懇踏實的青年人。你問起時局，是不是有走動的意思？照我看來，逃避也沒有用。不過既然留下，就得下決心把一切從頭學起，若還像從前一樣，作小書獃子，恐終不是辦法……」

這封信裏的態度，不論是否正確，我想恐怕很可以代表當時被困在北方的許多教授先生們的看法。

三

北平圍城的後期，中共的地下工作人員，已經半公開地在北京大學展開了活動。住在紅樓的人，早晨起來開門，常會有一本小冊子從門縫中掉下來，封面往往印的是老舍或周作人的什麼作品，打開一看，裏面不是「新民主主義論」，就是「目前的形勢與我們的任務」。就在這個時候，沉悶了好久的北大「民主牆」上的那些壁報，忽然又熱鬧起來，並且不知道為了什麼，有幾個壁報集中了火力，向沈從文展開攻擊。還有一份壁報把郭若沫從前在香港寫的辱罵沈從文（「粉紅色的作家」）、朱光潛（「藍色的作家」）和蕭乾（「黑色的作家」）等人的文章，用大字照抄。有些壁報指責他作品中的「落伍意識」，有些則痛罵他是一個沒有「立場」的「妓女作家」。（大家當時不了解「立場」兩個字有多麼重要，後來才知道照中共的看法，一個人若不站穩「無產階級的立場」，則他即令不是「反動派」，至少也是一個大廢物，一個要割除的膿包。）

壁報上的謾罵達到高潮的時候，一封匿名的警告信寄到了中老胡同北大教授宿舍中的沈家，信內畫了一個槍彈，聲稱：「算帳的日子近了。」當時北平的城區，時常有砲彈從郊外射來，誰也不知道今天過去之後，明天是個什麼樣子。被威脅辱罵得莫名其妙的沈從文，不知道將來會有一場什麼禍事臨頭，曾把一部分存書，分送給住在紅樓和東廠胡同的幾位朋友和學生說：「我這個人也許該死，但是這些書並沒有罪過，不應該與我同歸於盡。」

中共進城以後，「歡迎解放軍」和「展開政治學習」等事，把整個學校鬧得烏煙瘴氣。並且圍城期間大家實在也苦夠了，緊張夠了，我決定忙中偷閒，到清華園去清靜幾天。在清華大學西校門前碰到李廣田先生。李開口就說：「沈先生已經好得多了，你知道嗎？」我有點摸不著頭腦，追問下去，才知道在前面所說的那種空氣之下，沈神經很受刺激，郊區交通恢復後，沈夫人曾陪他到清華來，在金岳霖先生寓所休養了一個短時期，這時因為沈的精神狀態較好，又由沈夫人接回城裏去了。

四

此後一段時期，學校裏不論師生都在忙著唸新民主主義論，討論猿猴怎樣變成人，似乎把沈從文漸漸地忘記了。——這些人忘記了他，另外一些人大概並沒有。據說一位從東北來的某部隊的「政委」曾去看過沈（好像是以沈夫人舊友的身分來的），勸沈把兩個孩子送進東北的什麼保育院去，讓沈夫人到「革大」或是「華大」去學習，並且勸沈自己也把思想「搞通」些。詳細情形，局外人很不容易知道，但是這件事情，對於沈先生無疑是個很大的打擊。此後不久我就聽到沈先生自殺的消息，消息不在報紙上，也不在任何壁報上，而是在飯廳裏，宿舍裏，低低地傳述著。

我事後到沈家探詢，才知道沈先生吞服了煤油，並且用利器割傷了喉頭和兩腕的血管。自殺並未致命，但是一連好幾天，昏迷不醒，住在翠花胡同北大文科研究所斜對面那家小醫院裏。我看到沈夫人時，她容色慘淡，說「最好大家都不要去看他，讓他多休息幾天。」聽說沈在病房裏面一直認為自己是在牢獄中。「清醒」的時候，拼命在病床上寫東西，並且一再叮囑沈夫人去請湯用彤先生設法把他營救出來。

出院以後，沈的身體極壞，有一次我去看他，他的面目浮腫，鼻孔出血不止。他很難過地說：「叫我怎麼樣弄得懂？那些自幼養尊處優，在溫室中長大，並且有錢出國留學的作家們，從前他們活動在社會的上層，今天為這個大官做壽，明天去參加那一個要人的宴會。現在共產黨來了，他們仍活動在社會的上層，毫無問題。我這個當過多年小兵的鄉下人，就算是過去認識不清，落在隊伍後面了吧，現在為什麼連個歸隊的機會也沒有？我究竟犯了什麼罪過？共產黨究竟要想怎樣處置我？只要他們明白地告訴我，我一定遵命，死無怨言，為什麼老是不明不白地讓手下人對我冷嘲熱諷，謾罵恫嚇？共產黨裏面，有不少我的老朋友，比如丁玲，也有不少我的學生，比如何其芳，要他們來告訴我共產黨對我的意見也好呀，——到現在都不讓他們和我見面。」

沈健康略略恢復之後，不知出於什麼人安排，北大中國文學系的課程表中，已經把他講授的功課取消了。他成了在故宮博物院填寫古物標籤號碼的「職員」。他的北大教授的職務，是否已經免去，從來也沒有人問過。

自此以後，他除了為「人民」填寫古玩號碼之外，並且努力研讀馬列著述，和「聯共黨史」，晚上則在家裡進行他計劃之中的中國瓷器史的撰述，常常工作到深夜，甚至通宵不眠。沈夫人勸他休息無效，有好幾次在見面時對我們說：「你們去勸勸他吧，我說話他都不聽！他身體並沒有完全好，這樣不休息怎麼成！」

但是沈也有他的理由：

「他們說我是廢物，對我過去工作的成績全不承認，說我是白吃了幾十年的飯。現在我得加倍努力，作些成績出來，抵補過去那些白廢的光陰。並且——我怎麼能睡得着覺！閒下來，不能睡，我又不敢想下去！不把自己埋在工作裏怎麼成！」

五

在中共對「舊知識份子」「團結改造」和「治病救人」的呼聲中，朱光潛先生那篇簡短的「自我檢討」，已經在人民日報上面刊出好久了，好像有人示意沈從文、賀麟等人也應該各自寫一篇類似的文章。

沈的自責文章久久不能成篇，中間他曾多次向熟人們問起，究竟應該怎樣寫法。耽擱了好幾個禮拜之後，一個傍晚，他忽然把一份初步寫成的稿子給我看，題目是「給胡適之先生的一封公開信」。五百字一張的紅格稿紙大約寫了七八張。我沒有看內容，就問：「沈先生，你為什麼用這樣一個題目？」他把聲音壓低，說：「你不懂。他們希望這樣，對外面可以有一點作用。」

我一口氣把文章讀完。其中除了一些事實的敘述外，他再三重複地說：「物難成而易毀，事難成而易毀，人難成而易毀。」

文章的主要意思，是說：中國大陸當前的局面，是由中共領導，犧牲了幾百萬生命，換得來的。他自己過去既沒有對中共的「革命」盡過力，現在只要還能對中共有些好處，那麼即令把他犧牲進去，似乎也是應該的。以下他就勸胡先生和其他在海外的中國學者們說，國內的大勢已成「定局」，你們若還心存觀望，等候國際局面變化，恐怕只是一種幻想，最好及時回國，來「為人民服務」。

我讀了以後，很爽直地說：「不成，沈先生，你寫得這麼消極，恐怕不見得能夠應付過去。並且文章主題，似乎成了勸大家同歸於盡，還不如不寫為好。」

他聽了以後連連搖頭，似乎有難言之隱。後來我始終沒有看到他這篇文字公開發表。

六

沈從文夫婦一向被熟人們稱譽為模範夫婦，他們的兩個孩子也都聰穎活潑，受到極好的家庭教育。家庭之間，向來是快樂融融。沈夫人張兆和女士的美麗賢淑，凡是看見過的，無不稱道。北平淪陷後沈先生的遭遇，使這個美好的小家庭失去了多年以來的快樂氣氛。在情緒上比在年齡上更要年輕的沈夫人，一方面眼看著自己多年以來十分敬愛的丈夫，變得這樣一籌莫展，四面楚歌；一方面又看到不少朋友們有的跟著「南下工作團」浩浩蕩蕩地「南下」去了，有的進了「革大」、「華大」，她大概也覺得這樣拖下去，不是個辦法，終於決定自己也到「華大」去學習。進了「華大」之後，不久她就加入了「組織」。她因為還沒有入「黨」的資格，年紀又已超過「青年團」的「團齡」，所以是以「團友」的名義加入了「新民主主義青年團」。兩個孩子呢，在中學的小龍，是青年團的團員，在小學的小虎，進了少年兒童隊。隨著夫人和小孩在政治學習上的「進步」，沈在家庭之間，也顯得愈來愈落伍。夫妻父子之間，不免有了一些距離。記得那時沈先生曾經傷心地說：「連太太都不了解我了，我怎麼還能希望得到別人的了解！」

有一次我在沈先生家裏，他把小虎的一篇作文拿給我看，一面自己解嘲似地苦笑著說：「你看，虎虎也要開始教育我了。」那篇作文，照我記憶所及，大體是像這樣：

我的家庭　沈虎雛

我家一共有四個人，爸、媽、哥哥和我。

爸爸是個國民黨時代的所謂作家，從前寫過很多的書。他因為是靠自己努力成功的，所以很是驕傲。解放以後，他因為認識不清，心境不好，生了一場大病。

媽媽對我們很好，我們很小的時候，她就教我們愛好勞動。她現在進了華北大學，是青年團的團友。哥哥在中學讀書，是青年團員，我是兒童隊員。

我們一家四人，除爸爸外，思想都很進步。媽媽每星期六從華大回來，就向爸爸展開思想鬥爭。我想，如果爸爸也能改造思想，那麼我們的家庭，一定十分快樂。我已經和哥哥商量，以後一定幫助媽媽，教育爸爸，好使我們的家庭成一個快樂的家庭。

這篇作文在學校裏得了甲等，沈先生在「展開思想鬥爭」那一行上面，加了一個眉批：「『鬥爭』兩字像打架。你媽媽不是會打架的人，改用兩個別的字好不好？」

這段時期，恐怕也是沈先生精神上最痛苦的時期。那時沈夫人住在「華北大學」，沈先生整天在博物院工作，學習、檢討。晚上回到寓所，服侍兩個小團員隊員入睡之後，常常深夜獨坐，聽古典音樂唱片。有天晚上，我陪著他聽音樂，他像從夢中醒來似的說：「我這付腦子整個壞了，僵硬了，一點沒有用處。只有當我沉緬在音樂裏面時，才又覺得恢復了想像的能力，（他真是像在作夢一樣）——有時我好像又回到了從前在湖南鄉下的時候。我可以聽見小河裏流水的響聲，聞到草地上青草的腥味，聽見蚱蜢振翅的小小噪音……我好像重新充滿了創造力。有時候，一個晚上我能寫出很多東西來，第二天再把它們撕掉。」

那晚，他給我看了一首新寫的長詩。那首詩是一曲哀歌，低訴他自己的身世，寫得實在不錯，我們平時讀沈先生小說的機會很多，他的詩並不多見。我當時有些愛不忍釋，說：「沈先生，這樣好的詩，撕掉豈不可惜？你以後把這些東西，交給我保存好嗎？」他說：「這樣的東西還有什麼保存的價值？我撕也不知道撕了好多。以後的文學作品，都得為工農兵服務！」

七

大概是民國三十九年（一九五〇）的秋季，我忽然聽說沈從文先生決定到「人民革命大學政治研究班」去接受思想改造。大家都覺得這似乎是他唯一可走的路，並且覺得這樣也許可以使他少受一些痛苦，因為「革大的教育，一向是很成功的。」

他入隊的前幾天，我去看他。家庭之間，空氣似乎愉快得多了。沈夫人正忙著張羅應該攜帶的衣物，兩個孩子也很高興地來參加我們的談話。

沈顯然是在勉強振作，給自己打氣。他話並不多，有點像陷於沉思中似的自言自語：「……去！一定去。自然是他們有道理，到了我也要去參加的時候，他們總是有些道理！」又說：「我要把從前當小兵的勁兒拿出來，什麼我都肯幹，誰也幹不過我！」

大家談起了從朋友們聽說到的「革大」生活，談到了扭秧歌。沈毫不思索地說：「秧歌我可不能扭。」

「爸！你不是說什麼都幹嗎？為什麼不扭秧歌？人家都扭，你憑什麼不？」小虎立刻理直氣壯地抗議。

沈搖搖頭，說：「不，我決不扭——（又緩和了下來），最多我可以替他們打打鼓。」

八

幾個月的光陰轉瞬即逝，我再到沈家去的時候，沈已由「革大」「學成」回來。但是從面部表情看來，他是「依然故我」，沒有什麼顯著的改變。那天晚上他有點沉默寡言。沈夫人等我坐定之後，就說：「你看從文一點都不進步，在革大『總結』的成績盡是些丙、丁！」

沈先生很平靜地說：「當然盡是些丙、丁。分數是『民主評定』。指定的東西，我一字一句地讀，討論的時候，卻盡是那些不讀書的人發言；你跟他們講，他們不懂。打掃廁所，洗刷便池，全都是我一個人幹，在討論『建立勞動觀點』的時候，卻又是他們發言最多。我幫助工人挑水，在廚房裏跟廚工們一面幫忙，一面談天，他們又譏諷我，問我是不是在收集小說材料。晚上在宿舍裏，他們盡說些『想太太想得要死呀』之類的下流話，你要我跟他們談得來？

分數全由他們『民主評定』，我當然只能得丙、丁。」

沈夫人說：「對呀，人家不懂。我聽說你在『革大』寫的思想總結，連文法都不通！你是怎麼回事，一個作家寫了半輩子書，連個思想總結也寫不通？」

沈沒有回答。

話題不知怎樣又轉到了「中蘇友好協會」。沈輕描淡寫地說：「在革大他們還發動了申請加入中蘇友協，我沒有去申請。」

想不到這句話竟使沈夫人大吃一驚：「呀！你這個人！到現在你都沒有告訴我，你連中蘇友協都沒有加入！你為什麼不參加？」

沈很認真地說：「交朋友是靠互相認識。俄國文學作品凡是有譯本的，我大概都看過，說得上對俄國文學有點認識。但我從來沒有聽說過交朋友要『申請』，還要等候上級『批准』。我沒有去申請，是因為怕被批駁。自己去『申請』跟人家作朋友，若是萬一不『批准』，那才難為情！而且，我這一輩子還沒有參加過什麼團體、協會呢，所以這次也不想加入。」

沈夫人真地有些發氣了：「你看他這成什麼理由！從文，你究竟是什麼意思！你是不是反對『一邊倒』！你說！」（在大陸，『反對一邊倒』這罪名是萬萬加不得的，這是「搞通思想」的核心問題，誰敢冒天下之大不韙，對這一點表示懷疑？）

沈連忙緩和地求饒：「唉！唉！何必動氣？明天我就去申請加入好不好？」

沈夫人說：「誰希罕你這些！我才不要你因為我講了，才去加入！」

她跟著又向我抱怨：「你不知道，從文這個人就是這樣自高自大，他不肯去申請跟人家作朋友，（她轉向沈）怕降低了自己的身分，是不是？上次人家丁玲好意來找他給『人民文學』寫點稿子，你猜他怎麼回答？他說：『我和現在的文藝刊物已經脫了節，妳最好先找兩篇近來發表的像點樣子的文章給我看看，然後才好寫。』（又轉向沈）從文，你這是什麼意思？」

沈說：「我不知道現在的時髦文章像個什麼樣子，怎麼好寫？寫了寄去，人家若是不用，又怎麼辦？我自己編了十多年刊物，別人的稿子不知道看了好多，現在要我去向別人投稿，我倒不知道怎麼寫才好了。」

「你看，你看，」沈夫人說：「這個人呀，說了半天，就是自高自大！你向別人投稿又怎麼不行？」

沈說：「不是不行，也不是自高自大，我是自卑。現在我是什麼都不會，都不懂。不知道怎樣寫出別人喜歡的東西，所以要丁玲拿兩篇樣子來看看。」

沈夫人說：「什麼自卑？你愈說自卑，愈是自高自大。你覺得別人的文章都不行，偏要人家拿一兩篇像樣子的來給你看。」

談話過程之中，陸續進來了朱光潛、廢名（馮文炳）兩位教授。朱先生坐了一會，看看情勢不妙，藉故告退了。這時，廢名用他沙啞的湖北官話插進來說：

「從文，別說什麼都不會，都不懂，你只要走群眾路線就成。我從前不懂什麼叫群眾路線，現在想想，一下子就想通了；鄉下人知道的事情，真比我曉得的多！」

沈夫人說：「是呀，一點都不錯。」

沈先生歪了頭像在問自己：「以前大家都說廢名迂，難道我比他還迂？」

沈夫人說：「馮先生一點都不迂！他講的有道理。」

廢名笑呵呵地：「從文，你走群眾路線就成。先從家庭之間做起，試試看。」

沈說：「叫我在家裏走群眾路線？我要跟誰走？我們一家四口，只有我一個是『群眾』，三個領導階級！」

廢名告辭後，我也回去了，沈先生送我到他寓所門外，站在那裡好像有許多話沒有說出來，我說：「沈先生，我想在家庭裏，你若能遷就一點，空氣就會和諧得多了。」他說：「遷就？有些事情分明是不對，你也勸我遷就？」

九

沈從文這個長期的、痛苦的思想改造過程，直到我離開北平時為止，還看不出有什麼告一段落的跡象，但是如果局面這樣拖下去，恐怕遲早他的思想是要「搞通」的。我在大陸時，曾聽到一個共產黨的幹部這樣得意忘形地說：「現在還有些人在那裡拖延觀望，不肯早些丟掉包袱。好，讓他們拖吧！也許十年二十年之後，我們共產黨會垮台。但是，這一二十年他們就難以過得去。就算讓他們混過去了吧，試問二十年後，他們這一輩子還剩下來幾天？」

想起沈先生，我同時還想起許許多多留在北平受難的師友。一別經年，現在是一點消息也沒有了。

後記

沈從文先生是我在昆明和北平讀書時候的授業老師，前面這篇文字，寫於民國四十二年（一九五三）初春，是寫給幾位關心沈先生當時情況的朋友們看的，雖有朋友建議給更多的人看，由於種種考慮，始終沒有拿出來公開發表。這次把它發表出來，一方面是時間已經把從前的某些考慮沖淡了，一方面是想用一個微小的事實，來作一次歷史上的見證。

中共在大陸上不是高喊著「百家爭鳴，百花齊放」嗎？也許有些滯留海外的學人們覺得這樣也就不錯了。但是：正像纏足的小腳婦女們不能舉行百米競賽一樣，在以「馬列主義」為唯一真理的地方，「百家爭鳴」只能是一種欺世之談；正像在冰天雪地裏看不見紅花綠葉一樣，在以毛澤東「在延安文藝座談會上的講話」為經典的地方，「百花齊放」也只能是一種夢想。

不信嗎？七年以來大陸上有什麼像樣子的文藝作品問世？茅盾寫了什麼？巴金寫了什麼？曹禺寫了什麼？老舍寫了什麼？蕭軍哪裏去了？胡風哪裏去了？

在「百花齊放」的口號聲中，讓我們看看從二十年代以來寫過數十本小說的沈從文，這朵中國文壇的奇葩，是怎樣枯萎下去的。

據四十五年（一九五六）二月廿九日的紐約華美日報說，二月八日的北平光明日報登載了沈從文的「自白」。「據沈自稱，由於過去彼對中共事業沒有貢獻，而思想意識和寫作態度又傾向自由，遂使成為今日中共尺度下的『空頭作家』。沈又稱，他估計『改造』之對於他，作用不會很大，因為他知道自己離『毛澤東的知識份子』標準還很遠。」

已經七年了，還遠得很。一點也不出我的意外。第八年就要開始了。

民國四十六年元旦，安娜堡。

——原載「自由中國」半月刊十六卷三期，一九五七年二月一日；及「傳記文學」一九六三年一月號。

補記

（一）

在中國大陸對外封鎖，沈從文身陷困境，而外界幾乎已經把他忘記了的一九五〇年代，本文是自由世界唯一的一篇披露沈先生當時處境和自處情況的第一手記載。發表之後，曾經多少影響了海外讀者和學者們對沈從文的認識和關懷。今日重讀此文，仍然覺得字字皆是血。

（二）

沈虎雛弟在整理從文師遺稿，編輯《沈從文全集》的百忙中，曾於一九九五年十一月二十一日寄我一封長信，其中有云：「寄上擬編入《全集》內的一篇詩稿。您是用文字真實記錄了曾有過這種詩作的第一個人，……我在整理它們時，常想能讓您先看到這點殘存下來的文字，因為要待《全集》出版，還有很久。」信中所說，就是本文第六節所記述的、沈先生在一九四九年的困境中，深夜獨坐所寫那些長詩的殘餘。

《沈從文全集》終於在二〇〇二年底出版（山西北岳文藝出版社），殘存長詩共有三首，都已收入集內。展卷摩挲，其中有些詩句，比如：「好聽的音樂使我上升……」，「如春雪方融，從溪中流去」，「流雲，流水和流音——隨同生命／同在，還一同流向虛無」，以及「一切溫柔而痛苦回音來自遠處，來自往昔，／並帶來兒時熟悉的杜鵑聲，水車聲，／莊稼成熟蚱蜢振翅聲。」（見《全集》第十五卷，「第一樂章——第二樂章」和「從悲多汶樂曲所得」兩詩）；如果拿來與本文第六節最後兩段文字相對比，不僅可以認定這幾首詩確是本文提到的一九四九年之作，並且也可以佐證拙文記述往事之翔實、和所用文字之精確。

我忝為第一個知道沈先生曾在困阨之中寫下這些詩篇的人，現在看到這幾首殘章的印本，一方面欣慰它們終於得見天日，一方面緬懷當年師生情誼，也倍感心情沉重。

（三）

瑞典皇家學院院士、諾貝爾文學獎評審委員馬悅然（Goran Malmqvist），於二〇〇一年二月二日在台北第九屆國際書展會上發表演講時，曾說由於他對沈從文的欽佩和尊敬，促使他打破院士不得透露近五十年有關諾貝爾獎內幕消息的規定，向大家報告，沈從文曾被許多地區的專家學者提名為該獎的候選人，而且在一九八七、八八年兩度進入終審。「如果沈從文沒有在一九八八年（五月十日）去世，肯定會獲得該年的諾貝爾文學獎。」（北美世界日報，二〇〇一年二月三日，第A3版。）

鄙意以為，沈從文在中國近代文學史上的地位，並不一定需要這個國際榮譽來認證。不過，如果他能夠多活幾個月（每年十月公布當年的得主），成為中國第一位獲得諾貝爾文學獎的作家，一定會比後來的發展，更符眾望的。

二〇〇四年十月補寫於西雅圖

梁實秋先生紀念

一

我沒有機會遍讀梁實秋先生近二十幾年的全部作品，但是就我讀過並且記得的來說，其中至少有三次提到區區，可以用來考驗他的記憶力。他在「悼念夏濟安先生」（梁實秋「看雲集」）一文中說：

「三年前我在西雅圖遇到他（指夏濟安），風采仍舊。他問我來此何為，我說：『前來抓你，押解回國。』他好像很吃驚，連忙說：『此處不是談話處，等一下我請你吃飯。』他開著汽車載著我和馬逢華先生到中國城一家餐館去，……」

此處所說的「三年前」，指一九六〇年，那次是我初識實秋前輩，次年我到華大教書，又結識了先生的東床快婿和二女公子邱士燿、梁文薔兄嫂。後來我在一篇拙文中說：「一九七六年初夏，幾位朋友在西雅圖香港酒家餞別梁先生回台灣，梁先生還記得這家餐館就是多年以前與夏濟安一同吃飯的地方，並且還指出，格局與佈置與以前不大一樣了。」（「夏濟安回憶」，見「傳記文學」，一九八二年三月號，頁七十五）事隔十六年，他連那家餐館當年的桌椅佈置，都能記得清清楚楚，他的記憶力之佳，可謂驚人。

第二次提到賤名，是在梁先生的「雙城記」中（中國時報，「人間」副刊，一九八一年七月五日），談及「友人馬逢華伉儷精心培養了幾株牡丹，黃色者尤為高雅。我今年來此稍遲，枝頭僅餘一朵，蒙剪下見貽，案頭瓶供，五日而謝。」西城的牡丹，五月初花事即了。先生之文，寫於一個多月以後，對於花的顏色和瓶供日數，也都記憶詳確。那時先生已經八十歲了，精神狀態還是和年輕人一樣。

但是到了今年（一九八七）年初，我對梁先生記憶力的信心，發生了動搖。他在「憶沈從文」裡面說，「我看到過他（指沈先生）寫給馬逢華的信，都是用宣紙寫的，還留邊，好像寫的信都是將來留著可以裱起來似的。」（「聯合文學」，一九八七年一月號，頁一八〇）我看了以後，心裡有些難過，覺得梁先生真的老了，他的頭腦有時已經不夠清楚了。沈從文先生寫信給我從來沒有用過宣紙，梁先生何從看到？也許他是誤把沈先生為我寫的條幅，記成信件了。

我沒有為這件小事寫信去向他更正，因為不忍心提醒他記憶能力的大不如前。不意十個月後，先生竟歸道山。

二

先生身材頎長，風度瀟灑；吐屬高雅雋永，常有很風趣的諧語，所以與先生聚談，總是舉座盡歡。梁伯伯和程季淑伯母在西雅圖時，某日文薔約往他們府上餐敘，時值盛夏，我帶去一個冰凍的大西瓜為贈。飯後文薔端了一盤切好的西瓜到桌上來，梁先生很得意地笑道：「馬逢華這一次可要自食其果了。」

先生雅好美食，只要看了他寫的「饞」和「雅舍談吃」那一系列的文章，就可以知道。可惜他多年以來，為糖尿病所累，在飲饌方面，受到不少的委曲。他曾寫道：「糖是不給我吃了，炭水化合物也減到最低限度，本來炸醬麵至少要吃兩大碗，如今（指六十年代初期，逢華註）改為一大碗，而其中三分之二是黃瓜絲綠豆芽，麵條只有十根八根埋在下面。」（「槐園夢憶」，頁八十四）我喜歡吃炸醬麵，所以讀了分外同情。

先生對吃雖然考究，但卻不喜酒宴應酬。一九七五年他回台定居以後，愚夫婦每去台灣，他和韓菁清伯母總要帶我和丁健去吃一些海外吃不到的可口餐點，比如蘇杭小館的無錫肉骨頭、片兒川；天廚小吃部的小米稀飯、豆腐腦、燒餅夾醬肉和韭菜盒子等等。天廚大概是他們最喜歡光顧的地方之一。每次去了，招待人員無須吩咐就會到經理室去拿出他們兩位專用的茶葉，和經常存在那裡的保溫大茶杯。梁先生雖饞，但是自己很有分寸，每道食品，他都是稍嚐即止。雖然吃得很少，他的興致卻總是很高，總是吃得津津有味，並且談笑風生。

梁先生也很喜歡書法。他的字體亦如其人，既不是橫平豎直，也沒有花拳繡腿。他的行書清逸自然，好像行雲流水，看了非常舒服。他寫條幅，常選古人詩詞，而其取捨，我相信往往與他當時的心境和情懷，都有關係。

梁先生亦善畫梅花，但他惜墨如金，並不多見。我藏有先生所寫墨梅一幅，疎落兩枝，一大一小，稀稀地勾出幾朵花，淡雅極了。大概是我求畫之後，等了一陣才給我的，所以畫的右上方除了上下款之外，還有題詩：「寫梅未必合時宜，莫怪花前落墨遲，觸目橫斜千萬朵，賞心只有兩三枝。」

有一次梁伯伯到舍下來，看見這幅畫掛在牆上，於是佇立凝視。我說我對此畫特別喜愛，他聽了莞爾而笑，說道：「好則未必，不過確是真蹟。」然後又笑著頷首重複一遍：「這一張確是真蹟。」這句話可能是略帶自嘲的謙詞，也可能有些弦外之音，我不必去臆測。但是他贈我的那一小幅，字與畫的筆墨線條，色澤氣韻，以及書和畫各自與互相之間的布局安排，都是渾然一體，毫無二致，一望即知必然是一支筆一條思路一氣呵成。

三

「金鴨香銷錦繡幃，笙歌叢裡醉扶歸，少年一段風流事，只許佳人獨自知。辛酉立秋寫圓悟克勤禪師悟道詩，見『五燈會元』卷十九。」梁先生八十歲時寫此貽我。前此七年，誓還先生「悼梁程季淑」一文中有云：「季淑嫂之柔，可謂世鮮其匹！……年輕時，偶有好友密告她實秋兄的風流傳聞，她只一笑說：男人嘛，隨他逢場作戲好了。」（「中央日報」副刊，一九七四年六月十五日）我不知道以上所引兩則詩文中所用的「風流」二字，意義是否相同。但我相信八十高齡的梁先生手錄悟道詩時心中所念及的「一段風流事」，非關世俗所謂之緋聞，它毋寧是指一種「發乎情，止乎禮」的高尚情操。梁先生是一個親仁、愛物、熱情、風趣、富有人情味的雅人，他並不是一個聖人。

除了夫婦之外，世間有沒有發乎情、止乎禮的異性知己？胡適之和陳衡哲，金岳霖和林徽因，是立刻就可以想到的例子。在這個層次上，也許我們可以說，至少有四位不平凡的女士影響了梁先生的翻譯和寫作生涯。她們或者是某一段時期梁先生創作靈感的來源，或者默默為他料理生活，對他提供種種的幫助和鼓勵，或者兩種貢獻，兼而有之。我所想到的，是一九七四年去世的梁夫人程季淑女士，續絃夫人韓菁清女士，和先生的兩位異性知己，謝冰心和龔業雅。

二十年前台北文藝界慶祝莎氏全集譯成出版的會場上，有人大聲疾呼莎氏全集翻譯之完成，應該一半歸功於季淑夫人，梁先生自己也欣然同意。（「槐園夢憶」，頁九一至九二）季淑夫人對先生早年詩文創作的影響，應該也可以在「槐園夢憶」的字裡行間追尋出一些痕跡來。

一九七五年以來，梁先生以耄耋帶病之年，而能夠維持相當的健康，而且寫作不輟，散文和學術著作，源源而來，陸續出版了十幾本書，包括大部頭的「英國文學史」在內。這些成就至少也應該有一半要歸功于韓菁清女士。菁清夫人對於梁公晚年的寫作，至少是提供了舒適安定的環境和條件，才能使他有如老樹發花，結實纍纍。即在題材和風格方面，也自然有她的影響。比如先生的「群芳小記」（聯合副刊，一九七九年十二月五日）那樣的文章，就是在「白髮黃花相牽挽，付與旁人冷眼看」的心情下，為了菁清夫人愛花而寫的。

謝冰心與梁先生締交於一九二三年赴美留學的輪船上。海船上的十幾天裡，他們就在一起辦壁報，寫詩文。那時梁先生二十歲，冰心的年齡也差不多。一九八二年六月十五日梁伯在舍下喝茶聊天，曾說：「冰心比我大兩三歲」。一九七八年六月，聶華苓女士在北京晤見冰心時，冰心說：「我出生於一九〇〇年」。根據「傳記文學」總號三〇七期關國煊「梁實秋先生傳略」，梁實秋生於清光緒二十八年十二月初八日，即一九〇三年一月六日，兩人所說一致，再度証明梁先生記憶力之佳。

從一九二四到一九二五年秋天，梁先生在哈佛大學，當時冰心在韋爾絲麗學院。根據梁先生四十多年以後的回憶，兩地「相距約一個小時火車的路程。遇有假期，我們幾個朋友常去訪問冰心，邀她泛舟於腦倫璧迦湖。冰心也常趁星期日之暇到波士頓來做杏花樓的座上客。」（「憶冰心」，見「看雲集」）

聶華苓記她與冰心的晤談，則有這樣有趣的一段（「愛荷華札記——三十年後」，第一五〇頁。括弧中的字句，是我加的。）

「冰心說……她（一位美國訪客）見到我，就說：『我去過韋爾絲麗學院，看到你的論文，還聽學校裡的人說，以前許多男……男學生追你。』我說沒有那回事！

「我（聶華苓）笑出聲來：冰心說到『男學生』的時候，還有些年輕女孩的遲疑（那時她是七十八歲），我想告訴她：『在韋爾絲麗校園上，有一個出奇美麗的中國女孩子，許多男學生去追追，不是很自然的事麼？』」

不管冰心怎麼說，梁實秋和冰心這兩個留學生，年齡相近，既為文學同道，又曾有「十年修得同船渡」之緣，終於成為終生的知己朋友。「秋郎」一名，也出於當年冰心對梁先生的「調侃」。（「憶冰心」，前引處）一九八一年文薔第一次回北京探親，也替父親去探視音訊斷絕三十餘年的冰心，據說梁先生帶給冰心的口信，是「我沒有變」。而冰心託文薔帶回來的話，是「你告訴他，我也沒有變」。烽火隔絕三十餘載，而此心不渝，這是何等淒美的默契！

從二十年代初期冰心的戲語：「朱門一入深似海，從此秋郎是路人」，到八十年代初期梁先生抄錄「少年一段風流事，只許佳人獨自知」的悟道詩，時間上是整整一週甲子。當年的「秋郎」，此時在悟道詩下署名「秋翁」，並且蓋上文薔新從北京帶回來的圖章：「實秋八十以後作」。時間老人的腳步聲，終於橐橐可聞。

這兩位文壇知己，對於彼此的寫作，不至於毫無影響。冰心一九三一年十一月二十五日給梁先生的信中說：「假如你喜歡『我勸你』那種的詩，我還能寫它一二十首。」（「憶冰心」）梁先生在「憶冰心」中也曾說：「民國二十四、五年（一九三五、三六年）我在北平辦『自由評論』，常常驅車到燕京大學，逼她寫稿。」在這種情形之下，彼此切磋琢磨，自然順理成章。抗戰期間，劉英士在重慶主辦「星期評論」，梁先生和謝冰心分別用筆名「子佳」和「男士」為該刊寫文章，每人每週一篇，好像是在做作文比賽，而且文章的風格和題材，又都與他們二人過去的作品不同，以致文壇中人，一時都紛紛猜測「子佳」和「男士」究竟是何方神聖。這兩系列的文章，後來再加補充，就是梁先生的「雅舍小品」第一集，和冰心的「關於女人」。兩人散文作風之轉變，此或為其契機，可惜一九五一年冰心進入大陸，這種文章風格，不能繼續下去。

如果「雅舍小品」是代表梁先生中年以後散文風格的轉變，則龔業雅女士也與有功焉。位於四川北碚的「雅舍」，屋名就是依她之名而取的。梁先生曾說，他為「星期評論」寫這些文章時，「每寫一篇，業雅輒以先睹為快。我所寫的文字，……雖多調侃，並非虛擬。所以業雅看了特感興趣，往往笑得前仰後合。經她不時的催促，我才逐期撰寫按時交稿。」先生又說，「我生平不倩人作序，但是這個小冊子我卻請業雅寫了一篇短序，這是民國三十六年的事了。」（「雅舍憶往」。按：龔業雅係吳景超夫人。）凡此都可以看出她對那本書的重要性。

「雅舍小品」第一篇的結語，解釋書名曰：「冠以『雅舍小品』四字，以示寫作所在，且誌因緣。」後來梁先生在台灣，繼續寫他的小品文，先後出版「雅舍小品」續集、三集、四集，並有「雅舍雜文」、「雅舍談吃」之作。「雅舍」並非梁先生的齋名，而書名繼續沿用這兩個字，自然不再表示「寫作所在」，而只是用來「誌因緣」的。再者，「雅舍小品」最後一本（第四集）出版的時候，先生已經八十三歲。他在扉頁自題書籤，並於署名之下，蓋了一方以前未見用過的閒章：「儒雅為業」。四個小篆作田字形排列，如以「迴文」讀之，便會發現這印文嵌了一個隱祕的獻詞：「為業雅」（for Yeh-ya）。由此更可見出當年「雅舍」和龔業雅對梁先生散文風格發展影響之久遠了。

四

梁先生是一個有福之人，他的寫作生命很長，他的成就也是多方面的，論者每喜評斷他在那一方面的貢獻最大，鄙意以為橘子和蘋果是無法比較大小的，更何況有人喜歡橘子，有人偏愛蘋果。以下僅就區區的品味，試陳一二。

六十年前梁先生與魯迅的論戰，他以一個不到三十歲的青年，獨立對抗由魯迅出面的「中國無產階級革命文學」運動，可以說是以一人而敵一黨，壯哉秋郎！但是時過境遷，先生中年以後，雅不願談當年舊事。他一則曰：「事隔三十年，是是非非，聽憑大家處斷。」（「重印偏見集序」，一九五三年）再者曰：「魯迅已經死了好久，我再批評他，他也不會回答我。他的作品在此已成禁書，何必再於此時此地『打落水狗』？」（「關於魯迅」，見「文學因緣」，一九六四年，頁一五〇）最後，在「聯合文學」一九八七年出版的「梁實秋卷」，先生的「清秋瑣記」文前，他還手錄了關漢卿的「四塊玉」：「南畝耕，東山臥，事態人情經歷多。閒將往事思量過，賢的是他，愚的是我，爭什麼。」這在我看來，就是一面「免戰牌」，而偏偏有人要向謙和而不善拒人的老先生追問這件往事，又何苦哉？

關於他的創作和翻譯，先生在「雅舍憶往」（「聯合副刊」，一九八六年五月二十九日）

中說：「『雅舍小品』刊出之後……又有我的北大同事朱光潛先生自成都來信給我，他說：『大作〈雅舍小品〉對於文學的貢獻在翻譯莎士比亞的工作之上。』『文章千古事，得失寸心知』，我的寫作與翻譯，都只是盡力為之，究竟譯勝於作，或是作勝於譯，我自己也不知道。」正像橘子與蘋果一樣，我想兩者是不必比較高下的。至於我，我愛先生的散文，愛它體製之簡潔，愛它文字之洗鍊，更愛它由博而約，「絢爛之極趨於平淡」的境界。凡此種種，而今竟成廣陵散！

文壇大老，已成九泉之客；錦繡小品，管領一帶風騷。他的文章，必將繼續流傳下去。

一九八七年十一月二十二日，西雅圖

——原載聯合報「聯合副刊」一九八七年十二月十一、十二兩日，及「傳記文學」一九八八年一月號

補記

梁實秋先生曾任青島大學、北大、北師大等校教授。一九四八年底，先生於北京圍城前兩天（十二月十三日）倉卒趕往天津，搭乘英商太古公司「湖北號」輪船赴香港。途經塘沽時，

船遭岸上士兵槍射，先生與其他乘客蜷臥統艙躲避。南行之前，一位老學生陳傳方問他：「共產黨來了，當教授的總歸有碗飯吃，怕什麼？」梁先生說：「我和魯迅打過筆墨官司，到那時恐怕沒有好果子吃。」

抵香港後，梁先生隨即轉往廣州，應聘到中山大學執教。嗣因軍事情況逆轉，校中學生日事叫囂，氣氛不穩，先生遂攜眷於次年（一九四九）六月底乘輪船從廣州直駛台灣定居。先後擔任國立編譯館代理館長、台灣師範大學教授和文學院院長。

梁先生在台灣生活安定，工作順遂；授課之餘，寫作不輟。他客居台灣三十八年（一九四九至一九八七）的經歷，與留在大陸的沈從文教授在「解放」之後的遭遇，適可形成鮮明的對照。

二〇〇九年秋分節校勘後添書。

遙想公瑾當年——回憶劉大中先生

一

一九七五年八月十四日，名經濟學家劉大中先生夫婦在美國綺色佳城辭世。前此一年，劉先生寫了一篇長文，題為：「遙想公瑾當年：閒話歷史、詩詞、小說和國劇中的周瑜」①，娓娓道來，如數家珍，並且回憶他與國劇界的種種緣分，筆鋒頗帶感情。這篇文章的發表，是為了配合那年七月二十七日他在台北與當地國劇名角登台合演「群英會」，由他飾演周瑜的那件盛事。二十七日午前，我為參加國建會趕到台北，但是無論如何已經弄不到當天晚上的戲票。八月八日，先生又與原班演員在中視影棚把「群英會」再作錄影演出。沈宗瀚前輩知道我七月二十七日向隅，約我是晚一同到中視影棚觀賞，又因和當晚與開會有關的一項俗務時間衝突，未能如願，以致錯過了先生那年「兩度周郎」的絕唱，真是後悔莫及。台北的一齣「群英會」，和同時發表的談周瑜的文章，大概是先生逝世以前最後的兩件稱心快事。往事如煙，轉瞬十年，思之感慨萬千。

我有幸認識大中先生，是在戰後的北平。一九四八年，「中國社會經濟研究會」在北平出版「新路」週刊，標榜言論獨立，執筆者又多為知名的教授學者，頗為當時關心國家前途的北方青年學子所歡迎。那時我是北大的學生，有一次在該刊讀了一篇劉先生的大作，自覺獲益很多，並且有些補充意見，就大膽寫了一篇「書後」式的討論文章，寄給該刊，題為「社會主義下的生產效率——讀劉大中先生『社會主義下的生產政策』後」。那篇小文，很快就在「新路」刊出②。不久，劉先生趁由清華入城之便，約我一晤。見面之後，才知道他就是「新路」週刊的主編；那是我初識大中先生。

劉先生那時是清華大學教授，與我在北大的老師蔣碩傑先生是至交。大中先生返國任教之前，已有關於國民所得的專著在美國發表。蔣師的博士論文一九四七年剛在倫敦出版，並且新獲倫敦經濟學院的赫契遜經濟獎牌（由胡適之校長在北大蔡孑民紀念堂代表倫敦大學交給碩傑老師底女友馬熙靜小姐——就是現在的蔣師母）。劉、蔣兩位，雖然都極平易近人，但是我以一個閱讀英文書刊都還非常吃力的大學生，對於這兩位赫赫有名的大牌教授，真是覺得仰之彌高，不可企及。所以從在北大的時候開始，我每次見到他們兩位，都是如對神明，不敢輕苟言笑。我雖然未列大中先生的門牆，後來他卻一直以子弟待我，多方指導提攜。加以他對人和藹，談吐風趣，時間久了，我在他面前的緊張拘束程度，才稍稍鬆弛了一些。但是我始終不敢像其他同輩朋友一樣在劉、蔣兩位師長面前，隨便高聲談笑。

二

大中先生治事謹嚴慎重，一絲不苟。我因為有幸追隨，在這方面獲益最多。一九五四年，劉、蔣二位初次應政府之邀，由國際貨幣基金會請假回台，擔任經濟顧問。他們到了台北以後，召我去作助手。顧問辦公室雖然設在懷寧街美援會內，但是為了避免電話和訪客的干擾，他們兩位常到中國銀行樓上另外一個工作室去討論問題，撰寫備忘錄。美援會的辦公室，由我看守照顧。一天早晨，我走進辦公室，看見我的桌上赫然有一張便條：「逢華，檔案櫃昨夜未鎖，以後請留意。大中。」稍後見面時，先生告訴我，他在駐美大使館作助理商務參事時，也曾得到過商務參事李榦（芑均）先生寫給他的一張類似的便條，要他留心文件。劉先生並且說：「櫃子裡這類資料，在國外都是可以公開的，但在此地則都當作機密文件。萬一從我們這裡走漏出去，就不好了。」

大中先生對於文件的謹慎態度，剛好與他的朋友胡適之先生形成對照。曾見胡頌平先生近著裡面有這樣一段記載：

「今天（適之）先生看見胡頌平工作室裡安放文件的鐵櫃子下了鎖，說，『下鎖，那是對人家不信任的表示，不必下鎖的；如果你認為要負責任，聽你的便好了』。」③

劉、胡二人對於下鎖的態度不同，恐怕主要還是因為檔案資料的性質很不相同。

大中先生撰寫文稿，不論中文與英文，也都是字斟句酌，一字不苟。先生屢次稱讚李芑均先生的英文好，說是過去常請芑均先生改正英文。先生又告訴我，他所寫的學術論文，每篇都要請美國同事替他潤色文字。他很謙虛地說：「人家的英文，總比我們的好。」中文方面，則常請蔣碩傑先生幫忙。大中先生的文筆，實際上非常簡練老到，他把推敲文字這類事情，一再講給我聽，自然是對我的一番教導。他這種對於文字的認真態度，對我日後寫作的習慣很有影響。我常羡慕有些朋友，才氣橫溢，下筆千言，一揮而就。但是我偶有寫作，總要再三咀嚼修改，然後謄清。這一方面是由於自己能力的限制，一方面也是受了我底幾位師長的影響；大中先生自然也是我的一個榜樣。

在治學方面，先生更是心思週密，仔細認真。一九五七年秋天，他應邀到密西根大學經濟系作學術演講，那時我正在密大研究院讀書。先生到安娜堡後，在他演講的前夕，把講稿要點先告訴我，並且詳細詢問我系各位教授每人對某些細節的觀點，以便準備演講後的討論。次晨見面，我問先生昨夜睡得好不好，先生說，因為有幾個小問題，沒有分析到滿意的程度，夜間繼續思索，「腦子裡好像有一個鬧鐘，滴答不停」，竟然徹夜不能睡熟。

劉先生不僅學識淵博，而且善於講書，這是他同事和學生們都知道的；但是他刻苦準備功課的功夫，卻不一定有很多人曉得。一九五八年，先生回到他的母校康乃爾大學任教，最初幾年，曾經開了一班中國經濟的課程。舉凡這門功課的講授大綱，指定參考書目，和他自己應該額外多看的補充材料，先生都曾不恥下問，與我多次通信詳細商討，然後決定，真是慎重極了。在我初任教職的時候，有一次見面，大中先生把他授課的要訣，很鄭重地告訴我，囑我一定照辦。他底方法是每一堂課都要預先把講稿仔仔細細的寫下來，寫好以後，並且一定要預先自己演習複誦多次，直到幾乎可以背誦的程度為止。上課的時候，雖然帶著講稿，卻可以不看稿子，侃侃而談，條理分明。只有必須直接引用的資料，才看講稿。我對大中先生這一教導，多年以來，奉行不渝，未敢稍懈，並且真正受惠無窮。

三

大中先生治學雖然殫思竭慮，卻並不是一個象牙之塔裡面的學究；他曾經屢次回台貢獻意見，並且擔任重要的實際工作。然而他也不是一個「學成文武藝，賣與帝王家」那樣的熱中人物。他因為愛國而勇於任事，功成身退，毫不戀棧。

劉、蔣兩位先生初次到台灣作經濟顧問，是在一九五四年，前已提及。那次他們所研究的，主要是利率和外匯率的問題。他們認為一九五〇年代初期，台灣的利率定得太低，影響人民的儲蓄意願，減少了資本來源，並且形成對物價的壓力。官定匯率則把台幣的價值高估太多，影響出口。他們主張減少對進出口的許多管制，把複式匯率改為接近市場均衡水平的單一匯率，並且建議經由「結匯證」底市場價格，尋找出一個近似均衡的匯率。這些建議對台灣後來以國際貿易帶動國內經濟迅速發展，具有決定性的作用。但是一般人對於大中先生，似乎只記得他後來在賦稅改革方面的建樹，並且是有譽有毀，很少人能夠深切了解劉、蔣兩位早期對於台灣經濟發展所作的卓越貢獻。

一九六八至一九七〇年，大中先生在台北擔任賦稅改革委員會主任委員，因為我身處海外，而且劉先生那時極為忙碌，難得偶有音問，所以對於改革的細節，我是一無所知。不過可以想像得到，稅制改革涉及國民收入的再分配，難免有人獲益，有人吃虧，因此遭受少數人的怨言，是無法避免的，以美國總統雷根的顯赫聲望和說服力量，目前想要推動美國所得稅制的改革，也正遭遇重重困難，何況是在十六七年前的台灣，由一個客卿性質的書生在那裡設計並且執行？聽說那時甚至有人製造流言，聲稱「台灣有兩大害，一個是劉大中，一個是吳大猷」，其用心昭然若揭，自然不必理會；但是先生不計毀譽，奮力推行稅制改革，對於他的健康，卻是非常有害。蔣碩傑師曾在一篇追憶的文章中說，在那兩年中，他「不免又拿出奮不顧身拼命蠻幹的精神來。他那長期的腹瀉毛病可能在那時就惡化而被耽誤了。」④

後來大中先生出任康乃爾大學經濟系的系主任。其時該系濟濟多士，我國經濟學者在那裡任教的，除劉先生外，還有蔣碩傑師、費景漢先生、陳迺潤兄和萬又煊兄，可謂盛極一時。聽說先生對中國同仁們的要求，遠高於美國同事；但是即令如此，仍難避免有人要說閒話。有一次羅哲斯德大學的唐・戈登（Donald Gordon）教授到西雅圖來，因為羅、康兩校相距不遠，與華大的同事們談起康大經濟系的情形，竟然說道：「他們現在每次開系務會議，首先就要表決今天開會採用『滿大人』（國語）還是廣東話。」這雖然只是一句笑話，但也多少反映美國經濟學界一部分人的偏見。實際上聽說系中情形相當複雜，系務推動非常棘手。劉先生曾在一封來信中說：「現各校之經濟系均鬧派系意見，真令人悲觀也。敝系尤其分裂，十分痛心。……弟近來雜事蝟集，故時間不夠分配，自己讀書時間全被剝削……」（一九七三年一月二十二日）。那幾年辛勞的行政工作，對於先生帶病之身，恐怕損耗更甚。然而他的性格要強，仍然很堅毅地撐持下去。

繁劇的工作和潛滋的痼疾並沒有減少大中先生報國的熱忱，在他辭世前的最後六、七個月裡，他還抱病力疾促成和推動了兩件為國家掙面子的大事。一是按照聯合國統計表報的規格逐期發行的英文台灣統計月報和年報⑤，一是由七位第一流的歐美經濟學家（包括今年七月八日逝世的諾貝爾獎金得主顧志耐〔Simon Kuznets〕）分別執筆合編而成的一本權威著作，把台灣戰後經濟發展的成就，詳盡公正地公之於世⑥。前者（自一九七五年七月開始發行）彌補了聯合國出版品在中共入會以後封鎖我國經濟資料所造成的空檔，後者（先生去世後四年在美國出版）使當時非常左傾的美國學術界，不得不接受台灣經濟發展成功這一事實。這兩件大事的實現，都應該歸功於大中先生。鞠躬盡瘁，死而後已，先生在我國經濟學界，堪稱無雙的國士。

四

經濟學有一個通用的別號，叫做「陰鬱沉悶之學」（the dismal science），大中先生稱它為「庸俗的實用之學」⑦。不過劉先生雖然是第一流的經濟學家，他卻既不庸俗，也絕對不是一個陰鬱沉悶之人。先生逝世十年，我記憶之中最鮮明親切的，不是他在這一門「庸俗的實用之學」上面的高深成就，而是他那瀟灑開朗、神采奕奕的形象，和熱誠真摯、至情至性的性格。我國傳統，對於一個讀書人的判斷，人的品質總是比學問更為重要的。

有一次我到波士頓開會，先生邀我會後到綺色佳他們府上小住兩天。那天下午他陪我在康大校園一面閒步，一面談論一些經濟本行的事情，他忽然停在一座建築物的旁邊，好像一時陷入沉思。過了一會，非常安詳地說：「從前我在這裡唸書的時候，還沒有蓋這座樓，這裡只是一片草地；我和亞昭（就是後來的劉夫人）晚飯後常到這裡散步，躺在草地上看太陽下山。」他停頓了一下，又娓娓動聽地告訴我，他初次到康大入學，是乘火車到綺色佳這個小城。康大中國同學會推了幾位代表到車站去迎接，其中一位就是戢亞昭。兩人見面，戢小姐就問：「你就是在匯文中學唱戲的那個劉大中吧？」他們共同愛好國劇，一見如故，終於結為連理。大中先生述說這些往事的時候，臉上充滿了滿足，神情幾乎像是一個初戀中的少年，而那時亞昭夫人正在他們瀕臨珂佑珈湖邊溫暖的家裡，為我們準備晚飯。

先生為人特立獨行，往往不為世俗的教條和標準所拘束。在娛樂方面，也是如此。他在工作之餘，如有機會，輒喜到戲院去看美國的大腿戲（burlesque），並且一定要偕亞昭夫人或拉一二知交同往。我相信對於大中先生，這只是一種逃避，一種使他暫時忘去繁劇工作的消遣。因為這種表演，既無情節，也無教條，所以也沒有看了哀豔感人或者社會批評之類的電影和戲劇以後的悲、歡、沉重之感，影響自己的情緒。有一次我到舊金山參加一個學術研討會，大中先生也去了。會後金山大霧不散，飛機不能起飛，先生遂邀約幾個同業的晚輩，一同去看大腿戲。輾轉問路，找到戲院以後，大家忽然不好意思，趑趄不前。同去的Peter Schran（當時是耶魯大學經濟系助理教授）靈機一動，向劉先生鞠躬作手勢說：「請正教授領先。」（"Full Professor first, Please"）於是大中先生欣然前行，率領着我們一小隊人馬，順序走進戲院，把那討論了兩天的陰鬱沉悶之學，暫時置諸腦後。

另一件足以表現先生特立獨行的事，就是他底從容赴死。聽說先生去世前的最後幾個月，癌症在腹內擴散，已入膏肓，又為化學藥療所苦，委頓不堪，受盡折磨。先生性格好強，不甘忍受二豎的擺佈，決定自行了斷，仰藥自盡，並且顯然同意了亞昭夫人陪他同去，那時先生不過六十一歲。人生原本不過是一個舞台，但是演出這樣倔強的悲劇，需要多麼大的勇氣，以及多麼深厚的愛情啊。

說起舞台，不能不談到劉先生對於國劇的愛好。他底國劇造詣很深，據說始自幼年在北平的耳薰目染，而且下過苦功學習。武工方面從刀槍把子入手，工夫很是到家，唱工則以小生和武生最為擅長。多年以前，美國社會科學研究會在加州奧克蘭的克勒蒙旅館召開中國經濟研討會，會後大家在舊金山聚餐。席間，麻省理工學院的竇瑪教授（Evsey D. Domar）問大中先生：「經濟學和中國國劇，哪一個比較艱難？」劉先生毫不遲疑地說：「當然是中國國劇比較艱難，經濟學算得了什麼！」

回憶大中先生逝世前一年登台飾演周瑜，和他在「遙想公瑾當年」文中對周瑜所作的種種評述，比如他說公瑾是「一位文武兼資、孤忠奮鬥、倜儻不凡的周郎」，又說「周瑜雖是資兼文武，但他既不是一個書呆子，也非一介武夫」，並且引用東吳大將程普的話說：「『與公瑾交，若飲醇醪，不覺自醉』，周瑜的風度，是這樣的可愛。」今日思之，竟如夫子自況。先生那篇文章的結語是：「切不可把周瑜演成渾身發抖，瞪眼吹氣的石秀，那就太對不住一代英傑的周公瑾了。」我承先生不棄，視若子弟，甚至如同忘年之交者，前後二十餘年，回想起來，真是如坐春風，如飲醇醪。追念先生當年風範，不妨套用前引之句作結：如果只把先生當作一個經濟學大師的偶像，而忽略了他在作人方面所留下來的榜樣，那也就太對不住一代英傑的劉大中了。

寫於大中先生十週年忌日，西雅圖。

——原載「傳記文學」一九八五年九月號，及聯合報「聯合副刊」一九八五年九月八日。

【註】

①中央日報副刊，一九七四年七月廿六、廿七兩日。

②「新路」，第一卷第十一期，一九四八年七月廿四日出版，第十三頁。

③胡頌平，「胡適之先生晚年談話錄」（民國五十五年一月七日記事），台北、聯經出版公司，一九八四年初版，第一〇八頁。

④見蔣碩傑，「海天仙侶——追憶劉大中伉儷」，中央日報副刊，一九七六年八月二、三兩日。

⑤Statistical Yearbook of the Republic of China, 和Monthly Bulletin of Statistics, The Republic of China,均由主計處編纂出版。

⑥Walter Galenson（ed.）, ***Economic Growth and Structural Change in Taiwan: The Postwar Experience of the Republic of China***, Ithaca: Cornell University Press, 1979.

⑦同註一。

追念蔣碩傑老師

一

古人有云：「經師易遇，人師難遭。」近世以來，經師已不易遇，遑論人師。蔣碩傑先生集二者於一身，博學慎思，持正不阿。對學生如春風化雨，為國家則鞠躬盡瘁。在今日我國的經濟學界，堪稱並世無雙。而今大師已去，能不慟傷。

我忝託蔣師門牆，是在抗戰勝利以後，一九四六年隨西南聯大復員北上，依照志願分發，進入北京大學。那年北大經濟系新聘了兩位年輕教授，就是蔣先生和陳振漢師。蔣師於一九四五年在倫敦政經學院修畢博士學位。他的博士論文：「真實工資及利潤之變動與商業循環之關係」（The Variations of Real Wages and Profit Margins in Relation to the Trade Cycle），一九四七年在倫敦出版（London: Sir Isaac Pitman & Sons, 1947）先生並以此榮獲母校頒贈赫契遜經濟獎牌（Hutchinson Medal），由胡適之校長在北大蔡孑民紀念堂，代表倫敦大學交給蔣碩傑老師當時的女友馬熙靜小姐（就是現在的蔣師母）。那是當年北大的一件盛事。

學校復員那年，我是經濟系四年級的學生。一九四七年畢業後，就留在系裡作研究生兼任研究助理。後一工作是在陳振漢教授指導之下，閱讀並分類剪貼「大清實錄」中有關經濟的資料。用的是戰時滿州國印刷的版本，價錢便宜，買來剪貼，比抄錄更為划算。作為研究生，我同時選修蔣、陳兩位老師的課程。陳先生的課，是「中國近代經濟史」和「歐洲經濟史專題研究」。蔣先生為研究生所開的課程是「價值與分配」和「就業理論」。

蔣先生的兩門功課，同學們都覺得很難。原因一則是他指定的英文書目，分量很重；而我們閱讀英文書刊，速度又太慢，常常還要去查字典。二則是蔣先生講課，要言不繁，許多我們認為困難的觀念和推理，他似乎假定我們已學過，稍加指點就過去了。我在聯大和北大，在經濟理論方面，已經選讀過陳岱孫（「經濟概論」）、周炳琳（「高級理論」）、周作仁（「貨幣理論」）諸位老師的課，成績也還不差（我畢業時，四年總平均分數，是全班第三名），但是上蔣先生的課時，卻仍覺得根柢不夠，非常吃力。

蔣先生的考試，試題全用英文。他在分數方面，並不與學生為難。但是他不但要知道學生們是否讀懂了指定的讀物，還要知道學生們會不會思考問題，例如一九四八年一月的大考，就有這樣兩道題目：（一）你對馬歇爾「貨幣的固定邊際效用」這個假設，如何了解？正當使用這個假設的條件是什麼？（二）「經濟學家的日子已經過去了，工程師的時代業已開始。」試論此說，並請解釋依你看來，經濟理論中的哪些部分，在一個理性化的計劃經濟中，仍然有用？（原題為英文，這是我的翻譯。）兩題之中，前者是測驗書本知識，後者是要看學生的思考能力。一堂考試，共有八題，分為四組。學生在每組之中選答一題，所以時間也很緊迫。

我常在課外去找蔣先生請教。他在紅樓四樓的那間房間，東西擺得相當凌亂，他總是很有耐心地為我講解疑難，但也常常說：「作我的學生，一定要靠自己去多讀書才行。」就是這樣，我漸漸把Marshall, Wicksell, Boulding, Stigler, Hicks, Lerner, Kaldor, Triffin, Kalecki, Scitovsky, Chamberlin, Mrs. Robinson, 以及Keynes等人的東西，生吞強嚥，或多或少地吸收了一些。後來到密西根讀書，重又碰到這些名字，就不覺得陌生了。在密大時，這個並不太長的名單上面，並且還增加了一位S. C. Tsiang。蔣先生的經濟論文，也已經列入密大研究生討論班的指導書目裡面了。參加討論蔣師的文章時，使我不僅感到親切，並且深深地體會到，蔣師在北大所給我們的訓練，實在非常寶貴。

二

一九四八年底，北方時局緊張，蔣先生離開北大。但是他對我這個學生的教誨提攜，卻並沒有中止。實際上後來我在美國讀書和工作，每到一個轉捩點，都向蔣師請示。他對我的明智指導，常常是我作重要決定時候的南針。

一九五一年我離開北京的前夕，北大經濟系的老系主任（指中共時期以前）趙迺摶師曾經輾轉託人帶信給在華盛頓的蔣先生，請他設法幫助我在海外繼續讀書。蔣師在我幾經困難、經香港到台灣以後，就函詢胡適之校長（時在紐約）能不能由中英基金會資助我出國就學。胡校長的回信說，因為戰時通貨膨脹，幣值跌落，中英基金會每年的實際收入有限，都已捐贈台灣大學。馬逢華最好能到台大經濟系去作助教，然後爭取出國進修的機會。我為此事曾去拜訪該校當時的經濟系主任全漢昇先生，不過一時並無進展。

次年我參加教育部和美國共同安全總署合辦的留學考試，僥倖錄取（經濟學科只錄取了一名外省籍的學生）。我就寫信向蔣師報告，並且請他指點，留美一年的有限時間之內，應該著重的讀書方向，蔣師回信裡說：

「……承詢將來研究之重心，……近來一般經濟學者之注意，已由『就業』、『商業循環』等問題，轉移至『經濟開展』（Economic Development），此實代表整個風氣之轉移。……所應注意者據鄙見厥為下列二者：一、……如何籌措資金以finance經濟開發避免通貨膨脹之惡果，及決定每年可能投資之數量。此問題與國民所得之研究極有密切關係。……二、Optimum

Allocation of Resources之問題。但技術社會方面問題自亦應稍稍注意，不可完全忽略也。此弟個人意見，錄此以供參考。」（一九五二年十二月十二日，華盛頓）

於是一九五三年初，我以「交換學生」的身分，進入賓夕法尼亞大學的「瓦堂學院」（Wharton School），去選修顧志耐（Simon Kuznets）和Sydney Weintraub等教授的課。顧志耐是美國研究國民所得的先驅人物，有機會選修他開的課，十分難得。只以初次出國，一切生疏，而且一年的時間太短，期滿返台，所獲不多。但因先有蔣先生的指點，也沒有浪費太多的時間。

一九五四年，蔣師與劉大中先生應政府之邀，由國際貨幣基金請假回台，擔任經濟顧問。那時我也才回台不久，正與趙岡兄合作，為美援會翻譯一部厚達四百頁左右的調查報告「台灣之城市與工業」（Arthur F. Raper等人合撰）。蔣、劉兩位到了台北以後，召我去作助手，使我又有與兩位師長每日相處、親炙教誨的機會，實在難得。他們兩位那次在台，向政府提出單一匯率和利率自由化等等建議。每一份備忘錄，都是由我經手。有時我也參加草擬過程中的討論，使我獲益很多。

那次與蔣師相聚，直到一九五五年一月，我二次赴美，到密西根大學研究院讀書，才告一段落。

四年半以後，一九五九年五月，我在密大讀完博士學位，碩傑老師就又為我的就業問題操心。那年六月初他來信說：

「……最近台灣新成立一開發公司，由霍亞民先生任總經理，亞民先生向在華府，故屬知交。承彼詢及可以擔任該公司經研處長之人選，弟曾推薦邢慕寰、楊樹人兩人，但聞彼等不願full time（**全時**）擔任此事，吾兄倘有志回國為經建努力，弟願向霍公推薦也。如何之處，盼示知。」（**一九五九年六月二日，華盛頓**）

當時我在美國的工作，已經恰妥三處。開發公司之事，不克進行。所以立即向先生報告，並就取捨問題，向他請示。蔣師在回信中，強調「除待遇以外，尤應考慮繼續研究進修和切磋請益之可能」。根據這些考慮，他在一九五九年六月主張我去加大作研究員。後來（一九六一年四月）又以同樣的考慮，贊成我接受華盛頓大學教書的聘約。大概直到一九六四年我在華大晉升為終身職後，蔣師對我的工作問題，才算放下心來。

三

蔣先生為台灣學術界留下來的重要建樹，是他一手創辦的中華經濟研究院。而我對先生最感歉疚的一件事，就是當年未能遵老師之命，去為這個研究機構之創立，略盡棉薄之力。以下節錄三封蔣先生為這件事寫給我的信件，每信之後，稍作補註，以誌鴻爪。

第一封信：

「……弟頃因事在台，此間有關當局亟欲設立一海外經濟研究所（**此事醞釀頗久，兄或已於報端見之**），將以財團法人形式成立，傳薪金待遇可不受公務員薪額之限制。負責當局經建會主委俞國華先生計劃以研究中共經濟情況為第一步工作，然後旁及世界各國經濟。因弟適在台，即詢弟有何人可以指導中共經濟之研究，並在台訓練一批基本研究人員，使彼等均能熟悉中共經濟資料來源及國外已作之研究分析及分析方法。弟因非此方面之研究工作者，故推介吾兄。俞先生亦素仰大名，亟願延挽，故囑弟函詢吾兄明年暑假能否請假一年或兩年來台工作，指導中共經濟之研究。待遇既不受限制，自可從優，……吾兄可自作合理之要求，弟當為轉達。甚盼吾兄能惠允來台一二年，並祈迅予覆示為禱。弟八月十一日離台返美。……」（**一九七九年七月三十一日，台北**）

當時我因另有研究計劃，已經安排一九七九年秋冬兩季休假，依例，次年不能再要假期。即於八月十二日據實向蔣師報告，並在信中建議說：「生目前既不能應命，不知吾師可否考慮推介趙岡兄或葉孔嘉兄？他們兩位均較生更有能力也。」

第二封信：

「弟自台北歸來後即奉十二日手教，獲悉種切。聞兄今年秋冬兩季已經決定休假，不知在此期間，兄有無可能來台助海外經濟研究所將中共研究部門設立起來，並且招募合格青年經濟學者作基本之訓練。如有此可能，弟當即向俞國華先生推薦先聘兄作較短期之顧問，俟日後再作較長期之聘用。盼速來信示知為禱。」（**同年八月二十日，綺色佳**）

蔣師此信於八月二十四日收到後，我當天回信，說本學年內研究計劃已定，如果秋冬兩季去台灣，恐對系方無法交代。這是「買醬油的錢不能打醋」的想法。今日思之，覺得應可通融，當時實在太辜負了蔣師的期望。

第三封信：

「……弟已去函俞國華先生，建議彼於最近來美時邀兄一談，或於明夏邀兄及趙岡、孔嘉、繼明、竹園諸兄同去台灣、商討建立大陸經濟研究之問題，並決定以後如何輪流留台一年領導研究工作，盼兄熟為計議為禱。」（**一九七九年九月十日，綺色佳**）

當時趙岡兄正在大陸，是美國與大陸第一批交換學者之一。我在那年九月二十一日回蔣先生信裡說：「趙岡兄已自大陸提前返美，並謂已經接到吾師去信，……生即將寫信去勸趙岡應命返台推動大陸經濟研究。」我在信中並且表示贊成一九八〇年夏天，大家在台北聚會商討有關事宜。當時我覺得，如果趙岡兄能去台北作替身，我就可以安心了。

以上所記錄的，不是「中華經濟研究院」的「史前史」，而是蔣師與我長久師生關係中的一段切片。我所想要表達、而又沒有能力表達的，是對這今生今世再也無從報答的知遇之恩的感念。

四

蔣先生神態靜定，語不輕發，初見之人，往往覺得難以接近。實際上他宅心仁厚，對人和藹親切，無須多言，便可感覺得到。我初次來美，每到一處，蔣師如有熟人，總要介紹我去會見，並請他們對我幫忙。因為蔣師對我這樣的好，而我又與師母同姓，頗有幾位先生的朋友，私下問我是不是蔣先生的親戚（當年在聯合國工作的經濟學者王念祖先生，就曾這樣問過）。先生對我的照拂，並不只限於讀書和工作方面，而確實是把我當作自家子弟一般對待。

在我單身的時代，蔣師和師母對於我的終身大事，也很關心。我近日整理蔣師舊信，讀到下面這一段話：

「……日昨遇余教授伉儷，彼等詢吾兄何不給黃小姐寫一信，是否認為不合標準？據稱彼等事後曾探詢黃小姐對吾兄印象如何，黃小姐並未表示任何不滿云云。又彼等認為兄既由兩家朋友正式介紹，似不應一去不理云云。並以奉告以供參考，餘不一一。」（**一九六一年二月一日，羅契斯特**）

事緣一九六〇年冬，我去東岸開會，順道在羅契斯特（Rochester）小停，去看望蔣師夫婦，並向他們請安。大概老師認為我學業既已完成，並且開始工作，也應該注意婚姻問題了。所以安排在蔣先生家吃飯的時候，為我介紹一位黃小姐。老師事先曾告訴我，黃小姐是學鋼琴的。現在忽然想到，蔣師母是鋼琴家，她會不會是師母的學生？那天晚飯以前，客人還未到時，蔣師非常鄭重其事地催促我：「快進去洗洗臉，用我的剃刀，去把鬍子刮一刮！」那時我離開大陸已近十年，在美國孑然一身，無親無故，得有如此關心我的老師和師母，怎能不感到溫暖和感激？

至於「一去不理」倒並不是合不合標準的問題。那時我的苦衷，一是我剛開始作事才一年多，一切未能安定。而且阮囊羞澀，自顧不暇，連一部交通必需的車子也買不起，所以一時無心成家。再者初在美國教書，每天準備功課非常吃力，又加上發表研究論文的壓力很大（所謂的publish or perish），根本也就沒有時間去交女朋友了。

在我短暫的印象裡，那位黃小姐是一位非常恬靜大方的女孩。但是我既然沒有交往的條件，一旦通信，豈不更難推託？我在社交方面一向非常笨拙，現在已經記不得後來是怎樣向蔣老師和師母交代的了。但是老師這一番「天下父母心」的好意，我是絕對不會忘記的。

近年以來，我自己的健康不如從前，對蔣師遂少音問。但是每有機會到台北去，總要去拜望老師和師母。一九八八年夏天我們夫婦到台北，承蔣先生和師母在中華經濟研究院邀了一些朋友，同吃晚飯。飯後我特別請朋友替我們與蔣師夫婦拍了一張合照，誰知一別竟成永訣。

有一次胡適校長在紐約突因胃潰瘍入院動手術，還未出院的時候，蔣師就在信中叮囑我：「兄盍去函慰問」（一九五七年三月十二日，華府）。這是教導我在禮節上面不能有所缺失。

而先生此次臥病，我不知道，竟然未曾寫信慰問。先生之逝，路途遙遠，我又不能親往弔唁。寫此文時，真正感到言有窮而師恩無盡。幾次擱筆沉思，往事歷歷如在目前。彩雲易散，不禁涕下。

一九九四年一月三十一日，西雅圖。

——原載「傳記文學」一九九四年三月號。

永懷李方桂先生

一

舉世推崇的語言學家、誨人不倦的當代師表、溫煦可親的藹然長者——李方桂先生，於一九八七年八月二十一日以中風不治，在加州紅木城溘然長逝。噩耗於次日上午在一對好友底小女兒婚禮上傳來，婚禮在先生默默工作了二十年的華大校園露天舉行。細碎的陽光從樹葉隙縫中流洩下來，灑在草地上面，景色幾乎與今年三月我們陪同先生走在西雅圖水閘公園林蔭道上的陽春天氣一樣。這樣悲傷的消息在如此美麗的場合悄悄地傳佈於朋友之間，一如交錯穿插灑了一身的光亮和陰影，交織成一種幾乎是超現實的遙遠境界，益見造物不仁，作弄眾生。當時我心中但覺空虛恍惚，茫然如在夢中。

先生之逝，對我震撼至深。我初識先生，是在一九六〇年七月。那時我初出茅廬，以「資淺代表」的身分，從加州柏克萊到西雅圖出席由華盛頓大學主辦的中美學術合作會議。李先生夫婦以地主之誼，招待與會的中國代表們晚餐，遂有機會拜見討擾。次年六月起，我到華大任教，成了先生的晚輩同事。我與先生的三位男女公子又都成為好友，所以對先生及夫人，很自然地尊稱為仁伯和伯母。兩位長者一向也都對我親如家人子弟，這種關係，不知不覺已超過了四分之一個世紀。

八月二十二日初聞噩耗，我竟然不敢立刻打電話去安慰徐櫻伯母，因為想到伯母需要一段清靜的時間，獨自哀悼，不受干擾；而且自己心中過份悲哀，也不知從何說起，所以只寄片箋，垂淚寫了幾句。過了些天，至友勞延煊、張念英伉儷從俄州電告，他們已和李伯母通了電話，知道伯母頗能節哀，非常鎮定。延煊說：「你們現在可以打電話去了」，這才鼓起勇氣，與伯母在電話中詳談先生去世前後的種種情形，並且請她千萬保重。現在先生遠去，已逾匝月，而我底心情，仍然恍惚悵惘，難以接受一個沒有李伯伯的世界。過去二十六年中，親炙先生的種種細節，時時浮現眼前。

二

今春三月二十一日，李伯伯和伯母從加州來。我家前院一大棵中國玉蘭正在怒放，粉彫玉琢似的開了滿樹，在陽光之下照人眼明，兩位前輩連連稱讚。大家在玉蘭花前照了幾張照片，然後高高興興地一同到水閘公園附近午餐，飯後遊園。同去的還有安德妹、和先生夫婦最鍾愛的小外孫白大成。那天中午吃飯，是在一家海鮮速食小店。每人分別要了些蛤蠣洋芋羹、炸魚、炸蝦之類的道地西城食品，吃得津津有味。我陪坐在先生右側，邊吃邊談，先生談得高興，不知不覺把我所叫的一小筐炸蔥圈吃去了一大半。自從五年前先生經過心臟換管手術之後，我們每次見面，都覺得他龍鍾之態漸增，總是暗中祝禱，希望他能繼續硬朗下去。那天午餐，看到先生如此健談，感到無限欣慰。萬萬料不到那竟是我陪他所吃的最後一餐。

那天午飯以後，一同到水閘公園漫步，並且在湖海交接的水閘岸邊閒看風帆緩緩駛過。陽光和煦，空氣清新，陪著李伯伯和伯母慢慢談些家常，真是一個寧靜愉快的下午。但是卻有兩件小事，當時使我隱隱感到有些不太尋常。一是那餐午飯，我和丁健照理應盡地主之誼，反而成了客人。李伯母事先就一再叮嚀：「每次回到西雅圖來，都是你們請吃飯，這次李伯伯一定要作東，回請你們一次。」一是在公園林蔭道上散步之時，伯母和我走在後面，她忽然輕輕地說：「逢華，碰到這麼好的天氣，我心裡總是有點兒害怕。」我問：「為什麼？」伯母說：「不知道還能再有幾次了。」我心中一驚，趕快說：「伯母，妳可不能這樣想！這樣的日子，還多著呢。」現在想來，竟然都可解為讖語。今後伯母再來西城，無論如何，李伯伯是不會陪在她底身邊了，一次也不會再有了。

三

李先生的學術事業，自然不是我這個語言學的門外漢所能置詞。兩年前（一九八五年八月二十六日）泰國朱拉大學，（Chulalongkorn University）在曼谷贈送先生一座榮譽獎牌，並在典禮席上，印發一份正式的褒詞。那篇褒詞，應可代表國際語言學界對他的一部份定論。全文不長，試譯如下：

「著名學者李方桂教授在比較語言學及歷史語言學方面之貢獻，久為世所共仰。先生學術研究之範圍雖然包括美洲印第安語、漢語、以及泰語，但是無可諱言，在其前後五十年的學術事業中，先生之心血，主要是致力於比較泰語一科。先生之卓越成就，對於此一學科之建立與發展，極關重要。文學院謹承朱拉大學之命，對於先生之學術造詣，敬致褒揚。

「李教授早年在中國入學受教。他在語言學方面的訓練，則於美國修習。完成博士學位以後，李教授潛心致力於歷史及比較泰語之研究。先生之著名論文如：“The Hypothesis of a Pre-glottalized Series of Consonants in Primitive Tai”, “Notes on the Mak Language”, “Initial and Tonal Development in the Tai Dialects”（「原始泰語中的一套字首前聲門化輔音」，「莫語雜記」，「泰語方言中聲母和聲調的演變」），以及極為重要之鉅著“***A Handbook of Comparative Tai***”

一書，不僅奠定吾人對於原始泰語及泰系語言知識之基礎，並且演證泰語與其他有關語系之關係。凡此種種，均為發其他學者之所未發。

「李教授好學不倦，樹立了吾儕追求知識之典範。先生精通標準泰語，已可以之應用於他對比較泰語之研究工作。李教授並以寫作精確認真，一絲不苟，見稱於學術界。其短篇論文，則反映先生有組織的思考與工作方式，和他題綱扼要，擒賊擒王的功力。

「李教授治學一本大公，毫無偏見。先生雖然對於歷史及比較泰語極為精通，但是對於觀點不同之其他學者，一向均甚尊重。先生從不排斥異見，甚至不作反辯，往往承認同一證據可能推演出不同之意見。至於李教授之樂於與同儕分享他淵博的學識，以及在研究工作上之樂於助人，則更為同業所稱道。先生每次蒞泰，輒作學術演講，並且樂於會見語言學界同人，即為一例。

「茲為表揚李方桂教授對於學術之潛心致力，及其在比較泰語方面之卓越貢獻，朱拉大學謹此致贈榮譽獎牌，並且深以為傲。」—（三篇論文的中文名稱，係由羅杰瑞〔Jerry Norman〕教授惠為代譯。）

這篇褒詞，沒有談到先生在漢藏語言和美洲印第安語言等等方面的重要成就，所以並不周全。但是在我看來，僅只這一部分的成績，恐怕就已經很夠不朽的了。我並且相信泰語研究確是李先生一生學術工作中興趣最大，和最為嘔心瀝血的科目。一九七七年先生七十五歲，那年七月八日他從夏威夷來信，曾說：「今年University of Hawaii Press（夏大出版部）也出版了我的"***A Handbook of Comparative Tai***"（比較泰語手冊），也算把我的泰語研究結束一下，前此泰國朱拉大學也出版了一本"***Tai Linguistics in Honor of professor Fang Kuei Li***"（泰語研究：致敬李方桂教授論文集），我的泰語研究總算也受到了泰國的注意，知注均此奉聞……。」（括號中的譯文，為本文作者所加。）言下頗有長途跋涉達到目的地以後，如釋重負的語氣。一九八五年九月十六日，我又收到先生發自加州的一封信，談到他的泰語研究，值得一錄：

「逢華我兄：

前在台北寄上一函諒已收到。現在我想寄你一本小冊子，是朱拉大學贈我獎章時印行分發的，有我的小傳及出版品目。我研究泰語近五十年，台北沒有一個中國學生肯學，倒是收了不少的泰國學生，現在也都是大學教授了，有人作了文學院副院長、東方語文系主任、語言學（系）主任等等。在美國有少數同行，此外只能默默工作。五十年來辛苦不尋常！我們知交，故敢以此小冊奉上，敬乞惠存為感。

朱拉大學是泰國最著名的一個大學，如台北之台大。忽然想起贈我獎章一座，大約是因為我的學生們都在朱拉大學教書的原故。

近年來，大陸民族研究所作了些泰語研究，比我當年的創始工作要好多了。研究人員也十倍於我當年。我也深以為慰！希望他們在語言學根底理論上注意，以便進一步研究泰語的比較及歷史的研究！

胡扯一大篇，不要笑我！

即頌儷安！

弟方桂敬啟」

（原信未寫日期）

當時我讀此信，頗能體會到先生晚年的寂寞之感。這自然並不是說沒有親友故舊環繞身邊，笑語盈盈，而是指古今大學問家、大創作家，所獨有的那種「前不見古人，後不見來者」的無邊的寂寞。今日再讀那一封信，則又平添了一層「人琴俱亡」的淒涼感覺。先生在信中一則曰：「我研究泰語近五十年，台北沒有一個中國學生肯學」，再則曰：「在美國有少數同行，此外只能默默工作。五十年來辛苦不尋常！」這兩句話，看起來是輕描淡寫，但是先生一向不喜多言，他肯寫下這麼幾句，分量實在就已很重，並且實在是語重心長！

先生擔任中央研究院的研究員和院士，前後五十八年，大家「大師」長、「大師」短地叫來叫去，而他潛心致力近五十年、作了權威性貢獻的泰語研究，在台灣卻是無人肯學，沒有傳人。現在先生去矣，從高喊學術生根的台灣角度來看，豈非人琴俱亡？所幸學術沒有國界，也沒有政治界限；泰語研究看來會在曼谷和北京繼續發展下去。先生的中國門人，多在漢藏語言和古代音韻方面。我把朱拉大學的褒詞和先生一九八五年九月給我的信，抄錄下來，因為它們都是有關於先生半個世紀的泰語研究，應該多少有些參考價值的。

四

作學問只是李先生的一個方面，他在作人方面的風範，實在更值得使人懷念。自從拜識先生以來二十六年間，我從未見過他疾言厲色，他總是和顏悅色，氣度從容；我也從未聽到過他當面或背後批評別人，他總是苛於責己，厚以待人。比如華大的中國語文部門，一度有人弄權，處事不公，屢次有人向李先生告發和抱怨，先生總是很誠懇地說：「都是我的錯，是我對她授權太多了，以後我會注意。」不過如果要把李先生的作人風範，像總結他的學術成就那樣，用文字筆之於書，則決不是我這一枝無用的筆所能辦到。因為作人之道，範圍太廣，既不能過分抽象地一言以蔽之，也無法像流水帳一樣無限制地列舉下去。由此也可以想像，作人恐怕比作學問更不容易。也正因此，先生大去以後，我更感覺到自己多麼幸運，能在他從華大退休之前，有九年的時間，日常追隨左右；他們遷居夏州和加州以後，每年總也趁著假期，回到西雅圖一兩次，所以仍然可以常常見面，使我能有機會從一位前輩君子底言行笑貌中，漸漸體會出一些書本上沒有的知識和道理。

我在另外一篇文章裏（「徐櫻女士和她底『寸草悲』」，中國時報「人間」副刊，一九八〇年七月廿八、廿九兩日），曾經寫過：「認識徐櫻女士和李方桂先生的人都知道，他們賢伉儷是如何的多才多藝，慷慨好客，和如何的受到朋友和晚輩的尊敬和愛戴。他們居住在西雅圖的時候，東北區一零五街李宅，實際上就是一個非正式的中國文化中心。每逢週末假日，李家客廳裏常是賓客滿座，談笑風生。李先生溫文沉靜的學者風度，和他充滿智慧的談吐，以及徐櫻女士的熱情爽朗性格，和她親切而自然的招待，常使我們這些流落海外的晚輩書生，感到家庭的溫暖，和親長般的照拂。」我從兩位前輩所受的照拂，則又遠較一般朋友為多。先生在西城時，不但李家的宴會總是少不了我，即在平日並不請客的時候，伯母也常會打電話到我的辦公室：「還在那裏用功啊？等會兒過來吃晚飯吧。」每次去了，常常是伯母在廚房做飯，我和李伯伯就坐在附近的櫃檯旁邊，一面吃伯母自己做的五香花生米，一面閒談，偶然也幫一點小忙。飯後陪著兩位前輩聊天，往往談到李伯伯在壁爐前面的沙發上靠着睡着了，我才告辭。是在數不盡的這樣的充滿家庭氣氛的場合，我一點一滴地接受兩位長輩親切的指點教誨，和無形的薰陶，漸漸懂得了一些作人的道理，走上樸拙踏實的道路。

我和家兄幼時，家父曾經手書「馬援誡兄子書」中以下幾句訓勉我們：「龍伯高敦厚周慎，口無擇言，謙約節儉，廉公有威，吾愛之重之，願汝曹效之。杜季良豪俠好義，憂人之憂，樂人之樂，清濁無所失，吾愛之重之，不願汝曹效也。」這一則庭訓，很早就已經為我們兄弟指出了作人的方向。年事漸長以後，我總覺得「廉公有威」四字未免有些聲色俱厲，對於像我這樣從讀書到教書，從未離開過校園的人，並不一定是很適當的座右銘。方桂仁伯逝世以後，我忽然憬悟，如果把「廉公有威」改為「淡泊寧靜」，則「敦厚周慎，口無擇言，謙約節儉，淡泊寧靜」，這十六個字，豈不正是李伯伯作人最好的寫照？早年家父訓勉我們兄弟的作人方針，實在與李伯伯底作人風範，不謀而合。因此我進一步領悟到，二十六年以來，方桂仁伯實在就是我下意識中所追求效法的楷模。雖然有些不自量力，但是蒙他不棄，能有長期親炙的機會和緣分，這實在是我今生一大幸事。今者先生遽歸道山，使我痛失典範；但是作為一個作人的楷模，先生底形象必將永遠存在我底心中。

五

西諺有云，每一個成功的男人後面，必有一位偉大的女子。如果有人要挑毛病，此語自然也有毛病可挑；但是李夫人徐櫻女士，卻正是這樣一位了不起的人物。徐櫻伯母是民國初年威遠大將軍徐樹錚的長女，一九三二年（民國二十一年）與方桂先生結婚。她在崑曲和寫作等等方面，都有自己獨到的成就，但是她把相夫、教子、治家、理財，看得都比自己的其他事業和興趣更為重要。就我歷年追隨兩位長者所得到的印象，李伯母處事接物的最大原則，就是絕對不讓任何事情干擾先生的教學研究和平靜生活。她為先生安排了一個溫暖愉快的家庭，使他可以無憂無慮地專心工作。

六

李方桂先生，山西昔陽人，一九〇二年（清光緒二十八年壬寅）生於廣州。早歲就讀於北京師範大學附屬中學，後入清華學堂醫預科，一九二四年畢業赴美，入密西根大學及芝加哥大學改習語言學。課業精進，連中三元，分別於一九二六、二七、二八三年連續修畢學士（密大）、碩士和博士（芝大）三個學位。一九二九年先生返國受聘於當時新成立之中央研究院為研究員，埋頭研究漢語、西南少數民族語言、以及比較泰語，前後共十七年。一九四六年至一九七四的二十八年間，先生分別在哈佛、耶魯、華盛頓（西雅圖）及夏威夷四個大學任教，並繼續他的研究工作，其中有二十年（一九四九至一九六九）是在華盛頓大學。

先生雖以語言學家名世，但在業餘對於度曲、擫笛、以及中西繪畫，都有濃厚的興趣和高深的成就。外界知道先生擅長崑曲者，頗不乏人，但是對於他底繪畫，知者恐怕不算太多。二十年前，我曾在先生底書齋中，見到一本精裱的冊頁，全是先生的畫，和當年文士如胡適之、丁文江等人的題詠。數年前先生從夏威夷來，我預備了紙筆，求他作畫。時值仲秋，先生遂繪水墨蝦蟹和秋菊各一幅。談笑間揮毫立就，逸筆草草，正是我國文人畫的傳統作風。

方桂先生相貌忠厚，服飾樸素；對人親切誠懇，不擺架子。恭儉平易，恂恂如鄉鄙之人，但卻掩不住一身書卷之氣。曾有遠道訪客，向正在前院剪草的李先生問：「李方桂先生是不是住在這裡？」先生答道：「我就是的。」訪客竟然大吃一驚，不能相信。

先生父母兩系，都是官宦世家。先生底外祖父何乃瑩（號潤夫）曾經作過前清督察院左副都監察御史，和清朝的最後一任順天府尹（見李治華，「紅樓夢法語本的緣起和經過」，歐華學報第一期，一九八三年五月，第二十至二十一頁），而先生自己卻能潛心學術，終身不入仕途，打破了「學而優則仕」的長期傳統。盱衡當今我國的學術界，正是「樸拙之人愈少，巧進之士益多」（宋史「蘇軾傳」語）。像方桂先生這樣長期默默努力，與世無爭的前輩學者，如今又弱一個，這就不僅是先生少數親友底損失了。

一九八七年九月，西雅圖。

——原載「傳記文學」一九八八年二月號。現由作者校勘定稿。

追憶劉紹唐學兄

一九九七年七月初，我收到劉紹唐兄航空寄來一本「國立西南聯合大學校史」（北京大學出版社，一九九六），並附了用「傳記文學稿箋」寫的幾句短信：

逢華兄嫂：

久未函候，甚念。茲購西南聯大校史數部，特奉贈一部存念。其中有你我之名，難兄難弟，實屬難得，五十六年前之事也。寄書之便，匆頌儷安

弟紹唐拜上

八六．六．廿六

紹唐並在該書第五九八和六五六兩頁，分別夾貼紙條，提醒我的注意。那兩頁分別是「經濟學系一九四一年一年級學生名錄」和「西南聯大分發至北京大學經濟學系學生名錄」。兩頁都有劉宗向和馬逢華的名字並列其中。紹唐用「難兄難弟，實屬難得」來綜述我們二人的同窗

友誼，言簡意賅。到今年（二〇〇〇）二月紹唐去世，屈指算來已是五十九年、將近一個甲子的事了。

一九五二年初，我從香港到台北，遵照北大陳振漢老師之囑，去拜見陳師的姻親崔書琴教授。崔先生當時是國民黨設計考核委員會主任委員。想不到第一次在崔家吃飯，就碰上劉紹唐。原來紹唐兄當時追隨崔先生，也在設計考核委員會工作。原已失去聯絡的老同學，從此就又恢復常相過從。

現在我的書架上還有一本紹唐當年送我的書，紙頁已經發黃變脆。那是一本一九五二年七月修訂第三版的紹唐大著「紅色中國的叛徒」（臺北新中國出版社），書的扉頁上寫著：

「逢華去新大陸前夕，謹贈此書留念。 紹唐，七、廿五。」

這個第三版當時剛剛出書，題識上所寫的「去新大陸前夕」，還涉及一段往事，不妨一述。

那年，我在台北考取了教育部和美國共同安全總署合辦的公費留學考試，七月間大概正在「出國預備班」上課，學習日用英語和西洋禮俗。已經確定次年一月到美國費城賓夕法尼亞大學「瓦堂學院」（Wharton School）作為交換學生，進修一年。在送我那本「叛徒」的時候，紹唐告訴我，紐約Fordham大學有一位賈先生（Jack Chia）曾經徵得他的同意，把「叛徒」譯為英文，在美出版。但是對於原作者的報酬，卻沒有談到。紹唐託我在美期間，與賈君接洽，代他爭取。

我到美國之後，雖然為這件事作了幾次努力，卻並沒有得到什麼結果。不過在交涉過程之中，證實了Fordham大學根據此書的英譯稿和紹唐的學歷、經歷，已經同意提供紹唐一個全額獎學金，到該校研讀新聞學。可惜限於那時台灣的政治環境，紹唐不能出國留學。此事誠然令人惋惜，但是很可能因此，促成了紹唐在台灣打天下、創辦事業的決心。如果一九五〇年代紹唐來美讀書，很可能就沒有一九六二年「傳記文學」在台北創刊之事了。這也可以說是「失之東隅，收之桑榆」吧。

賈譯「叛徒」英文版，一九五三年由Little, Brown and Co.和Duell Sloan and Pearce兩家出版公司在波士頓和紐約聯合出版，並有另一家出版公司同時在加拿大出版。書名"OUT OF RED CHINA"（Jack Chia與Henry Walter合譯）。書前有前任中國駐美大使胡適之先生長達三頁半的序文。書夾克紙的背面，刊印了紹唐年輕儒雅的半身照片，和胡適序文的摘錄：

> 劉君是一位受過多年自由主義教育、自認為是一個自由主義者的青年。此書基本上是描述他在一個極權政治軍事體制下的個人體驗，和他在心智上對於這個體制的反感。
>
> 我認為本書最有趣味和最有價值的部分，是作者對於「學習」的方法，對於「人民報紙」和「人民記者」，對於老幹部在大城市裡的腐化，對於「天堂」中的鉤心鬥角，對於「人民宣傳」的粗糙、貧乏與空洞，以及參加「革命」的青年知識分子間廣泛的失望與覺

醒，等等方面所提供的無數的微小的細節。（**我的翻譯**）

實際上，我認為紹唐後來編「傳記文學」，最主要的貢獻仍然是對於近代人物和近代歷史所發掘與提供的大量不厭其詳的細節。

一九六一年，紹唐籌辦「傳記文學」的時候，我剛到華大來教書。他曾為了這個未來的刊物，多次來信商酌。一九六二年發刊以後，又函囑多作批評建議。我也曾經遵命提出過一些或小或大的淺見。小者例如版面的設計。「傳記文學」最初幾期，每篇文章的標題上端，都刊印一小塊裝飾的圖畫。或為一座房屋、一輛馬車，或是一條帆船、一枝小花。圖畫大小不一，都與文章無關。我就建議說，專業性的刊物，版面以樸素大方為主，這些標題上端的插圖，最好取消。又如每篇文章首頁的左下方，往往有一小方框，內為「作者簡介」。但是有些文章卻又不附「作者簡介」，我就函詢紹唐，是否可以考慮全部取消，或者每篇都有？紹唐從善如流，不久就把標題上端的插圖、和「作者簡介」都取消了。這樣樸素大方的版面，一直維持到今天。

比較大的建議，涉及選稿的尺度，紹唐也都非常重視。不過，「傳記文學」很快就走出了一條自己的道路，建立了自己的風格。我也很快就想到，紹唐的朋友很多，如果大家提出太多的意見，可能使他為難，於是在第一卷之後，就沒有再對刊物的編務作過建言了。

從前我為了開會或研究工作的需要，常去香港、台北。紹唐好客，又非常念舊。每次我自己或我們夫婦到了台北，他都要花費不少的時間，親切招待。這些招待，與一般的社交應酬完全不同。有一次我們到台北參加一個研討會，主辦人把時間排得很滿，甚至連晚飯的時間也都沒有自由。紹唐就在清晨，帶著一大盒永康街口高記剛剛出爐的蟹殼黃，趕到圓山飯店，在二樓的咖啡閣與我們一同吃早點。為此還要向餐廳經理求情，付了一點費用，才能在那裡叫他們的飲料，吃自備的蟹殼黃。高記的蟹殼黃，做得真好真酥，別的地方吃不到。到了晚上，紹唐就又帶我們找地方去消夜。印象最深刻的就是來來大飯店樓下的消夜自助餐，場面寬敞，食品豐盛，邊吃邊談，其樂無窮。

七十年代初期，紹唐自己開一部Suzuki，好像是一部超小型的旅行車或小貨車。我到台北，他總堅持要去接機。如果旅行與開會無關，我就託他事先代訂旅館，有一次他代訂了新開張的世紀大飯店，好像離植物園不太遠。所以那次在台期間，紹唐還抽出時間，陪我到植物園去看盛開的荷花，並到歷史博物館觀賞趙二呆畫的葫蘆，和劉國松登月系列的作品。

如果時間方便，紹唐也常把幾位在台北的聯大老同學邀齊，吃飯聊天。有時則不約別人，把我帶到永康街附近的康橋咖啡室、鼎泰豐，甚至中央飯店的旋轉餐廳，去消磨一段時間，兩人藉此深談一些事情，或者發發牢騷。

但是最溫馨的聚會，是我們兩家的餐敘。紹唐兄、愛生嫂、嘉明姪、嘉文姪女都來，加上我和丁健。地點有時是寧福樓，菜很考究；但常常都是去同慶樓，因為它離劉宅不遠，是近水樓台，又是北方口味。如去同慶樓，往往還跟紹唐先到附近的逸華齋去切一點醬肘或燻雞，帶到餐館，去吃我們大家都愛吃的燒餅夾醬肉和小米稀飯。紹唐喜歡吃薑，常常另要一小碟薑絲佐餐。每次大家都吃得盡興，談得熱鬧。

翻開紹唐舊信，在他一九七七年十月六日的來信中，有這樣一段：

> ……此次（**你們**）在台多次晤聚，我們全家都感到非常愉快，愛生很少參加應酬，這次也陪着你們吃了許多頓飯，還看了郭小莊的「王魁負桂英」。醫生本來建議她多出去活動活動，身體自然要好些，一方面為了家事社事不放心，另一方面她對郊遊應酬等也缺乏興趣。如果多有幾位像你們這樣的朋友，可能會改變她的想法和習慣。……

曾經有一個時期，愛生因為家裡上有久病的老人，下有兩個孩子，都需照顧，再加上襄助處理「傳記文學」的許多事務，她不但難得出門，並且把身體也累得相當薄弱。我們到台北時，往往拖她出來，請她引導，去裝裱字畫，或買東西，或吃小吃。還有一次我們帶了尺碼，由她帶我們去一家訂製窗簾的專門店看材料，問價錢。愛生還告訴我們，從前台北美國大使館的窗簾，就是由這家包辦的。

後來愛生身體略略好轉，活動漸漸增多。實際上逐漸替紹唐分擔了辦雜誌的一大部分辛勞。紹唐去世兩個多月以來，遠在海外的朋友們大概都可以感覺得到，愛生在那裡鎮定掌舵，在當地朋友們的協助之下，從容處理千頭萬緒的後事，並且繼續維持「傳記文學」如期出版。這實在使朋友們感到無限的安慰，誰說「傳記文學」沒有替人？

紹唐生前對於編印「傳記文學」，真可以稱得上是嘔心瀝血，付出了他全部的精力。在七十年代，他就曾說，「傳記文學像『拉磨』一樣，月而復始，……主要還是我一個人的『獨腳戲』。如果能夠拖到二十年（二百四十一個月），就是我最大的心願了。那時我已是花甲之年了！」（一九七七，十，六，信。）到了近年，更是常說「辦一期算一期」。所以我在「傳記文學」二十週年、二十五週年和三十週年時，都曾寫了小文向他道賀加油。雜誌創刊三十五週年（一九九七）之前，紹唐事先來信說，三十五年不必慶祝了，以後每十年紀念一次好了。壯哉斯言！所以我們都期望在「傳記文學」四十週年的時候，能夠熱熱鬧鬧地慶祝一下。

不過早在一九九六年八月八日，紹唐就曾在信裡說，「……由於年事的關係，傳記文學的擔子愈來愈沉重，不知能拖到哪一天？也不知怎樣把它結束？祇好編一期算一期。四十週年，五十週年，那是向讀者吹牛的話，也是為自己壯膽、自我振作的話。……」似乎他早有預感，辦不到四十週年。但是凡事退一步想，紹唐原本只希望能辦到二十年，就是他最大的心願了，而居然能夠有聲有色地辦到三十八年；如果加上籌備創刊的時間，以及他生前預先編審備用的幾期文稿，實際上足可算是「凡四十年」而無愧了。這正是「二十週年」的一倍，當初的心願，可以說是加倍完成了。

最近時常想到，紹唐去世轉瞬即將百日，許多往事湧上心頭，歷歷如在目前，使人欷噓不已。紹唐今生家庭美滿，事業成功；好朋友，好徒弟，交結得比別人多；好酒、好菜，享用得也不比別人少；依照社會一般看法，此去應無遺憾。但是我知道他還有一個心願未了：

愛生一九九一年元月二十三日來信曾說：「……歲月催人老，大家的精力都不復從前。『傳記文學』已是辦得精疲力盡，所以滿三十年時（逢華按：寫信時是第二十九年）有結束停辦的想法。……等我們不辦雜誌時，一定到美國住些時，看看風景和多年不見的老朋友們。……」一九九五年六月一日愛生信中又說：「紹唐常說等雜誌停辦後要到美國多住些時，和朋友們好好相聚一下。這也是計劃，何時實現，未可預料。……」

紹唐為辦「傳記文學」，鞠躬盡瘁，死而後已。終於未能為自己留下幾年優游林下的閒適日子，也未能完成他陪伴愛生到美國來遊覽訪友的長久心願。日後愛生嫂如果想來美國散散心，看看朋友，大家必都熱烈歡迎，但是紹唐終究不能陪她來了，這真是一件使人心情沉重的憾事。

再就我與紹唐的私誼來說，我近年因為健康關係，不能長途飛行，與紹唐、愛生賢伉儷，暌違已久。常常盼望他們二位能夠放下工作，早日來美玩玩，老朋友也可以多聚一些時日，談天說地，一同看看西城的湖光山色，嚐嚐本地的幾家好館子。而今紹唐一去，天人永隔，這個多年的盼望，也永遠無法實現了，傷哉！

二〇〇〇年四月二十八日，西雅圖。

——原載「傳記文學」二〇〇〇年五月號，現由作者校勘定稿。

BOD Books on Demand

語言文學類　PC0135

忽值山河改
——馬逢華回憶文集【校訂版】

作　　者／馬逢華
責任編輯／林泰宏
圖文排版／蔡瑋中
封面設計／蕭玉蘋
封面題字／張充和

發 行 人／宋政坤
法律顧問／毛國樑　律師
印製出版／秀威資訊科技股份有限公司
114台北市內湖區瑞光路76巷65號1樓
電話：+886-2-2796-3638　傳真：+886-2-2796-1377
http://www.showwe.com.tw
劃撥帳號／19563868　戶名：秀威資訊科技股份有限公司
讀者服務信箱：service@showwe.com.tw
展售門市／國家書店（松江門市）
104台北市中山區松江路209號1樓
電話：+886-2-2518-0207　傳真：+886-2-2518-0778
網路訂購／秀威網路書店：http://www.bodbooks.tw
國家網路書店：http://www.govbooks.com.tw
圖書經銷／紅螞蟻圖書有限公司
114台北市內湖區舊宗路二段121巷28、32號4樓
電話：+886-2-2795-3656　傳真：+886-2-2795-4100

2011年01月BOD一版
定價：350元

國家圖書館出版品預行編目

忽值山河改：馬逢華回憶文集【校訂版】/ 馬逢華著.
-- 一版. -- 臺北市：秀威資訊科技, 2011. 01
面； 公分. --（語言文學類；PC0135）
BOD版
ISBN 978-986-221-682-8（平裝）

855　　99023417

讀者回函卡

感謝您購買本書，為提升服務品質，請填妥以下資料，將讀者回函卡直接寄回或傳真本公司，收到您的寶貴意見後，我們會收藏記錄及檢討，謝謝！

如您需要了解本公司最新出版書目、購書優惠或企劃活動，歡迎您上網查詢或下載相關資料：http:// www.showwe.com.tw

您購買的書名：______________________________

出生日期：________年________月________日

學歷：□高中（含）以下　□大專　□研究所（含）以上

職業：□製造業　□金融業　□資訊業　□軍警　□傳播業　□自由業

□服務業　□公務員　□教職　□學生　□家管　□其它_____

購書地點：□網路書店　□實體書店　□書展　□郵購　□贈閱　□其他

您從何得知本書的消息？

□網路書店　□實體書店　□網路搜尋　□電子報　□書訊　□雜誌

□傳播媒體　□親友推薦　□網站推薦　□部落格　□其他__________

您對本書的評價：（請填代號　1.非常滿意　2.滿意　3.尚可　4.再改進）

封面設計____　版面編排____　內容____　文／譯筆____　價格____

讀完書後您覺得：

□很有收穫　□有收穫　□收穫不多　□沒收穫

對我們的建議：______________________________

____

____

____

請貼
郵票

11466
台北市內湖區瑞光路 76 巷 65 號 1 樓
秀威資訊科技股份有限公司 收
BOD 數位出版事業部

……………………………………………………………………………………

（請沿線對折寄回，謝謝！）

姓　名：＿＿＿＿＿＿＿＿　年齡：＿＿＿＿　性別：□女　□男

郵遞區號：□□□□□

地　址：＿＿＿＿＿＿＿＿＿＿＿＿＿＿＿＿＿＿＿＿

聯絡電話：(日) ＿＿＿＿＿＿＿＿＿＿ (夜) ＿＿＿＿＿＿＿＿＿＿

E-mail：＿＿＿＿＿＿＿＿＿＿＿＿＿＿＿＿＿＿＿＿